A Faint Cold Fear Thrills Through My Veins
William Shakespeare

Zu diesem Buch

«Zwanzig Jahre meines Lebens habe ich in die Politik investiert. Die Ochsentour. Kein Ortsverein war mir zu klein, keine Veranstaltung zu lang, keine Petition zu dumm... Ja, glaubst du, daß ich mir das jetzt nehmen lasse?!»

Nein, Peter Münzberg ist nicht der Mann, der minuziös seine Karriere plant, um dann zuzuschauen, wie seine Frau, die schöne, reiche, labile Stephanie, mit einem Schlag alles zunichte macht.

Und das Foto, das er mit spitzen Fingern Anna hinhält, stellt eine Szene dar, die einen Superskandal entfesseln würde, wie ihn Bonn lange nicht erlebt hat: *Staatssekretär und angehender Minister ist mit einer Lesbierin verheiratet.* Anna Marx weiß mit einem Blick, welch brisanten Stoff sie da in Händen hält – ohne daraus eine Story machen zu können. Denn Peter Münzberg, ein alter Schulfreund von ihr, bittet sie inständig, seine Frau und ihre Umgebung unter die Lupe zu nehmen. Stephanie Münzberg weilt zur Zeit auf einer kleinen, exklusiven Schönheitsfarm in Badgastein. Vielleicht könne sie, Anna, ja herausbekommen, wer die bildhübsche Frau auf dem Foto ist, die Stephanie umarmt? Bisher hat er ja lediglich die Fotos zugeschickt bekommen; wer aber steckt dahinter? Geht es um Geld... oder mehr? Könnte Anna nicht ihren Urlaub dort verbringen – er würde es auch bezahlen.

Sie hätte lieber nicht zusagen sollen. Erst der Frontalangriff auf ihre Linie, dann auf ihr Leben.

Christine Grän, geboren 1952 in Graz, war nach dem Studium Redakteurin, ehe sie für fünf Jahre nach Botswana ging. Seit 1985 lebt sie wieder in Bonn als freie Journalistin und Autorin. In der thriller-Reihe liegen vor: Weiße sterben selten in Samyana (Nr. 2777), Nur eine läßliche Sünde (Nr. 2865), Ein Brand ist schnell gelegt (Nr. 2901), Grenzfälle (Nr. 3031) und der Kurzgeschichtenband Ein mörderischer Urlaub (Nr. 2950).

Christine Grän

Dead is beautiful

rororo

Rowohlt

rororo thriller
Herausgegeben von Bernd Jost

27.–32. Tausend März 1992

Originalausgabe
Veröffentlicht im Rowohlt Taschenbuch Verlag GmbH,
Reinbek bei Hamburg, Januar 1990

Redaktion Jutta Schwarz
Umschlaggestaltung Peter Wippermann
Umschlagfoto ZEFA-Photosource
Satz Sabon (Linotron 202)
Gesamtherstellung Clausen & Bosse, Leck
Printed in Germany
780-ISBN 3 499 42944 6

Die Hauptpersonen

Anna Marx	will nicht in Schönheit sterben
Dr. Peter Münzberg	ist ein Politiker mit Schönheitsfehlern
Stephanie Münzberg	findet das ganz schön nervend
Joyce Martin	nützt es wenig, schön zu sein
Dr. Jonathan Plessis	unterschreibt alles schön brav
Valerie Wondraschek	hat schon schönere Tage erlebt
Gaby Wondraschek	stirbt für die Schönheit
Ina Pelzer	tut viel für ihre Schönheit
Marlies Hölter	lebt für die Schönheit
Dr. Frank Mitchell	lebt von der Schönheit
Franz Weigl	läßt sich schön übers Ohr hauen
Phillip Handke	macht sich ganz schön rar
Harald Gruber und Valentin Kloose	führen sich schön blöd auf
Suszie Bangwa	findet wenig schöne Worte

An Mord zu denken ist ganz einfach.
Vier Buchstaben nur, klar und ohne Schnörkel, und sie verhießen das Ende aller Probleme und den Weg aus der Ausweglosigkeit. Schon das Wort auszusprechen, ist genußvoll. Man spricht das O mit einem tiefen, drohenden Unterton und dem Gefühl der eigenen Macht. Jawohl, Macht. Über das Leben eines anderen Menschen Macht zu haben, ist ein Gedanke voller Süße. Es ist wie geliebt zu werden oder ohnmächtig gehaßt. Es ist, als könne man Armeen in Marsch setzen, die Welt verändern. Als stehe man in einer Arena und senke, unter dem Applaus der anderen, den Daumen.

Die Geste verkündet den Tod eines Gladiatoren. Sie wird von einem beinah glücklich zu nennenden Lächeln begleitet. Ja doch, der Tod ist eine ultimative Erfahrung, wenn man ihn beherrschen kann. Gibt es nicht immer einen zwingenden Grund für einen Mord? Präventive Selbstverteidigung, Leidenschaft, Haß, Angst, Gier…

Kaputtmachen, was dich kaputtmacht. Wenn das nicht ein Satz von bezwingender Logik ist. Ein Satz, der einen nicht mehr losläßt und sich wie Säure ins Gehirn frißt. Du oder ich. Nicht Opfer sein, sondern Täter. Nicht schwach, sondern stark. Nicht furchtsam, sondern mutig. Und klug. Es muß ein wohldurchdachter, ein perfekter Mord werden.

Kapitel I

Keine Hemmungen, Anna. Der Spiegel ist objektiv. Er zeigt dir, ungeschminkt, das Gesicht einer Neununddreißigjährigen. Sieh sie dir an, die feinen Falten um die Augen: je fünf auf jeder Seite, die kleinen nicht mitgezählt. Lassen sich noch spielend wegschminken, abends. Weißbeiger Stift gegen Augenringe, Korrekturstift für die Falten, Grundierung, Make up, etwas großzügiger verteilt, da, wo auf den Wangen Äderchen geplatzt sind.

Alkohol und Zigaretten, Diätarien und Freßorgien: Sieh dir dein Gesicht an, Anna, für das du heute verantwortlich bist: Ein altes Kindergesicht in den besten Jahren. Große grüne Augen, die du mit goldbraunem Lidschatten betonst, der immer ein bißchen verschmiert ist. Niemand ist perfekt, und Anna Marx schon gar nicht. Eine etwas schiefe Nase, die läßt sich nicht wegschminken. Dafür ist der Mund zu groß. Der bekommt die gleiche Farbe wie die Haare: kupferrot. Diese kleinen Linien um den Mund verschwinden, wenn du lächelst. Lächeln, Anna! Schönheit kommt auch von innen. Wenn du jetzt noch die hohen Backenknochen mit einem Hauch von Rouge betonst und die glänzenden Stellen mit Puder abtupfst – und einen Schritt zurückgehst –, siehst du aus wie siebenunddreißig. Ein dreifach Hoch der Kosmetikindustrie. Die Männer werden dir einen zweiten Blick gönnen, wenn du in den Saal schwebst. Das war doch alle Mühe wert, oder?

Anna Marx trat einen zweiten Schritt zurück und mit dem linken Fuß auf die Haarbürste, die sie eben gesucht hatte. Es tat verdammt weh. Hatte Mutter nicht immer gesagt, daß Dinge an ihrem Platz liegen sollten und man nicht barfuß in der Wohnung herumlief? Der Schmerz trieb ihr Tränen in die Augen und eine kleine Schmierspur über die Wangen. Typisch. Aber es war keine Zeit für Reparaturarbeiten, sie war ohnehin spät dran. Der Empfang in der Redoute war für 18 Uhr angesetzt, jetzt war es

17.30 Uhr und die B 9 würde grauenhaft verstopft sein, wie immer um diese Zeit.

Anna humpelte fluchend ins Schlafzimmer und öffnete ihren Kleiderschrank. Was trägt die Gesellschaftskolumnistin des *Wochenmagazins* zum Empfang aus Anlaß des 50. Geburtstages eines Parteivorsitzenden?

Schwarz.

Sie nahm das schwarze Samtkostüm vom Bügel, wohl wissend, daß sie den Taillenknopf ignorieren mußte. Aber das ließ sich mit der Jacke kaschieren. Außerdem war es höchste Zeit, abzunehmen. 80 Kilo waren auch für eine großgewachsene Frau eine beachtliche Bürde. Bauch einziehen, Reißverschluß hoch, Knopfleiste reinschieben, Jacke drüber, fertig.

Slawische Bäuerin auf absteigendem Ast. O-Ton-Phillip. Der war natürlich schuld an den letzten drei Kilos. Seit sie vor vier Wochen gestritten hatten und nun jeder darauf wartete, daß der andere zu Kreuze kroch, fütterte Anna ihren Stolz mit leiblichen Genüssen, die billiger zu haben, aber schwerer zu verdauen waren.

Fehlte nur noch die Perlenkette, die er ihr zum 38. Geburtstag geschenkt hatte. Neben vielen anderen Macken war Anna zutiefst abergläubisch. Perlen brachten Tränen – vor allem, wenn man sie nicht finden konnte. Es war zum Weinen, wie sie mit ihrem bißchen Schmuck umging, der nie an einem bestimmten Platz lag. Wenn Phillip oder ihre Mutter – deren Besuche gottlob selten waren – sich darüber mokierten, entschuldigte sich Anna damit, daß man nicht an Besitz hängen sollte. In Wirklichkeit war es reine Schlamperei.

Sie fand die Perlen auf dem Küchenschrank. Dort hatte sie sie deponiert, als sie am Vorabend den Korkenzieher gesucht hatte. So. Die Perlen verdeckten die Halsfalten. Anna warf einen letzten Blick in den Flurspiegel. Warum nahm die Eitelkeit nicht parallel zum Alter ab? Sie schloß ihre Wohnungstür zu, vergaß in der Eile, die Nachbarin auf der Treppe zu grüßen, die «arrogante Klatschspalte» hinter ihr hermurmelte, und hastete zu ihrem Auto, das im Halteverbot unten am Rhein geparkt war.

«Sie sehen bezaubernd aus wie immer, Frau Marx.»

Frau Marx lächelte dem Gastgeber und Geburtstagskind geschmeichelt zu. Dachte, daß der gute Mann nicht ihre Hand, sondern die des *Wochenmagazins* geküßt hatte. Aber das wußten nur er und sie und die übrigen der fast tausend Geladenen, die notabene erste Garnitur der Bonner Gesellschaft, angeführt vom Bundeskanzler und den in Bonn weilenden Ministern, Staatssekretären, hohen Ministerialen, Abgeordneten, wichtigen und unwichtigen Botschaftern und ihren Frauen. Die vielen Frauen, die zu solchen Anlässen wie Glühwürmchen auftauchten, während sie im Bonner Tagesgeschäft ein Schattendasein führten.

Der Handkuß war vorbei, und Anna tauchte ein in die Menge, die im Schein der Kristallüster und Kameraleuchten vor sich selbst und dem Rest der Welt bestätigt sah, daß sie auserwählt war, zum inneren Kreis der Prominenz zu gehören. Die Journalisten nicht zu vergessen, die Wächter am Rhein, die ins Land hinaustrugen, was die Mächtigen taten oder unterließen. Bestechend ebenbürtig im gesellschaftlichen Status, aber eben auch bestechlich, manche, wenn es auch nur darum ging, sich als Teil dieser Macht zu begreifen und nicht als Gegenpol. Aber wer war schon Anna Marx im Vergleich zum Büroleiter der *Frankfurter Allgemeinen* in Bonn, den der Parteivorsitzende eben mit überaus freundlichen Worten begrüßte?

Den würde er sonstwohin küssen, wenn er könnte, dachte Anna. Sie hielt nach einem Kellner Ausschau und registrierte gleichzeitig, daß der Finanzminister, obwohl er in Bonn war, offenbar den Staatssekretär als Stellvertreter geschickt hatte. Das konnte eine ganz simple Erklärung haben – oder eine spekulative Meldung wert sein. Anna tippte einem tablettbalancierenden Kellner auf die Schulter, griff nach einem Glas Wein und nahm sich vor, im Verlauf der zwei Stunden den Staatssekretär anzupeilen. Schließlich war sie nicht zum Vergnügen hier. Schon gar nicht, wenn der Wein so süß war. Pfui Teufel.

Wer seit zehn Jahren die Bonner Gesellschaft beobachtet und kommentiert, kennt die Gesichter. Satte oder hungrige, nichtssagende Gesichter. Einheits-Macht-Gesichter quer durch die etablierten Parteien. Anna fragte Jonny Klein – die Fliege –, ob er sich Chancen auf den Oberbürgermeister in München ausrechnete, und erhielt, wie erwartet, eine positive Antwort. Politiker waren immer so grauenhaft positiv. Das stereotype Frage-Antwort-Spiel zwischen Journalisten und Politikern. Aber es gab natürlich welche, denen selbst eine abgebrühte Klatschtante Respekt zollte. Für Anna waren das zum Beispiel Hildegard Hamm-Brücher oder Manfred Rommel: Klugheit, Humor, Integrität und Ellenbogen im Kopf – das waren schon bemerkenswerte Eigenschaften für Politiker und eher selten. Den Oskar Lafonteine fand Anna sexy, obwohl er ihr nur bis zur Schulter reichte. Anna Marx war eine bekannte, aber unbedeutende Größe in diesem Saal.

«Sie wird immer fetter», sagte jemand hinter ihrem Rücken, was sie nicht hörte, Gott sei Dank. Anna wollte sich gerade zu Frau Hamm-Brücher durchschlängeln, als ihr jemand von hinten auf die Schulter klopfte.

«Anna. Lange nicht gesehen. Ich habe schon geglaubt, du hättest geheiratet und Bonn schnöde den Rücken gekehrt.»

Waren Männer so dumm oder grausam oder beides? Sie brachte ein Lächeln zustande, als sie sich umdrehte. Dunkelblauer Anzug, karierte Fliege, Hornbrille, der korrekte Seitenscheitel: Peter Münzberg, der schon in der Schule dieses Image ausgestrahlt hatte: Hier bin ich, man kann mir vertrauen. Damit hatte er es immerhin schon zum Parlamentarischen Staatssekretär gebracht, und es hieß, er würde für einen Ministerposten gehandelt.

«Guten Tag, Peter. Du irrst, ich bin immer da, wenn es was zu feiern gibt. Aber meistens ziehst du es vor, mit wichtigeren Leuten zu reden.»

Wenn er lächelte, verdreifachte sich das Doppelkinn. Ein rundes, sympathisches, vertrauenerweckend gesundes Gesicht, dem die Brille den intellektuellen Tupfer gab.

«Frech warst du schon in der Schule, liebste Anna. Was gibt es Neues auf dem Klatschmarkt?»

Anna merkte, daß er sie musterte, und meinte, seine Gedanken zu erraten: Aber so fett warst du früher nicht. Sie fixierte im Gegenzug die sanfte Wölbung unter dem Zweireiher.

«Nicht viel, leider. Was ich weiß, kann ich nicht schreiben, und was ich schreiben kann, weiß schon jeder. Außerdem habe ich große Lust, Urlaub zu machen und Bonn den Rücken zu kehren. Stimmt es, daß dein Minister und der Parteivorsitzende sich verkracht haben? Ist doch komisch, daß er heute nicht hier ist.»

Er schnippte nach einem Kellner und ließ sich ein Glas Orangensaft reichen. Anna probierte den Whisky.

«Quatsch. Er hatte einen dringenden Termin und mußte absagen. Statt seiner bin ich gekommen. Ist das etwa nichts, ein ausgewachsener Staatssekretär?»

Hatte sie erwartet, daß er die Wahrheit sagen würde, nur weil sie alte Schulfreunde waren? Es war verdammt lange her, und Anna erinnerte sich nicht, daß Peter ihr jemals eine vertrauliche Information gegeben hätte, seit er in den Hallen der Macht sein Plätzchen gefunden hatte. Peter hatte immer dieses penetrante «Es-ist-alles-in-Butter»-Lächeln. Von wegen.

«Dann stimmt es auch nicht, daß du der nächste Finanzminister werden sollst? Komm, Peter, die Spatzen pfeifen's von den Dächern.»

Der Staatssekretär begrüßte einen Minister, und Anna war klar, daß Münzberg seinen Tonfall je nach Status seines Gegenübers veränderte. Nun, da er sich wieder ihr zuwandte, war seine Stimme leiser, vertraulicher.

«Anna. So geht es nicht. Aber ich verspreche dir eines: Dir sage ich es als erste, Ehrenwort.»

Grüne Augen können besonders mißtrauisch funkeln. «Und was willst du dafür von mir, Peter? Ich weiß, daß es nichts umsonst gibt.»

Er sah aus den Augenwinkeln die Handbewegung eines Ausschußvorsitzenden, die zu ignorieren nicht opportun war.

«Kein Glauben an die Menschheit, nicht wahr? Ach, weißt du, Anna, mir ist da so eine Idee gekommen. Du könntest mir vielleicht helfen. Aber das kann ich dir hier und jetzt nicht erzählen. Was hältst du davon, mich in deine Wohnung einzuladen? Sagen wir, morgen abend? Ich bringe dir deinen Lieblingswein mit, und du hörst mir zu und dann... Wir werden sehen...»

Was sehen? Anna musterte ihn mit einer Mischung aus Neugierde und Mißtrauen. Peter Münzberg war so groß wie sie, aber Statur und Status waren nicht dasselbe. Sie waren vor ewigen Zeiten befreundet gewesen, und wenn sie sich recht erinnerte, hatte Peter ihr sogar den ersten, feuchten Kuß auf die jungfräulichen Lippen gedrückt. Doch aus der jungen Liebe war nichts geworden, weil seine Gefühle sich der Tochter des Schuldirektors zugewandt hatten. An den Schmerz konnte Anna sich nicht mehr erinnern, nur daran, daß sie ihm aus praktischen Erwägungen irgendwann verziehen hatte. Peter, der Musterschüler, der sie gnädigst abschreiben ließ, wenn es für ihn nicht mit Gefahr verbunden war. Peter, der Politiker, der seine Zeit nicht mit Menschen verschwendete, die ihm nicht nützlich waren. Komisch, diese plötzliche Zutraulichkeit. Was, zum Teufel, wollte er von ihr?

«Du, ich muß weiter. Bleibt es bei morgen? Deine Adresse brauche ich natürlich. Gib mir deine Visitenkarte.»

Was war ein Mensch in Bonn ohne Visitenkarte? Anna hatte eine Schublade voller Visitenkarten, gedruckte Erinnerungen an belanglose Bekanntschaften, von denen man nie wissen konnte, ob sie nicht doch mal nützlich sein würden.

Sie kramte in ihrer Handtasche und gab ihm eine. Na gut, warum nicht? Eine Journalistin, die einen Staatssekretär mit Problemen durch die Lappen gehen ließ, sollte besser den Beruf wechseln.

«Gut, Peter. Aber komm nicht vor neun – und nicht ohne mindestens eine Flasche ‹Reserve du Général›.»

Peter Münzberg küßte ihr zum Abschied die Hand, was ihr etwas peinlich war in dem Gewühle. Außerdem waren ihre Nägel nicht so tadellos lackiert, wie dies der Anlaß geboten hätte. Anna grinste ihm nach. So, wie sie ihn einschätzte, würde er morgen seine Sekretärin in Bonner Weinhandlungen schicken, um ihrem exotischen Wunsch nachzukommen. Ein Perfektionist. Schon als Vierzehnjähriger war er darauf erpicht gewesen, alles hundertprozentig zu machen. Kein Wunder, daß aus der jungen Liebe nichts geworden war. Anna, damals und heute, war großzügig und das vor allem sich selbst gegenüber. Aber neugierig war sie schon, was er von ihr wollte.

Der Parteivorsitzende hielt eine launige Rede, zu der an den passenden Stellen gelacht werden durfte. Anna notierte sich zwei, drei Sätze und fauchte einen Fotografen an, der ihr mit seiner Kamera das Ohr gerammt hatte. Dieser verdammte Fight um Prominente, bei dem sie seit gut zehn Jahren mitboxte. Wer sich nicht im Ring hielt, wurde ausgezählt. Sie beschloß, den Rückzug anzutreten.

Zwar waren noch drei Redner angesagt, aber von Lobreden zum Geburtstag war nicht viel zu erwarten. Nur Gutes. Verdienste um Partei und Vaterland, blabla. Noch mindestens eine Stunde Reden, in der man weder mit anderen quatschen konnte, noch etwas zu trinken bekam.

Anna entfernte sich unauffällig und stolperte dabei über ein Fernsehkabel. Ein starker Arm fing sie auf und sie roch eine Alkoholfahne. Sie rappelte sich hoch und wisperte ein Dankeschön, das mit schwerem Nicken zur Kenntnis genommen wurde: Der Abgeordnete Viechert, einer jener Politprofis, die es mit der frommen Helene hielten. Mens sana in Campari-Soda. Wenn man weiß, daß man keine Ministerkarriere mehr vor sich hat und die Pension sicher ist, braucht man der Welt nicht mehr vorzuspielen, daß man nur die Bürger hochleben läßt.

Nicht nur die Diplomaten nutzten die B 9 als Rennbahn: Anna auch. Sie war froh, daß dieser Tag vorbei war, und freute sich auf ihre Wohnung. Darauf, das enge Kostüm gegen einen bequemen Morgenmantel einzutauschen. Manchmal, aber nur manchmal, war es wundervoll, allein zu leben. Den Kühlschrank öffnen und mit den Fingern essen. Das Bier aus der Flasche trinken. Die Füße auf die Couch legen und irgendeinen blöden Film im Fernsehen zu sehen. Sich selbst leid tun und es gleichzeitig genießen… Darauf warten, daß Phillip anrief…

Kapitel II

Er tat es nicht. Nicht an diesem Abend und nicht am nächsten Tag, den Anna zum Teil in der Redaktion, zum Teil auf einer Pressekonferenz und einem Empfang in der Landesvertretung Hamburgs zubrachte. Eben einer jener Tage, an denen sie funktionierte und reagierte, so wie die anderen auch. Nichts Besonderes, nur ein Tag in ihrem Leben, an dem sie nicht darüber nachdachte, daß es ja auch ihr letzter sein könnte. Manchmal tat sie das – und dann was Verrücktes –, aber es war auch möglich, gedankenlos zu leben, wunschlos, freudlos.

Phillip rief nicht an. Auch nicht, als sie gegen 20 Uhr nach Hause kam und zumindest die Unordnung im Wohnzimmer beseitigte, um ihrem Besucher nicht «Anna total» zu offenbaren. Sie räumte die Zeitschriften von den Beistelltischen und steckte Phillips Bild, das auf ihrem Schreibtisch stand, in die Schublade. Peter mußte nicht alles wissen. Der gute alte Peter, Staatssekretär in den besten Jahren und ein Mann mit Zukunft. Was sie über seine Vergangenheit wußte, war eigentlich nicht viel.

Wenn sie sich recht erinnerte, war sein Vater ein kleiner Beamter gewesen, und Peter hatte alle Mitschüler glühend beneidet, deren Eltern Akademiker waren. Das von ihm empfundene Manko hatte er durch Fleiß und Ehrgeiz wettgemacht. Aber kein Typ «einsamer Streber»: Peter war immer hilfsbereit, in Annas Erinnerung ein vorbildlicher Klassenkamerad, der den anderen die Brosamen seiner Leistung gutwillig weitergab, ohne dafür mehr zu verlangen als die Achtung, die er dafür einheimste. Aber Zuneigung?

So. Genug geräumt für einen Staatssekretär.

Anna deckte ihr unvollendetes Buchmanuskript mit der letzten Ausgabe der *Zeit* ab und holte ein Bier aus dem Eisschrank. Versuchte, sich an eine längst vergangene und vergessene Zeit zu erinnern. Im Gegensatz zu Peter Münzberg war sie eine mittelmäßige Schülerin gewesen, immer bedacht, mit dem geringstmöglichen Einsatz das optimalste Ergebnis zu erzielen. Deshalb unter anderem hatte sie sich dem Vierzehnjährigen zugewandt, in einer diffusen und heute nicht mehr nachzuvollziehenden Mischung aus Eigennutz, Bewunderung und Solidarität. Ja, auch Solidarität, denn Familie Marx zählte in Düsseldorf auch nicht zu den besseren Kreisen. Als Anna ins Gymnasium ging, war Vater Marx schon mit unbekanntem Ziel verschwunden, und Mutter arbeitete als Schreibkraft bei einem Versicherungskonzern. Arme Mama, die vom Kirschbaum des Lebens immer nur die Kerne bekommen hatte und noch heute bitter daran kaute. Mama wäre so stolz auf Anna, wenn sie diesen Peter Münzberg geheiratet hätte: Frau Staatssekretär, vielleicht Frau Minister und – wer weiß – eines Tages Frau Bundeskanzler.

Der Gedanke war eher erheiternd. Aber natürlich war sie tief verletzt gewesen, als Peter ihr nach einem Jahr idiotischer Liebesbriefe, feuchter Küsse und ewiger Treueschwüre den Laufpaß gegeben hatte. Der unaufhaltsame gesellschaftliche Aufstieg des Peter Münzberg hatte begonnen, wenn auch zunächst nur in Form eines Techtelmechtels mit der pickelhäutigen Tochter des Schuldirektors. Nein, abgesehen von Annas vorübergehender Gefühlsverwirrung, hatte niemand in der Klasse Peter wirklich gemocht. Viele brauchten ihn, kaum einer hatte was gegen ihn, aber Zuneigung? Als er mit siebzehn die Schule wechselte – keiner wußte, warum –, schien ihn niemand zu vermissen. Und das einzige, woran Anna sich deutlich erinnerte, war, daß Peter immer ein schlechter Verlierer gewesen war. Wenn irgendwelche idiotischen Spiele im Sportunterricht gegen ihn liefen, warf Peter regelmäßig das Handtuch – blaß vor Zorn und den Tränen nahe.

Ob er es im Verlauf seiner politischen Karriere gelernt hatte zu verlieren?

Der Mann, den Anna schon fast aus ihrem Gedächtnis gestrichen hatte, klingelte um exakt 21 Uhr. Als sie ihm aufmachte, fiel ihr ein, daß sie keine Schuhe anhatte. In ihrer Wohnung ging Anna immer barfuß. Nun, der staatstragende Besuch würde auch das verkraften.

«Guten Abend, Peter. Komm rein.»

Er trug einen dunkelgrauen Anzug mit grüner Krawatte, in der einen Hand einen Karton, der nur eine Weinflasche enthalten konnte, und in der anderen einen Strauß gelber Tulpen.

«Abend, Anna. Hübsch wohnst du hier.»

Die Eingangsphrase eines Erstbesuchers. Anna lächelte dankend und dirigierte ihn ins Wohnzimmer; antizipierte die nächste Bemerkung.

«Und mit Blick auf den Rhein. Gratuliere, Anna. Du hast es zu etwas gebracht in deinem Leben.»

Wo waren die verdammten Schuhe? Ihr Besucher folgte ihrem suchenden Blick und wies auf ein Paar roter Sandalen neben dem Fenster.

«Unkonventionell warst du auch immer schon.»

«Weil ich in meiner Wohnung im Sommer barfuß rumlaufe? Du kennst den Rest meines skandalösen Lebenswandels noch nicht. Komm, setz dich und leg deine angespannte Politiker-Miene ab. Was möchtest du trinken?»

Peter Münzberg wählte den unbequemsten Stuhl. «Kaltes Bier, wenn du hast.» Er sah ihr zu, wie sie die Sandalen überstreifte und in die Küche ging. Nur ein knappes «Dankeschön» für den teuren Wein, für den sein Fahrer durch ganz Bonn kutschiert war. Typisch Anna. Daß er sie früher immer von seinen Arbeiten abschreiben ließ, war auch selbstverständlich gewesen. Frauen nahmen das Leben zu leicht, das war es.

Aber die Wohnung gefiel ihm, obwohl viel von Anna drinsteckte. Der prächtige Jugendstil-Schreibtisch und der schwere alte Schrank harmonierten vorzüglich mit den leichten, modernen Möbeln. Kein Repräsentierzimmer, aber gemütlich. Nur der Stuhl, auf dem er saß, war irgendwie unbequem.

Anna kam mit zwei geöffneten Bierflaschen zurück und schenkte ihm ein Glas ein. Sie setzte sich auf den Großvaterstuhl am Fenster.

«Prost, Peter. Ich muß zugeben, daß mich dein angekündigter Besuch neugierig gemacht hat. Immerhin laufen wir uns in Bonn schon seit einigen Jahren über den Weg, ohne daß du den Wunsch geäußert hast, Jugenderinnerungen aufzufrischen. Was ist es? Brauchst du meine unbedeutende Hilfe auf dem Weg ins Ministeramt?»

Eine abwehrende Handbewegung. Peter Münzberg trug einen Siegelring mit Wappen, der nach Annas Meinung schwerlich aus Familienbesitz stammte.

«Nein, um Himmels willen. Der Minister plant nicht zurückzutreten. Und ich bin mit meinem Posten durchaus zufrieden.»

So ein glattes Gesicht. Und so eine glatte Lüge. Anna hob grinsend ihr Glas. «Prost, darauf trinken wir. Ich habe in Bonn wenige Politiker getroffen, die mit der Macht nachlässig umgehen. Aber wer weiß, vielleicht zählst du zu den Ausnahmen, Peter.»

Er würde es nie laut sagen, aber er fand Frauen im politischen Geschäft unerträglich. Journalistinnen dito. Die benahmen sich zum Teil schlimmer als Männer, und wenn es darauf ankam, zogen sie sich in die heiligen Hallen ihres Geschlechts zurück. Es war einfach unfair. Und er war immer noch nicht überzeugt, daß er in dieser für ihn lebenswichtigen Frage mit Anna die richtige Wahl getroffen hatte. Es gab Fehler, die ließen sich unter den Teppich des Schweigens kehren. Und es gab solche, die einen unwiderruflich ruinierten. Anna bot ihm eine Zigarette an, und er nahm sie dankbar. Eigentlich hatte er mit dem Rauchen aufgehört, auch aus Imagegründen, aber seit der Geschichte…

Ein rundes, vertrauenerweckendes Politikergesicht mit ein paar Sorgenfalten. Anna fand, daß sie im Vergleich jünger aussah, oder jedenfalls lebendiger. Es gab Politiker in Bonn, die sich zwischen vierzig und sechzig kaum veränderten: immer dieselbe Physiognomie. Wenig Lachfalten.

«Na gut, Peter, machen wir Konversation. Wie geht es deiner Frau? Ich habe sie irgendwann auf einem Botschafterempfang kennengelernt und finde sie sehr sympathisch. Jedenfalls redet sie wie ein normaler Mensch und nicht wie 'ne Politikergattin, die mit jedem Wort an der Karriere ihres Mannes mitbasteln will. Hübsch ist sie auch. Jünger als du, nicht wahr?»

«Stephanie ist erst vierunddreißig.» Peter Münzberg starrte auf seinen Ehering. «Ja, sie ist sehr selbstbewußt. Kommt aus einer Düsseldorfer Industriellenfamilie. Geld im Kreuz, verstehst du.»

Das sah ihm ähnlich, mit Anna Marx anzufangen und bei einer gestopften Weihnachtsgans zu enden. Pfui, Anna, nur kein Neid. «Kann ja nicht schaden, so ein bißchen Geld im Kreuz. Noch ein Bier? Für Juni ist es ein verdammt warmer Abend. Du kannst ruhig dein Jackett ausziehen, wenn du möchtest.»

Ihr Gast nickte, blieb aber angezogen. Bei Anna wußte man nie, wann sie was ironisch meinte. Ob sie ihm die alte Geschichte vom Gymnasium noch nachtrug? Was für ein niedliches Gör sie gewesen war. Und jetzt? Emanzipiert, exaltiert – und ganz eindeutig zu fett. Wahrscheinlich trank sie, wie fast alle Journalisten.

Anna holte die letzten beiden Bierflaschen aus dem Kühlschrank und starrte flüchtig, aber verlangend, auf ein Stück alten Gouda. Wenn Peter nicht bald zur Sache kam, würde sie einen Migräneanfall vortäuschen. Schließlich hatte sie keine Lust, den ganzen Abend mit Blabla zu vertrödeln. Und was, wenn Phillip anrief? Dann saß dieser blöde Heini da, und sie konnte nicht mal offen reden.

«Weißt du noch, Anna, wie ich dir bei der Lateinarbeit den Zettel mit der Virgil-Übersetzung zusteckte und du ihn vor Aufregung fallen ließest und...»

Es gab Dinge, an die sie sich nicht gern erinnerte. Zum Beispiel an Lateinarbeiten. Oder Peters lächerliche Zungenküsse. Anna reichte ihm das Bierglas und stellte sich vor ihn ans Fenster.

«Ja, ich erinnere mich. Aber du bist doch bestimmt nicht hergekommen, um Jugenderinnerungen aufzufrischen. Weißt du, ich habe einen harten Tag hinter mir und würde gern früh ins Bett gehen. Willst du mir nicht endlich sagen, weshalb du hier bist?»

Ein harter Tag, ha. Von einem Acht-Stunden-Tag konnte ein Staatssekretär und Abgeordneter doch nur träumen. Zwölf Stunden täglich mindestens – und am Wochenende in den Wahlkreis und sich von der Basis anmachen lassen, so sah sein Alltag aus. Aber es hatte wohl nicht viel Sinn, an Annas Mitgefühl zu appellieren.

«Prost. Du hast recht. Nur, es fällt mir zugegebenermaßen schwer, dir mein Problem vorzutragen. Für mich ist es lebensbedrohend, jawohl.»

Wie gequält er aussehen konnte. Diesen Ausdruck hatte er bestimmt, wenn er vor dem Wahlvolk über die Steuerreform sprach.

«Mein Gott, Peter, das klingt ja furchtbar. Als nächstes wirst du mich sicher zu einem Schweigegelübde verdonnern, hab ich recht?»

Seine Miene war nun wieder staatstragend. «Ich weiß, daß du schweigen wirst, Anna. Schließlich kenne ich dich lange genug, um zu wissen, daß du ein anständiger Mensch bist.»

Ein komisches, altmodisches Wort: anständig. Anna setzte sich und starrte ihn neugierig an.

Peter Münzberg starrte aus dem Fenster auf den Rhein, während er sprach. «Es hat mit Stephanie zu tun, meiner Frau. Wir haben vor sechs Jahren geheiratet, damals war ich noch Abgeordneter, eigentlich eine Nummer zu klein für sie. Aber gut, wir verliebten uns, wie das so ist, und wir haben kurz darauf geheiratet.

Ihre Familie war erst dagegen, obwohl sie es heute nicht mehr so schlimm finden, einen Berufspolitiker in ihren Reihen zu haben. Doch das liegt neben der Sache. Wir waren sehr glücklich, anfangs. Haben uns ein Haus in Godesberg gemietet. Früher, da hat sie sich auch noch für Politik interessiert und ist mitgefahren zu den Veranstaltungen. Und irgendwann, vor drei Jahren vielleicht, kann auch länger sein, merkte ich plötzlich, wie sehr wir uns auseinandergelebt haben. Sie hat sich nicht mal gefreut, als ich zum Staatssekretär ernannt wurde. Sagt, daß Politik sie abgrundtief langweilt. Daß ich sie langweile. Daß sie Bonn entsetzlich findet…»

Anna war sehr versucht zu fragen: Na und? In unzähligen Politikerhäusern in Bonn dieselben Geschichten. Meinte Peter etwa, daß seine Eheprobleme etwas Besonderes waren?

«Bist du denn glücklich? Ich meine, hast du die Ochsentour nach Bonn nie bereut? Schließlich hättest du dich ja auch als biederer Rechtsanwalt niederlassen können: Weniger Zwänge, weniger Streß, vermutlich nicht mal weniger Geld.»

Peter Münzbergs braune Augen lagen unter schweren Lidern. Er sah Anna ungläubig an. Ob er glücklich sei: diese Frage hatte ihm schon lange niemand mehr gestellt. Sie war wirklich ein wenig verrückt, diese Uralt-Liebe. Und sentimental, wie alle Frauen. Kein Gefühl für Prioritäten.

«Du fragst Sachen, Anna. Natürlich macht mich meine Aufgabe glücklich. Weißt du, was ein deutscher Rechtsanwalt im Durchschnitt verdient? Zweitausendfünfhundert Mark netto im Monat. Und mein Staatsexamen gab keinen Anlaß zu hochfliegenden Plänen. Die Politik, das war der einzig richtige Weg für mich. Ich liebe, jawohl, ich liebe die Herausforderung, die Pflichten und Aufgaben, die an mich gestellt werden. Ich weiß, daß ich ihnen Genüge tun kann – in jeder Position.»

Red nicht so geschwollen, wollte Anna sagen, aber er sah so verbissen aus, daß sie ihn nicht unterbrach. Der Mann war langweilig. Er war immer schon ein Langweiler gewesen.

«Und die Macht, auch sie, das gebe ich offen zu. Die Macht über Menschen und Geschehnisse.» Er wurde immer lauter.

«Zwanzig Jahre meines Lebens habe ich in die Politik investiert.

Die Ochsentour. Kein Ortsverein war mir zu klein, keine Veranstaltung zu lang, keine Petition zu dumm... Ja, glaubst du, daß ich mir das jetzt nehmen lasse?!»

Die sonore Wahlkampfstimme war mit zunehmender Lautstärke schriller geworden. Und Peter Münzberg wurde Anna langsam unheimlich. War er etwa beim Kanzler in Ungnade gefallen? Oder bei Juliane? Und warum erzählte er ihr seine traurige Politikergeschichte?

«Ich verstehe nicht, Peter. Wer will dir was nehmen?»

«Meine Frau. Stephanie.» Er griff in die Innentasche seines Jacketts und holte einen Briefumschlag heraus. Gab ihn Anna.

«Du kannst den Brief öffnen. Es ist nur ein Foto drin.»

Man hörte nur das dumpfe Ticken der Uhr. Anna hielt das Foto unter die Leselampe. Und begann zu ahnen, worauf ihr Besucher hinauswollte. Das Farbfoto zeigte zwei Frauen, die sich umarmten. Von der Mitte an waren sie abgeschnitten, aber viel konnten sie da nicht mehr anhaben. Oben waren sie nackt. Und eine Frau war deutlich zu erkennen: Stephanie Münzberg.

«Sie ist wirklich eine hübsche Frau», sagte Anna.

Er nahm ihr das Foto mit einer abrupten Bewegung ab und steckte es angewidert zurück in den Umschlag.

«Ist das alles, was dir dazu einfällt?»

Anna zündete sich eine Zigarette an. Gedankenaufschub. Peter sah aus, als ob er hier und jetzt bereit wäre, jemanden umzubringen. «Was soll ich sagen? Soll das heißen, daß deine Frau dich betrügt – mit einer Frau? So sieht es jedenfalls auf dem Foto aus, aber vielleicht...»

«Nichts vielleicht. Das ist nur eines von vier Fotos, und ich habe dir das harmloseste gezeigt.» Peter Münzberg nahm sich noch eine von Annas Zigaretten. Seine Hände zitterten ein wenig. «Stephanie betrügt mich. Und um dieser Geschmacklosigkeit die Krone aufzusetzen, treibt sie es mit einer Frau. Jawohl.»

«Liebst du deine Frau?»

Was für eine idiotische, irrelevante Frage. Münzberg verspürte großes Verlangen nach einem großen Glas Cognac. Aber Alkohol war nicht angesagt. Er mußte einen klaren, ganz klaren Kopf behalten. Das Ticken der Wanduhr ging ihm auf die Nerven.

«Ja, natürlich. Aber darum geht es nicht. Ich habe diese vier Fotos vor einer Woche mit der Post bekommen. Nur die Fotos, sonst nichts. Immerhin hatte der Absender die Weitsicht, «persönlich» auf den Umschlag zu schreiben, sonst hätte mein Büroleiter den Brief geöffnet.» Schon beim Gedanken daran liefen ihm kalte Schauer über den Rücken. Es war nicht auszudenken!

Anna stand auf. «Willst du auch einen Cognac? Ich brauch jetzt einen. Ja? Ich bin gleich wieder zurück.»

Anna fand, daß er aussah wie ein unglückliches Riesenbaby, das die Eltern in einer Mülltonne ausgesetzt hatten. «Nun, komm, Peter, so schlimm ist es auch wieder nicht. Du denkst, daß dich jemand erpressen will?»

Der Cognac besänftigte die Magennerven. Anna, im Halblicht der Lampe so sanft und rund wie eine Urmutter, war ihm für einen Moment sehr nahe. Er hätte sich gern an ihre Schultern gelehnt und wußte, daß dies eine lächerliche Anwandlung war. Die Zeit der Unschuld war vorbei, und sie war unter all seinen Feinden nur einer, den er gut einschätzen konnte.

«Ja, genau das glaube ich, meine liebe Anna. Eine tolle Story, nicht wahr? Aber wenn du sie schreibst, bringe ich dich um.»

Du nicht, dachte Anna. Du bist nicht mutig genug. Laut sagte sie: «Hältst du mich für so ein Schwein? Aber offenbar hat man keine Forderungen an dich gestellt, also kannst du doch erst reagieren, wenn du was Konkretes in der Hand hast.»

Für ihn war die Sache ganz klar: «Die Taktik des Mürbemachens. Seit einer Woche warte ich darauf, was nachkommt. Ich kann schon an nichts anderes mehr denken. Und weißt du, was ich denke?»

Zum erstenmal seit sie ihn kannte, tat Peter ihr aufrichtig leid: «Du denkst, daß es Leute von drüben sind. Aber vielleicht täuschst du dich, ich meine, vielleicht geht es nur um Geld oder es ist ein politischer Konkurrent... also, seit der Affäre Barschel halte ich nichts mehr für unmöglich. Im übrigen ist das auch gar nicht so wichtig. Denn du DARFST dich nicht erpressen lassen. Aber das brauche ich dir nicht zu sagen, das weißt du wohl selbst.»

Guter Ratschlag war billig. Er spürte eine gewisse Aggressivität, wie sie ihn immer befiel, wenn er sich in einer vermeintlich ausweglosen Lage befand. «O ja. Vielleicht rätst du mir auch, zur Polizei zu gehen. Oder den Verfassungsschutz einzuschalten. Oder ich liefere mich einem Privatdetektiv aus. Genausogut kann ich gleich den Strick nehmen. Man wird mir damit drohen, die Fotos zu veröffentlichen. Wenn das passiert, bedeutet das auch das Ende. Du siehst, es gibt eigentlich keinen Ausweg. Ich bin fertig, ruiniert. So gut wie. Und an allem ist nur diese Schlampe schuld. Läßt sich mit einem Weibsbild ein, kann dies nicht mal mit der nötigen Diskretion tun – und zerstört meine Karriere. Zerstört mich...»

Die Pose des Mannes im Scherbenhaufen steht ihm überhaupt nicht, dachte Anna. Ihn zu bitten, sie über einen bevorstehenden Selbstmord als erste zu informieren, wäre jetzt wohl nicht passend. Aber so ganz mochte sie auch nicht daran glauben. Peter war ein Kämpfer, der gab nicht auf, wenn es auch nur ein winziges Schlupfloch gab.

«Nein», meinte sie nachdenklich, «irgendwelche Staatsorgane einzuschalten, wäre nicht so klug. Aber bist du sicher, daß die Veröffentlichung der Fotos dich ruiniert? Denk an Le Pen in Frankreich. Die Nacktfotos seiner Frau im *Playboy* haben dem Mistkerl auch nicht geschadet.»

Annas Humor trieb seltsame Blüten. Peter fand, daß sie ruhig erschütterter aussehen könnte. «Also erstens sind wir nicht in Frankreich, zweitens bin ich kein Rechtsradikaler und drittens sind das keine simplen Nacktfotos, sondern Lesbenszenen. Wenn du komisch sein willst, liebe Anna, dann ist dies nicht der passende Moment.»

Nein, wirklich nicht. Trotzdem verspürte Anna das Verlangen zu lachen. Denn es war komisch. Der Streber wußte einmal im Leben keine Antwort. In einem boshaften Winkel ihres Herzens war ein Hauch von Schadenfreude. Das *Wochenmagazin* würde die Fotos mit Wonne abdrucken, mit einem moralisch entrüsteten Text, versteht sich. Die Informationspflicht der Presse, ha. Auf dem freien Markt würde man Tausende von Mark für diese Fotos springen lassen. Armer Peter!

«Tut mir leid. Aber sag mal, warum erzählst du mir das alles? Doch wohl nicht, damit ich dir idiotische Ratschläge gebe. Oder brauchst du nur eine Schulter zum Ausweinen? Halt, ich hab's: du willst, daß ich den Erpressern – sofern sie sich melden – die Fotos abkaufe – mit deinem Geld – und dann postwendend vernichte, statt sie zu veröffentlichen.»

Anna sah so triumphierend aus, und zum erstenmal lächelte Münzberg, ein schmales Lächeln. «Nein, Anna, so weit wage ich nicht zu denken. Aber du hast recht: Ich habe ein konkretes Anliegen. Ich will, daß du mit meiner Frau in Verbindung trittst und herausbekommst, wer oder was dahintersteckt. Es zumindest versuchst. Oh, Anna, ich habe solches Vertrauen in dich...»

Lügner. Anna saß jetzt ganz gerade und war auf der Hut. Peter war gewiß nicht der Typ, der anderen vertraute. Und er hielt sich für viel cleverer als der Rest der Welt. «Was, bitte, sollte ich herausbekommen?»

«Na, wer die zweite Frau ist, und vor allem, wie diese Fotos zustande gekommen sind. Wenn ich den Gegner kenne, verstehst du, kann ich anders taktieren, ja vielleicht sogar als erster zuschlagen.»

«Du hast deiner Frau nichts von den Fotos erzählt?»

Kopfschütteln. «Selbst wenn ich gewollt hätte – Stephanie ist seit zwei Wochen auf ihrer Schönheitsfarm in Österreich. Sie fährt jedes Jahr für vier Wochen dorthin.»

Vier Wochen nur für Schönheit... Anna schluckte einmal. Kein Wunder, daß andere die Falten zählen mußten. «Aber du willst sie nicht einweihen?»

Nein, aus vielen Gründen nicht. Er schüttelte wieder den Kopf. «Aber meine Idee ist, daß du dorthin fährst. Ich habe da so ein Gefühl... Daß diese Fotos dort gemacht wurden, verstehst du? In Bonn oder in Düsseldorf ist Stephanie viel zu sehr eingebunden in Verpflichtungen und Familie. Nein, ich glaube, daß dort irgendwas stinkt. Und ich habe eine gute Nase.»

So groß, wie sie war... Die Lage war ernst, gleichwohl mußte Anna lachen. «Verzeih mir, aber der Gedanke, daß ich auf 'ne Schönheitsfarm...»

Der Blick war ebenso unverzeihlich wie die nachfolgende Bemerkung. «Na, schaden kann es dir nicht.»

Annas Zeigefinger wies direkt auf seine Nase. «Vorsicht, Herr Staatssekretär. Wenn du mich beschwatzen willst, dir zu helfen, dann bleib gefälligst bei deinem verbindlichen Politiker-Jargon. Mein Aussehen geht dich nämlich gar nichts an.»

So, wie sie sich einließ, hatte er schon halb gewonnen. Münzberg lächelte sein ehrlichstes Lächeln. «Das hast du mißverstanden. Ich finde, daß du umwerfend aussiehst, Anna.» Beschwörend: «Wenn du hinfahren würdest, eine Woche oder höchstens zwei, ich werde natürlich alle Auslagen bezahlen... Hast du nicht gesagt, daß du Urlaub machen willst und nicht weißt, wohin? Es ist wirklich schön dort, und du könntest dich hervorragend erholen und...»

«Und wenn ich nichts herausfinde, was dann?»

Die Frage hatte er erwartet. «Dann werde ich dir trotzdem ewig dankbar sein, weil du zumindest versucht hast, mir zu helfen.» Im Moment glaubte er sogar selbst daran. «Natürlich trage ich alle Kosten, so oder so. Bitte, Anna, sag, daß du einverstanden bist. Ich bin verzweifelt, verstehst du? Und du bist im Moment meine einzige Hoffnung.»

Es war peinlich, wenn sich ein Mensch all seiner Schutzhüllen entblößte. Zumindest bei Peter Münzberg war es ihr peinlich: Dieses flehende Gesicht und die beschwörende Stimme paßten einfach nicht zu dem Bild, das sie sich bisher von ihm gemacht hatte. Ein verschwommenes, aber im Grunde negatives Bild, das sich nahtlos in die Galerie ihrer Vorurteile gegenüber Politikern fügte. Doch Angst verändert Menschen. Und Peter schien verdammt viel Angst zu haben. Ein so methodisch aufgebautes Leben, keine ausgefransten Ecken wie bei Anna Marx. Und nun säbelte jemand ganz unten an den Sprossen der Leiter...

«Wie wird sich deine ewige Dankbarkeit ausdrücken, Peter?»

Pfui, Anna, das grenzte an Erpressung. Daß er es auch so sah, erkannte sie an seinem abschätzenden Blick. Peter hatte wieder zu seinem Gesicht gefunden.

«Ich werde dich an die Nummer eins der zu informierenden Journalisten setzen, Anna. Was du selbst nicht verwerten kannst, kannst du ja immer noch an den *Spiegel* verkaufen.»

Anna war ganz cool. Die Spitze hatte sie wohl verstanden: Was kann eine Klatschjournalistin mit hochpolitischen Informationen anfangen? «Sofern du diese Geschichte politisch überlebst, versteht sich.»

«Ja. Das Risiko mußt du schon eingehen. Ich tue das ja auch, indem ich dir vertraue.» In einer anderen Situation hätte ihn das Geplänkel vielleicht amüsiert. Anna war nicht halb so kaltschnäuzig, wie sie vorgab. Clever, aber nicht clever genug für einen Mann, der schon Leute ganz anderen Kalibers ausgetrickst hatte. Sie mußte nicht alles wissen, nur eben so viel, wie er ihr erzählt hatte. Was für ein Glück, daß er sie auf diesem Empfang getroffen hatte! Die plötzliche Erleuchtung, sie, gerade sie, für seine Zwecke einzuspannen. Eine Vorsehung des Schicksals, jawohl. Denn das Schicksal stellte ihn nur auf eine Probe und hatte nicht vor, ihn fallen zu lassen.

«Nun?»

Sie starrte auf einen Kohlekahn, der durch die Nacht tuckerte. In Beuel, auf der anderen Rheinseite, gingen die ersten Lichter aus. Anna haßte Entscheidungen. Zu viele falsche, die sie in ihrem Leben getroffen hatte. Außerdem, da war noch der eine oder andere Zweifel, und die hatten mit der Person von Peter Münzberg zu tun.

«Reicht es dir, wenn ich dir morgen nachmittag Bescheid sage?»

Der Staatssekretär erhob sich. «Ja. Du müßtest dann allerdings am darauffolgenden Tag abreisen. Stephanie bleibt nur noch zwölf Tage dort.»

«Und wenn nichts frei ist?»

Peter Münzberg lächelte auf Anna herab. «Ich habe anrufen lassen. Es ist noch was frei. Soll ich dir einen Scheck dalassen?»

«Nein», sagte Anna, die es haßte, über Geld zu sprechen. «Die Auslagen kannst mir im nachhinein erstatten. Wann bist du morgen zu erreichen?»

«Ab 17 Uhr in meinem Büro.» Er schrieb ihr seine Geheimnummer auf und gab sie ihr, so als wären es die Kronjuwelen. «Ich zähle auf dich, Anna.»

Zum Abschied küßte er ihr die Hand, und Anna schloß erleichtert die Tür hinter ihm zu. Schleuderte ihre Schuhe mit gekonntem Schwung in eine Ecke des Flurs und ging barfuß zum Eisschrank. Noch ein kleines Stück Käse und ein Glas Wein, weil der ja schon offen war und sonst verderben würde.

Nun konnte sie auch endlich die Füße auf den Tisch legen und den Blick auf den Rhein ungestört genießen. Sie mußte sich überlegen, ob sie dem Herrn Staatssekretär gefällig war. Es gab ein paar Möglichkeiten: Ablehnen und abwarten, ob er Minister wurde; einer, der erpreßbar war oder – was für eine Story – ein Spion wurde. Oder Peter fiel über die Geschichte mit den Lesbenfotos, ein Sex-Skandal, der vielen Menschen Freude bereiten würde. Arme Stephanie, dachte Anna. Nur weil sie diesen ehrgeizigen Schlappschwanz geheiratet hatte, durfte sie ihren Vergnügungen nicht ungestört nachgehen. Über Stephanie würde man als erstes herfallen. Zwei Frauen: igitt. Das war der Stoff, aus dem tödliche Skandale gestrickt wurden. Bemerkenswert, wie Peter nur an sich gedacht hatte: sein Ansehen, seine Karriere, sein möglicher Fall. Es sah ihm ähnlich, nicht die Sache als solche verwerflich zu finden, sondern nur die möglichen Folgen. Oder? Wenn er sich betrogen und verletzt fühlte, hatte er es zumindest nicht rausgelassen.

Anna kaute genüßlich an dem harten Käse und überlegte die anderen Möglichkeiten. Sie fuhr also auf diese Schönheitsfarm und spielte für Peter den Spion. Wenn sie nichts herausfand, blieben die anderen Alternativen offen. Falls ja, dann… Was dann? Dann blieb er im Spiel und Anna eine Person, der er Dankbarkeit schuldete. Das war nicht übel.

Über all die staatstragenden Gedanken hinaus fragte Anna sich, ob sie überhaupt Lust hatte, zwei Wochen ihres Jahresurlaubs auf einer Schönheitsfarm in Österreich zu verbringen? Ob man da rauchen durfte, oder trinken? Mußte man etwa Gymnastik treiben oder ähnlich widerliche Verrichtungen?

Erst einmal darüber schlafen, Anna – würde ihre Mutter sagen. Das war eine gute Idee. Sie stand auf und räumte die Gläser und den Aschenbecher in die Küche, ganz töchterlich ordentlich. Erst einmal schlafen. Wenn Phillip anrufen würde, könnte sie ihn um Rat fragen.

Aber das Telefon blieb still, obwohl sie es mit beschwörenden Formeln bis ans Bett trug. Vor dem Einschlafen dachte sie noch: Niemand liebt mich. Aber dann dachte sie auch, daß Stephanie Münzberg, gewiß von eben diesem Gedanken getragen, in dieses Bild gestolpert war. Und man sah ja, was dabei herausgekommen war.

Kapitel III

Am folgenden Tag entwickelte Anna eine Reihe von Aktivitäten. Zum einen setzte sie nach dem Frühstück die Spülmaschine in Gang, die sie drei Tage lang nur gefüttert hatte. Während die Maschine noch lief, rief sie in Phillips Büro an. Der Entschluß, als Klügere nachzugeben, war beim Baden – traditionell die erste Verrichtung des Tages – gereift. Ob es klug war, wußte sie nicht, aber es war auch egal, denn seine Sekretärin war am Apparat; fragte penetrant, ob die Angelegenheit dienstlich oder privat sei, und gab nach der gewünschten Auskunft mit gelangweilter Stimme bekannt, daß Dr. Handke auf Dienstreise in den Vereinigten Staaten sei.

Peng – knallte Anna den Hörer auf. Es war frustrierend, klüger zu sein und dafür keine Lorbeeren zu ernten. Außerdem ärgerte es sie maßlos, daß er einfach weggefahren war, ohne vorher zu Kreuze zu kriechen. Herzlos, der Mann war einfach herzlos, und sie täte gut daran, nach drei Jahren den Schlußstrich zu ziehen. Aber Entscheidungen weitreichender Natur pflegte Anna immer weit von sich zu schieben. Nun, sie würde jedenfalls nicht mehr anrufen. Im übrigen war es völlig witzlos, jemanden zu verlassen, dem man nicht einmal eine grandiose Abschiedsszene hinlegen konnte, weil er auf Dienstreise war.

Aktivität Nummer drei war eine ungewöhnlich frühe Fahrt ins Verlagshaus. Der Sommermorgen war strahlend schön, und Anna fuhr ihren Jaguar MK II mit offenem Verdeck, was chic und sportlich war, aber zerfledderte Haare und tränende Augen zur Folge hatte.

«Eine lange Nacht?» fragte der Pförtner teilnahmsvoll.

«Nee, 'ne kurze.» Was zwinkerte der Mann so blöde? Hatte sie etwas Falsches gesagt? Egal, Anna ging nicht in den Redaktionsraum, der um kurz vor zehn Uhr ohnehin verwaist war, sondern ins Archiv. Jede Illustrierte, die etwas auf sich hielt, verfügte über Dossiers von relevanten Leuten. Wer hier nicht zu finden war, war – vom journalistischen Standpunkt – ein Niemand.

So gesehen, war Anna ein Niemand. Sie fragte die Archivarin, die sich in der Lektüre der Morgenzeitung gestört fühlte, nach «Informationen zu Stephanie Münzberg».

«Was machen Sie denn hier? Konnten Sie nicht schlafen?»

«Nein. Möchten Sie zur ‹Humor-Seite› versetzt werden, Frau Bayer?»

Die Archivarin kniff die Lippen zusammen und kramte schweigend in ihrem Karteikasten. So früh am Morgen konnten die von der Redaktion wohl keinen Scherz vertragen.

«Ich habe nur ein Dossier Münzberg. Das ist doch der Staatssekretär, oder? Seine Frau? Ich hole Ihnen die Mappe, dann können Sie selbst gucken, ob sie dabei ist.»

Sie war dabei, allerdings nur in einem Artikel, der kurz nach der Hochzeit erschienen war. Ein Foto zeigte das Ehepaar Münzberg vor seinem «frisch erworbenen Haus in Bad Godesberg». Der Werdegang des jungen, dynamischen Abgeordneten zum Staatssekretär, blabla. Seine Ehefrau Stephanie, geborene Bletten. Stammt aus einer Düsseldorfer Industriellenfamilie, die über beträchtliches Aktienkapital in der Stahlbranche verfügt. Eine von zwei Töchtern, natürlich in einem Pensionat in der Schweiz erzogen; nach dem Abitur ein bißchen Jet-set, ein bißchen Kunstgalerie, weiter nichts. Dann die Hochzeit, eine «Liebesheirat zwischen Geld und Politik», wie der Journalist so treffend schrieb.

Offenbar hat sie nicht studiert und nicht gearbeitet, dachte Anna, als sie den Artikel zur Seite legte. Eine Liebesheirat, oh, ja. Und was kommt raus dabei? Ein Staatssekretär in Nöten. Wie dünn die auf diesem Foto war. Komisch, daß Frauen der Oberklasse selten klein und dick waren. Nein, sie waren lang und feingliedrig und sahen in der Regel edel aus, auch ein bißchen schwindsüchtig, aber das war dann wieder Geschmackssache.

Anna gab die Mappe zurück und bedankte sich.

«Wollen Sie über die was schreiben? Hat sie was angestellt?»

Anna, schon auf dem Weg zur Tür, drehte sich noch einmal um. «Wenn ich Ihnen das erzähle, Frau Bayer, dann können *Sie* nicht schlafen. Tschüs dann und danke schön.»

Die Entscheidungsfindung war wirklich nicht leicht. Sie fuhr hoch zur Kantine, um sich Kaffee zu holen und festzustellen, daß sie nicht das passende Kleingeld für den Automaten hatte. Ein Kollege aus der Politik, der sich gelegentlich am Journalisten-Skat im *Alten Treppchen* beteiligte, half ihr aus. Auch er vermochte sein Erstaunen über ihr ungewöhnlich frühes Erscheinen nicht zu verbergen. Anna fragte ihn nach Münzberg aus.

«Meinen Sie, daß er es wird?»

Ein politischer Redakteur, der Personalwechsel von Bedeutung nicht prophezeien konnte, war sein Geld nicht wert.

«Na klar doch; die suchen bloß noch einen standesgemäßen Posten für den Minister. Angeblich will er Bundespräsident werden, aber dafür wird es wohl nicht reichen. Ich weiß aus absolut zuverlässiger Quelle, daß man ihn auf einen EG-Posten abschiebt.»

«Ach, deshalb war der Minister vorgestern abend nicht beim Geburtstagsempfang des Generalsekretärs.» Anna hatte zwar nicht so hochkarätige Informanten, aber Augen im Kopf. «Gibt es Zoff hinter den Kulissen?»

Der Kollege nickte bestätigend. «Jede Menge Zoff. Aber ob der Alte will oder nicht: Münzberg macht das Rennen. Das ist ein cleverer Typ, der. Man sagt ihm nach, daß er sich keine Fehler leistet.»

Na, einen mindestens, dachte Anna, als sie an ihrem Schreibtisch saß und gedankenschwere Ringe in die Luft paffte: Er hat Stephanie geheiratet. Und die scheint kein so karrierefördderndes perlgraues Mäuschen zu sein wie die meisten anderen Damen in Bonn. Das Foto war jedenfalls eine Bombe. Und der Ehemann hatte sich ausgerechnet Anna Marx ausgesucht, diese Bombe zu entschärfen.

Urx, der Kaffee schmeckte wieder kantinenhaft scheußlich. Sie hatte so ein unbestimmtes Gefühl gebotener Vorsicht. Sprach doch eigentlich nichts dagegen, sich zwei Wochen auf Kosten des Staatssekretärs auf eine Schönheitsfarm zu begeben? Ein bißchen Recherche, ein wenig anbändeln mit Stephanie Münzberg.

Letztlich war es Neugierde, die den Entschluß bestimmte, doch zu fahren. Und die Tatsache, daß Phillip nicht in Bonn war. Und überhaupt: Urlaub hatte sie ohnehin geplant. Darüber hinaus konnte es keinesfalls schaden, schöner zu werden, einen geruhsamen, entspannten Urlaub in Österreich zu verbringen. Anna kannte Badgastein nicht, wußte nur, daß der Ort in der Nähe von Salzburg lag. Und an Salzburg knüpfte sie die Erinnerung an ein wunderschönes Wochenende mit Phillip. Dieser verdammte Kerl, der den Streit und ihre Sturheit vermutlich dazu nutzte, sich einen eleganten Abgang zu verschaffen. Schließlich hatte er Familie und Karriere, und Anna – sei mal ehrlich – war eine so unbescheidene Geliebte. Machte Szenen, die einer Ehefrau besser angestanden hätten. Kein Wunder, dachte sie, wenn er sich statt meiner ein bequemes, hübsches Betthäschen sucht. So eine rehäugige, gertenschlanke. Eine Tussi, die schon durch das Vorspiel edler Abendessen in Ekstase geriet, die ihn bewunderte und ihm nie widersprach…

Anna telefonierte mit der Personalabteilung und korrigierte ihre Urlaubswünsche. Der Chefredakteur würde nichts dagegen haben, weil sie schon drei Kolumnen im voraus abgeliefert hatte. Wenn die Auflage des *Wochenmagazins* steigende Tendenzen aufwies, war er überhaupt ein großzügiger Chef.

Anschließend sprach sie mit ihrer Putzfrau, eine der wichtigsten Personen in ihrem Leben, die Annas spontane Entschlüsse schon gewohnt war und ihr versprach, die Blumen zu gießen und auf die Wohnung zu achten.

Der Anruf aus dem Finanzministerium kam überraschend.

Sie habe versucht, Frau Marx zu Hause zu erreichen, sagte eine weibliche Stimme vorwurfsvoll. Die Sekretärin des Staatssekretärs hatte einen Briefumschlag für Frau Marx. Ob sie diesen wohl per Boten in die Redaktion schicken könne?

Das Kuvert kam eine knappe halbe Stunde später. Natürlich mußte sie es beim Pförtner abholen, denn der war schließlich kein Bote. Anna öffnete es an ihrem Schreibtisch. Ein kurzer, handgeschriebener Brief war darin und ein Flugticket Frankfurt-Salzburg. Hinflug 9.30 Uhr mit Austrian Airlines, Rückflug offen.

Liebe Anna,

ich mußte dringend nach München und werde vor Mitternacht nicht zurück in Bonn sein. Dein Einverständnis vorausgesetzt, erlaube ich mir, das Ticket beizulegen. Meine Sekretärin hat Dich auf Schloß Aubach *angemeldet. Am besten nimmst Du vom Flughafen ein Taxi nach Badgastein. Übrigens wäre es vielleicht klüger, Deinen Beruf zu verschweigen. Ich glaube nicht, daß sich meine Frau an Dich erinnert. Stephanie hat ein schlechtes Personengedächtnis und liest grundsätzlich nur Modejournale. Ich wünsche Dir – und mir – viel Erfolg. Bitte melde Dich aus Badgastein. Meine Sekretärin hat die Anweisung, Dich immer durchzustellen oder über meinen Aufenthaltsort zu informieren.*

In Dankbarkeit
Dein Peter

Anna zerriß den Brief langsam in kleine Stücke, ganz konspirativ handelnd, oder auch aus Ärger. Wie arrogant von Peter, ihr Einverständnis vorauszusetzen. Und ihre Erfolgschancen, die sie selbst sehr niedrig einschätzte, so optimistisch vorzugeben. Na gut: Anna Marx fuhr also nach Schloß Aubach, um dort hinter Stephanie Münzberg herzuschnüffeln. Und was würde sie bestenfalls herausbekommen? Wer mit wem, was noch lange nicht die Frage nach dem Fotografen beantwortete. Oder jene, warum man Peter Münzberg diese hübschen Fotos zugeschickt hatte. Und dies war eine Frage, die Anna nur allzugern beantwortet hätte. Jetzt schon ärgerte sie sich darüber, daß dies eine Geschichte war, die man nie schreiben konnte – oder doch?

Während Anna ihren Schreibtisch zumindest so weit aufräumte, daß die Kollegen ihre Abwesenheit bemerken mußten, überlegte sie, ob Peter ihr wirklich alles gesagt hatte. Vermutlich nicht. Es sähe ihm ähnlich, mit der Wahrheit zu spielen. Schließlich waren Politiker von Berufs wegen professionelle Lügner oder mindestens Verschweiger. Wenn die Grünen eine Ausnahme waren, bestätigte dies nur die Regel, daß jede Annäherung an die Wahrheit eine Entfernung von der Wirklichkeit ist.

Annas sehr bescheidene Lebensphilosophie besagte, daß man

das Schlimmste erwarten mußte, um dem Schlimmen mit Anstand zu begegnen. Zweckpessimismus oder auch nur der Versuch, dem Leben die besten Seiten abzugewinnen. Also war sie im Grunde ein Optimist. Anna schloß ihren Schreibtisch ab und schwelgte in dem Gedanken, auf Schloß Aubach mindestens fünf Kilo abzunehmen, einen Fotografen zur Strecke zu bringen, geglättet zurückzukehren und sich Phillip abzuschminken. Neu anfangen: Man müßte im Leben immer wieder neu anfangen können, nachbessern und korrigieren. Aber nein, Anna Marx blieb sich selbst treu, und dazu gehörte auch das Beharren auf eigenen Fehlern.

Sie suchte nach ihren Schuhen, die sich unter dem Schreibtisch versteckt hatten, und bot einer Kollegin vom Moderessort, die gerade zur Tür hereinkam, den Anblick eines beachtlichen Hinterteils. Es reizte mindestens zu einer Bemerkung.

«Wußtest du, daß Rubensfiguren wieder ganz ‹in› sind, Anna? So früh habe ich dich übrigens hier noch nie gesehen.»

Da war es, das heimtückische Schuhwerk. Anna rappelte sich hoch. «Du bist jetzt die dritte, die das sagt, und die Bemerkung wird nicht origineller, liebe Kollegin. Was die erste anbelangt: Ich fahre morgen auf eine Schönheitsfarm, weil mir nun mal eher nach Schiele ist als nach Rubens. Außerdem ist es mir scheißegal, was gerade ‹in› ist.»

Anna verstaute ihre Zigaretten in der Handtasche. «In vierzehn Tagen seht ihr mich wieder – falls ihr mich noch wiedererkennt.»

«Morgen, sagst du?»

«Ja, morgen.»

«Du, dann sollten wir heute abend noch essen gehen. Ich habe einen tollen neuen Italiener in Kessenich entdeckt. Nudelgerichte, sag ich dir ...»

Anna dachte an ihren leeren Kühlschrank und an Nudeln mit Gorgonzolasahne. An unendlich graue Tage, gefüllt mit abscheulicher Diätkost und dem nagenden Gefühl der Entbehrung.

«Manchmal hast du richtig gute Ideen, Helga. Warum soll ich nicht noch einmal was Anständiges essen, bevor ich zur Hölle fahre? Ich komme gegen Abend noch einmal her, dann gehen wir anschließend los. Und ich lasse mein Auto zu Hause, damit ich eine Flasche «Brunello» verkrafte.»

Es wird nicht helfen, dachte sie. Ich werde essen und trinken und lachen und blöde Sprüche machen – und mich alleine fühlen, einsam, unglücklich. Ich werde mit der Taxe nach Hause fahren, Brunello-trunken und Anna-sentimental. Ohne mich abzuschminken und ohne die pflegende Nachtcreme werd ich ins Bett fallen und in einer letzten Anwandlung von Vernunft den Wecker stellen. Weinen werde ich wahrscheinlich, wie immer, wenn Selbstmitleid mich ankriecht wie Nebel auf der Autobahn. Eine neununddreißigjährige betrunkene Kuh, die keinen Stall gefunden hat. Oder einen, der schon besetzt ist.

«Is was, Anna?»

Interessierte es jemanden? Anna warf den Kopf in den Nacken und grinste. «Nein. Wir sehen uns dann heute abend.»

Es ist gut, überlegte sie auf dem Nachhauseweg, wegzukommen und sich mit anderer Leute Probleme zu beschäftigen. Mit Peter Münzberg und Gemahlin und deren Staatsaffären. Schloß Aubach war immer noch besser als Anna Marx' leere Wohnung mit dem stillen Telefon.

Ein Radfahrer kam ihr in der Einbahnstraße entgegen, und Anna zeigte ihm den Vogel. Die Welt war wirklich voller Idioten. Und dieser hier besaß auch noch die Frechheit, die Geste zurückzugeben. Nicht mal mehr vor Radfahrern war man sicher…

Kapitel IV

Niemand würde ernsthaft behaupten, daß Anna Marx naturverbunden war. Aber sie mußte zugeben, daß Badgastein auf den ersten Blick seine Reize hatte. An den Berg geklebt wie hübsche Streichholzschachteln, paßten sich die alten Häuser der bergigen Landschaft an. Ein altes Heilbad, wie ihr der freundliche Taxifahrer erklärte, der sie vom Salzburger Flughafen nach Schloß Aubach brachte.

Verdammt alt, dachte Anna beim Anblick der Prachtbauten, die vom Ruhm vergangener Zeiten zeugten. Die Straße, die zum Ort hinaufführte, war steil und eng gewesen und mündete nun, in der Ortsmitte, in eine Promenade, die von Hotels und Geschäften umsäumt war.

«Do links is unsa Kongreßzentrum», sagte der Taxifahrer. «Vül Ärztekongresse.»

Nicht mehr lange, murmelte Anna, und spürte kein Bedauern. Das Kongreßzentrum, ein in den Berg gehämmerter Betonklotz, paßte zu den Jahrhunderthäusern wie die Faust aufs Auge. Es war wirklich scheußlich, ein architektonisches Verbrechen.

Es war ein strahlend schöner Junitag. Badehäuser, Kurhäuser, Hotels, Geschäfte – nun führte die Straße wieder den Berg hinunter wie auf einer sanften Achterbahn.

«Liegt Schloß Aubach weit außerhalb?»

«Na, mir san glei do. An der Kaiser-Wühem-Promenad', glei do hintn.»

Schloß Aubach lag an der Kaiser-Wilhelm-Promenade, die vom Ortskern in das Gasteiner Tal führte. Der Taxifahrer fuhr auf ein schmiedeeisernes Tor von imposanter Größe zu, bremste, stieg aus, drückte auf eine altmodische Klingel.

Panik. Warum denn? Anna mußte sich zwingen, in dem Auto sitzen zu bleiben. Es gab überhaupt keinen Grund zur Panik. Der kleine Park war von gepflegter Schönheit, und das frischgestrichene Gebäude sah aus wie eine Miniaturausgabe des Poppelsdorfer Schlosses. Anna Marx trug ihr teuerstes Kostüm und preßte ihre Fingernägel in die Handtasche. Sie fuhren auf einem Kiesweg auf eine Auffahrt zu, die in einem Parkplatz vor dem Schloß mündete. Zwei steinerne Löwen und eine Treppe, die zu einer überdimensionalen Glastür führte. Auf den ersten Blick irritierend, wirkte sie auf den zweiten originell. So, als wolle der Besitzer beweisen, daß alt und neu eine durchaus ästhetische Beziehung eingehen können.

«Is Eana net guat, gnä' Frau?»

«Doch, doch», sagte Anna und stieg aus. Sie bezahlte den Fahrer, der sie mit mitleidigem Blick musterte. Er fand alle Frauen, die nach Schloß Aubach kamen, bemitleidenswert. Schließlich war

Badgastein ein kleiner Ort, und man wußte Bescheid. Der Ausländer, hieß es, war ein windiger Bursche. Aber Geld hatte er, viel Geld. Sonst hätte er Schloß Aubach nicht kaufen und so aufwendig renovieren können.

Er drückte der Rothaarigen seine Karte in die Hand und murmelte etwas, das wie «stets zu Diensten» klang. Als das Taxi abfuhr und Anna mit ihren Koffern etwas verloren vor der Treppe stand, öffnete sich die Glastür. Die Frau, die die Stufen sozusagen hinunterschwebte, war um die fünfzig Jahre alt, klein und zierlich, und hielt sich kerzengerade. Annas erster Gedanke war, daß sie aussah wie eine alternde Ballerina. Zu dünn, zu dick geschminkt, vogelähnlich.

Sie kam mit gewinnendem Lächeln auf Anna zu. «Frau Marx aus Bonn? Herzlich willkommen auf Schloß Aubach. Ich bin Valerie Wondraschek, Hausdame, Mädchen für alles oder der gute Geist des Hauses, wie der Doktor manchmal sagt. Darf ich Ihr Gepäck nehmen? Hatten Sie einen guten Flug?»

Ja, sie hatte. Anna schüttelte die kleine Hand des guten Geistes und folgte ihm durch die Glastür in den Empfangssalon von Schloß Aubach. Alles weiß: Abgesehen von einem Teppich, der Anna chinesisch vorkam, war die gesamte Einrichtung des Salons in Weiß gehalten – von den Lederstühlen über die gestylten Tische bis zu den zierlichen Schränken.

Der gute Geist war Annas erstauntem Blick gefolgt. «Überraschend, nicht wahr? Wir haben das Schlößchen stilecht renovieren lassen, bis auf die Glastür natürlich. Aber die Inneneinrichtung stammt von einem italienischen Designer. Ganz modern, ganz cool. Der Doktor liebt die Klarheit der Farbe Weiß, müssen Sie wissen.»

So etwas Ähnliches hatte Anna sich schon gedacht. Sie nickte ergriffen und verkniff sich jegliche Bemerkung, die sie als Banause italienischer Innenarchitektur entlarven könnte.

«Möchten Sie ein Glas Champagner, bevor ich Ihnen Ihr Zimmer zeige?»

Frau Wondraschek hatte kleine Knopfaugen, die einen nie ansahen, wenn sie sprach. Aber sie lächelte oft und enthüllte ein Gebiß, das ebenfalls frisch renoviert aussah.

«Ein Glas Bier wäre mir lieber. Aber wir können auch gerne zuerst aufs Zimmer gehen.»

Bier trank man offenbar besser im Zimmer, denn der gute Geist folgte Annas Vorschlag und bat sie, ihr über eine Wendeltreppe in den ersten Stock zu folgen.

«Ich werde Ihnen eine Flasche aufs Zimmer bringen lassen, Frau Marx.»

Annas Zimmer war so weiß wie frisch gefallener Schnee und so kalt, wie Badgastein wohl im Winter sein mußte. Als einziger Kontrast hing über dem französischen Bett – mit weißer Tagesdecke – ein alter Schinken vom Typ «röhrender Hirsch» mit breitem Goldrahmen, ein gewiß echtes Gemälde von einem echten alten Künstler, denn wie anders hätte man es in diesen durchgestylten Raum hängen können.

«Sehr schön», murmelte Anna mißmutig und inspizierte das luxuriöse Badezimmer, das immerhin ihren Gefallen fand. Wer konnte schon viel gegen weiße Kacheln und vergoldete Hähne einzuwenden haben?

Die Leute konnten nichts dafür, aber Anna kam sich in diesem Zimmer vor wie ein dunkler Elefant im Porzellanladen. Außerdem hatte sie Hunger, denn das Frühstück im Flugzeug war nicht eben üppig gewesen. Die ganze Atmosphäre, dieses verdammte Weiß, stimulierte ihre Magensäfte.

«Möchten Sie sich jetzt erfrischen und auspacken? Ich lasse Ihnen Ihr Bier heraufbringen und anschließend können wir ein wenig plaudern, und beim Mittagessen werden Sie dann die anderen Damen kennenlernen.» Frau Wondrascheks Tonfall war bei dem Wort «Bier» etwas mißbilligend, aber vielleicht bildete sich Anna das nur ein. Sie nickte und blickte dem Vogel nach, der aus ihrem Zimmer schwebte.

Jetzt wußte sie, woran die Frau sie erinnerte: an die Musiklehrerin im Gymnasium, die Anna mit jener Intensität gehaßt hatte, wie sie nur Kinder aufbringen. Aber es konnte auch daran gelegen haben, daß die kleine Anna ein ganz und gar unmusikalisches Kind war, ein mit ihrer rauhen Stimme ewig störendes Moment jeder Gesangsübung. Rauh war ihre Stimme immer noch, rauh und tief – erotisch, sagten die Männer, aber die sagten viel, ohne sich etwas dabei zu denken. Und wie viele verstanden schon etwas von Erotik?

Anna öffnete ihren Koffer und packte mit triumphierendem Lächeln einen Aschenbecher aus. Hatte sie es doch geahnt, daß der in ihrem Zimmer fehlen würde. Der Inhalt des Koffers war schnell geleert: Zwei Morgenmäntel, ein Badeanzug, der einzige Trainingsanzug, den sie besaß und in Bonn nie anzog, sowie einige Kleider in der Größe 42, eine Flasche Whisky, eine Stange Zigaretten, der Toilettenkram, zwei Bücher. «Der Untertan» von Heinrich Mann und Kunderas «Die unerträgliche Leichtigkeit des Seins». Schloß Aubach war gewiß ein Ort, an dem man zum Lesen kam. Eigentlich hatte sie sich mit dem Gedanken schon angefreundet, zwei Wochen nichts anderes zu tun, als sich den Ritualen der Schönheitsfindung zu unterwerfen. Blieb noch Peters Auftrag, seine Frau auszuspionieren – ein störender Gedanke in diesem Ambiente. Eines hatte sie zumindest schon herausgefunden: Valerie Wondraschek war nicht die Dame, die Stephanie Münzberg auf diesem Foto beglückte.

Auf ein gedämpftes Klopfen öffnete Anna die Tür und nahm ein Tablett mit einer Flasche Bier in Empfang. Das junge Mädchen trug tatsächlich ein weißes Häubchen wie Dienstboten in alten Filmen, und es knickste vor Anna. Sie war hübsch, aber auch sie war nicht die Unbekannte auf dem Foto.

«Ich bin Doris, gnädige Frau. Wenn Sie mich brauchen, wählen Sie einfach die Neun.»

«Danke, Doris.»

«Und Frau Wondraschek läßt ausrichten, daß sie unten im Salon auf Sie wartet.»

Frau Wondraschek saß an einem großen, runden Tisch im Salon, in dessen Mitte eine Vase mit weißen Tulpen prangte. Sie sprang auf, als Anna eintrat, und rückte ihr den Stuhl neben ihrem zurecht. Sie war, fand Anna, von einer fast unangenehmen Servilität. Es gab Leute, die ihr auf Anhieb mißfielen. Frau Wondraschek gehörte dazu.

«Ich hoffe, daß Sie sich bei uns wohl fühlen werden, Frau Marx. Möchten Sie Kaffee oder etwas anderes?»

Anna mochte nicht und schaute aus dem Fenster auf den

Schloßpark, dem offenbar ein Gartenarchitekt zu Leibe gerückt war, um jeden Millimeter Natur zu unterjochen. Valerie Wondraschek war ihrem Blick gefolgt.

«Ein herrliches Anwesen, nicht wahr? Doktor Plessis hat es völlig verwildert übernommen und ein Stück Paradies geschaffen. Unsere Damen fühlen sich sehr wohl hier.»

Von weitem sah Anna fünf Gestalten in Jogginganzügen über den Rasen traben. Gesichter konnte man nicht erkennen.

«Sind das die übrigen Gäste? Nur fünf?»

Frau Wondraschek nickte, und Anna sah zu ihrem Entzücken, daß die Dame sich eine Zigarette anzündete. «Ja, Frau Marx. Zwei Damen haben plötzlich abgesagt, und mit Ihnen haben wir nur sechs Gäste im Haus. Aber wir nehmen ohnehin nur maximal zehn. Wir legen Wert auf eine intime und exklusive Atmosphäre, wissen Sie. Dr. Plessis möchte keinen Massenbetrieb aus Schloß Aubach machen.»

Anna folgte dem schlechten Beispiel. Die achte Zigarette. Irgend jemand hatte mal gesagt, daß man sich das Rauchen abgewöhnen könnte, wenn man damit anfing, mitzuzählen. Aber bei der zwanzigsten hörte Anna immer auf – zu zählen.

«Dr. Plessis ist also der Besitzer? Österreichisch klingt der Name nicht.»

«Er ist in Südafrika geboren. Dr. Plessis hatte in Johannesburg eine Klinik für Schönheitschirurgie. Ein bemerkenswerter Mann – aber Sie werden ihn ja kennenlernen.»

Anna hatte das Gefühl, daß damit das Thema ‹Doktor› abgeschlossen war. Aber da kannte Frau Wondraschek Frau Marx nicht.

«Und wie ist er hierhergekommen? Arbeitet er hier denn auch als Schönheitschirurg oder …?»

Dunkle Knopfaugen, die Annas neugierigem Blick nicht standhielten. Frau Wondraschek empfand Annas direkte Fragen als vulgär.

«Nein. Er hat sich zurückgezogen. Aber wie er nach Badgastein gekommen ist, müssen Sie ihn schon selber fragen. Der Doktor pflegt kaum über sich selbst zu sprechen. Doch wenn er uns hier die Ehre gibt, referiert er durchaus gerne über seine Arbeit. Er wohnt gegenüber, sehen Sie das kleine Jagdhaus am Ende des Parks?»

Anna sah es. So klein war es auch wieder nicht. «Ist er denn schon so alt?»

Valerie Wondraschek, durch die Blitzanmeldung dieses Gastes wenig informiert, fragte sich, aus welchem Stall diese Dame kam. Sie war zwar gut, aber nicht edel angezogen. Bis auf die zugegeben teure Uhr kein Schmuck, auch kein Ehering. Nachlässig geschminkt, übergewichtig, die langen Haare überhaupt nicht gestylt. Sie schätzte Anna Marx als Emporkömmling ein. Vielleicht Geschäftsführerin?

«Der Doktor ist zweiundsechzig, also keineswegs alt. Verwitwet. Seine Tochter ist in Johannesburg verheiratet. Aber nun zu Ihnen, Frau Marx. Sie haben sich ja so spontan angemeldet, daß ich gar keine Informationen habe. Darf ich zunächst fragen, wie Sie auf Schloß Aubach gekommen sind?»

Die erste Lüge. «Eine Freundin hat mir den Tip gegeben. Es war wirklich ein spontaner Entschluß. Aber ich dachte mir, es könne ja nicht schaden, ein wenig auszuspannen; sich sozusagen der Schönheit zu widmen.»

«Möchten Sie vielleicht auch ein wenig abnehmen bei uns?»

Möchten schon, du blöde Wachtel. Aber den bezeichnenden Blick könntest du dir sparen. Anna lächelte honigsüß: «Aber nur, wenn es leicht geht.»

Sie gab Frau Wondraschek ihre Daten und gab als Beruf – zweite große Lüge – Schriftstellerin an. Anschließend fragte sie, obwohl ihr das peinlich war, nach den Preisen. Auch wenn Peter bezahlen wollte, interessierte sie das.

Frau Wondraschek, die Annas Angaben in ein Formular eingetragen hatte, spitzte den Mund: «370 Mark pro Tag, Frau Marx. Das schließt eine Reihe von Anwendungen ein, wie auch die Nutzung unserer sämtlichen Facilitäten – Schwimmbad, Sauna, Dampfbad, Gymnastikraum, Park. Im übrigen steht jeder Dame eine eigene Kosmetikerin zur Verfügung, die gleichzeitig als Masseuse tätig ist. Wir können also das Schönheitsprogramm individuell auf Sie abstimmen. Natürlich steht es Ihnen auch frei, Ihre Diät selbst zu bestimmen.»

Anna fand, daß das alles sehr stressig klang. Auch nicht gerade billig. Aber Dienstleistung war nun einmal nicht zum Nulltarif zu haben. Schönheit wohl ebenfalls nicht.

«Und die anderen Damen, Frau Wondraschek, welcher Diät folgen die?»

Ein weiterer unverschämter Blick. «Die Damen haben sich auf eine 1000-Kalorien-Diät geeinigt, inklusive einem Entschlakkungstag pro Woche. Wie Sie wissen, kommt Schönheit in erster Linie von innen.»

Oje. Das klang nach bitteren Mahlzeiten. «Und wieviel nimmt man da ab, wenn ich fragen darf?»

«Es kommt auf das Ausgangsgewicht an, Frau Marx. Bei Ihnen würde ich schätzen, daß Sie pro Woche zwei bis drei Kilogramm abnehmen.»

Anna dachte daran, daß sie solchen Falles wieder in ihren Smoking passen würde, den sie sich zum letzten Bundespresseball gekauft hatte. Und daran, daß das Schloß kein Gefängnis war und sie auf der Durchfahrt durch Badgastein eine Reihe von Gasthäusern gesehen hatte. Wenn es ganz unerträglich wurde, blieb immer noch ein sündiger Ausflug...

«Na gut. Dann schließe ich mich der Diät der Mehrheit an, Frau Wondraschek.» Es war schwer, sich gegen Visionen einer neuen Anna zu widersetzen. Eine, die nicht mißmutig nach figurumspielenden Modellen suchte, deren Reißverschlüsse und Knöpfe sich nicht dem Fleisch widersetzten; die nicht blitzschnell den Bauch einzog, wenn Phillip sie von der Seite ansah...

Die Rothaarige saß da und lächelte in sich hinein, und Valerie Wondraschek fühlte sich in ihrer Meinung bestätigt, daß alle Frauen, die nach Schloß Aubach kamen, die eine oder andere Macke hatten. Wahrscheinlich liegt es daran, dachte sie bitter, daß diese Frauen nicht wissen, was es heißt, von einem Gehalt zum anderen zu leben, ständig in Geldnöten und in der Angst, jemand könnte auf diesen gesellschaftlichen Makel stoßen. Und bei Gott, sie lebte seit vielen Jahren mit dieser Angst, und es wurde nicht leichter, sie unter Kontrolle zu halten.

Sie reichte Anna eine kleine Mappe, deren Umschlag ein standesgemäßes Wappen zierte. «Ich habe einen Wochenplan für Sie zusammengestellt. Nach dem Mittagessen werde ich Ihnen dann Elfie vorstellen, die Ihnen für die Dauer des Aufenthalts zur Verfügung steht. Mit ihr können Sie dann auch über Spezialbehandlungen sprechen, Frau Marx. Und bitte, wenn Sie irgendwelche Wünsche oder Beschwerden haben, wenden Sie sich sofort an mich. Wir bemühen uns, unseren Damen den Aufenthalt so schön wie möglich zu machen.»

Im Rahmen der kulinarischen Möglichkeiten, dachte Anna, und bedankte sich erst einmal artig. «Wann und wo muß ich mich zum Mittagessen einfinden?»

Der gute Geist blickte auf die Armbanduhr. «In einer knappen halben Stunde. Das Essen wird immer um ein Uhr im Speiseraum im Parterre serviert, hier rechts neben dem Salon.»

«Irgendeine Kleiderordnung?»

Valerie Wondrascheks rechte Hand rückte die weißen Tulpen zurecht. Sie hatte erstaunlich derbe, abgearbeitete Hände.

«Das Frühstück pflegen die Damen im Morgenmantel zu sich zu nehmen. Mittags trägt man Jogginganzüge oder ähnlich Sportliches. Nur zum Abendessen kleiden sich die Damen an.»

Wahrscheinlich, damit sie ihre Juwelen ausführen können, überlegte Anna. Zum Morgenmantel oder Trainingsanzug paßten die ja so schlecht. Frau Wondraschek trug, abgesehen von der Armbanduhr, kein einziges Schmuckstück. Aber das war nicht das einzige, das Anna an dieser Frau merkwürdig fand.

Sie erhob sich. «Nun, dann werde ich mich bis zum Mittagessen noch ein wenig im Schloß umsehen. Nein, bemühen Sie sich nicht, ich werde mich schon alleine zurechtfinden.»

«Der Pool und die Saunaanlagen sind im Keller», rief Frau Wondraschek ihr nach. Sie hätte diese Frau Marx ja gerne herumgeführt, stolz wie sie war auf die ihrer Meinung nach wundervollen Räumlichkeiten des Schlosses. Aber der rothaarige Trampel legte offenbar keinen Wert auf ihre Gesellschaft. Der gute Geist des Hauses, bah. Es war oft unerträglich, wie arrogant sie von manchen dieser sogenannten Damen behandelt wurde. Dabei wußten viele von denen gar nicht, was ehrliche Arbeit war. Valerie Wondraschek hätte es gewiß auch vorgezogen, einen reichen Mann zu heiraten oder Tochter eines wohlhabenden Vaters zu sein. Aber ihr Leben, ihr fünfzig Jahre altes Leben, war im Grunde nichts als eine Kette enttäuschter Hoffnungen gewesen. Dr. Plessis war nur eine davon. Und irgendwann hörte man auf zu hoffen. Dann war es Zeit, Bilanz zu ziehen.

Der Mann, der sich Harald Gruber nannte, aber was bedeuteten Namen schon in seinem Geschäft, zwirbelte seinen Erzherzog-Johann-Schnurrbart und bedachte seine Nachbarin mit jenem Schmelzblick, den er vor dem Spiegel oft geübt hatte. Man saß bei *Ferdl*, einer Pianokneipe ohne Klavierspieler, schräg gegenüber vom Elisabeth-Park-Hotel. Er war ein Typ, auf den die Weiber flogen. Das wußte er.

«Sie riechen so gut», sagte Elfie, die eine Cola-Rum trank und sich ziemlich verrufen vorkam. Vormittags, Alkohol und ein fremder Mann. Sie hatte ihn gerade erst am Vortag kennengelernt, direkt vor der Parktür, als sie vom Kino zurück nach Schloß Aubach kam. Nach dem Weg hatte er sie gefragt, und wie das so war, man kam ins Reden... Und nun saß sie da, an ihrem freien Vormittag, schaute in seine schönen Augen und nannte ihn schon beim Vornamen: Harald. Er war bestimmt zehn Jahre älter als sie, aber Elfie, gerade zwanzig, fand Jungs in ihrem Alter noch ziemlich doof.

«Chanel», sagte Harald Gruber. Wenn sie Kosmetikerin war, wußte sie auch, wie teuer er roch. Eigentlich war sie ganz süß, die Kleine. So zutraulich, und vor allem so mitteilsam. Man mußte sie gar nicht erst groß anzapfen, schon sprudelten die Informationen aus ihr heraus. Eigentlich grauslich, so geschwätzige Weiber; seine eigene war auch nicht viel besser. Seine eigene saß in Wien und gab das Geld aus, das er verdiente.

Dieser Auftrag war zum Gähnen langweilig. Er haßte es, wenn er aus Wien in die tiefste Provinz mußte. In Wien gab's action, in der Provinz kleine Hascherln, die man observieren mußte. Jedenfalls war Joyce Martin für einen Mann wie ihn ein kleines Hascherl. 'ne geile Lesbe. Der ganze politische Hintergrund war so diffus wie sein Auftrag. Beobachten sollte er die Dame, ausspionieren, ob sie gemeinsam mit dem Doktor oder ohne den Doktor in Badgastein so eine Art Informationszentrale aufgebaut hatte. So sein Abteilungsleiter. Der wurde fürs Denken und Befehlen bezahlt, während er für viel weniger Geld die Dreckarbeit machte.

Obwohl es im Moment ja nicht so unangenehm war, der feschen Kleinen zuzuhören.

Er bestellte bei Ferdl noch ein Bier.

Der Tip war aus Südafrika gekommen, hatte der Abteilungsleiter konspirativ geflüstert. Amtshilfe sozusagen. Denn die Martin war eine staatsfeindliche Aktivistin gewesen, in Südafrika. Das stand in den Akten. Und dann hatte der Dr. Plessis sie aus dem Schlamassel rausgeholt, und die beiden waren nach Badgastein abgedampft. Verhielten sich ganz ruhig und brav in den österreichischen Alpen. Aber, das stand auch in den Akten, es fuhren einige Damen der südafrikanischen Industrie, Ehefrauen, nach Schloß Aubach. Angeblich zur Schönheitspflege. Und es war ja denkbar, nicht wahr, daß Joyce Martin mit dem Doktor oder ohne den Doktor in aller Ruhe ein Spionagenetz aufbaute. Daß sich die Martin, obwohl sie Neger doch so liebte, in Österreich keiner Anti-Apartheids-Gruppe angeschlossen hatte, war doppelt verdächtig. So sein Abteilungsleiter, der ja fürs Denken bezahlt wurde.

Deshalb saß Harald Gruber, der in Wirklichkeit anders hieß und seit fünf Jahren der Geheimen Staatspolizei Österreichs angehörte, in einem zweitklassigen Hotel in Badgastein, observierte, ärgerte sich über die komplizierten Spesenabrechnungs-Formulare, fragte sich, warum die Obervorderen nicht eine Kollegin in das Schloß eingeschleust hatten, was doch einfacher gewesen wäre, wenn auch teurer – und konzentrierte sich nunmehr voll auf das Geplapper von Elfie, der Kosmetikerin.

Denn was die ihm eben erzählte, war die erste wirklich heiße Spur, auf die er gestoßen war. Elfie erzählte ihm, was im Schloß angeblich alle wußten: Daß die Martin seit geraumer Zeit was mit der Frau eines deutschen Staatssekretärs hatte. So eine Schweinerei, dachte er, während er das Mädel ermunterte, weiterzutratschen. Aber ins Bild würde es passen: Spionagering, Kontakte zu hohen Politikern, Erpressung... Das mußte er sofort seinem Abteilungsleiter durchtelefonieren: Stephanie Münzberg, Gattin des Staatssekretärs im Finanzministerium. Wär ja möglich, daß man die deutschen Kollegen einschalten mußte, obwohl, der Gedanke paßte ihm gar nicht. Die spielten sich immer so auf, die Typen, so als ob sie die Weisheit des Staatsschutzes mit Löffeln gefressen hätten. Dabei, das wußte ja jeder: In Wien war weit mehr action als in Bonn. In Wien saßen mehr Geheimdienste als in jeder anderen Stadt. Auch die Südafrikaner. Die waren ihm jedenfalls lieber als die Deutschen. Rein menschlich.

Elfie hatte erzählt, was sie wußte; war geschmeichelt irgendwie, daß der Typ an ihren Geschichten so interessiert war. Und er war wirklich ein schöner Mann. Die meisten Männer, die von außerhalb nach Badgastein kamen, waren ja doch Opas. Ob der Schnurrbart kitzelte?

Elfie mußte zurück ins Schloß. Eine neue Dame aus Bonn sei angekommen, erklärte sie ihm, und für die sei sie zuständig. Ob er sie zurückbegleiten würde? Nach einem Wiedersehen fragen?

«Ich würde dich gerne mal im Schloß besuchen», sagte Harald Gruber zu ihr. Der schmelzendste aller Blicke. Er drückte ihre kleine Hand dabei und überlegte, was seine Frau wohl von seinem Diensteifer denken würde.

«Herrenbesuch ist den Kosmetikerinnen nicht erlaubt.»

«Aber Elfie, wir machen das heimlich, ganz spannend. Nachts. Was glaubst du, was das für ein Kitzel ist. Ich möcht so gern sehen, wie du wohnst. Und ich versprech dir, daß uns niemand erwischt.»

Mit Goethe hatte Harald Gruber nichts am Hut, aber sein «Gretchen», sie sank hin, das merkte er wohl. Er zahlte und ließ sich eine Quittung für die Spesenabrechnung geben, legte den Arm um sie und begleitete «sein Mäderl», wie er sie jetzt nannte, zurück zum Schloß. Vor dem Parktor verabschiedete er sich mit einem dezenten Busserl und dem Versprechen, pünktlich um elf Uhr abends am Hintertor auf sie zu warten.

Während er pfeifend zur nächsten Telefonzelle ging, wußte Harald Gruber nicht, daß man ihn bei der Ausübung seiner Dienstpflicht, nämlichem Kusse, fotografiert hatte. Der Fotograf hatte eine jener Kameras benützt, die so gebaut sind, daß man sie nicht als solche erkennt. Und er war ein Profi sozusagen. Nicht mehr so jung wie der Mann, der sich Harald Gruber nannte, auch nicht so schön, aber Valentin Kloose war immerhin sein richtiger Name.

Im Gegensatz zu Harald Gruber wußte Valentin Kloose nicht genau, warum er in Badgastein war. Das heißt, er wußte, auf wen er angesetzt war, nicht aber warum und schon gar nicht von wem.

Valentin Kloose war auf Geheiß seines unmittelbaren Vorgesetzten als «Tourist» nach Badgastein geschickt worden. Nur ihm, seinem Vorgesetzten, mußte er Bericht erstatten, nur dessen Anweisungen befolgen. Der Kontakt erfolgte auf schriftlichem Wege, über Deckadressen. In der Behörde hatte man eine gewisse Allergie gegen das Telefonieren. Verständlich, denn wenn der Teufel nicht wußte, wie es in der Hölle zuging, wer sonst?

Valentin Kloose saß nun wieder auf der Parkbank, lächelte in die Sonne und freute sich seines Lebens und dieses Auftrags. Er wußte schon, warum sein Vorgesetzter ausgerechnet ihn ausgesucht hatte: Weil er zuverlässig war, zu alt für Intrigen, die ihn weiterbringen könnten, und vor allem, weil er nie fragte. Er war einfach nicht neugierig. Das «Warum» seines Tuns hatte er nie hinterfragt, weil es ihn nicht interessierte. Er machte seinen Job, basta. Er machte ihn, im Rahmen seiner Möglichkeiten, perfekt, was wiederum auf eine Mischung von Erfahrung und Vorsicht zurückzuführen war. Bei diesem Job, so hatte man ihm gesagt, müsse er sehr vorsichtig sein, absolut unauffällig und diskret. Und genau so verhielt er sich auch. Das einzig Irritierende an der Geschichte war der Mann mit dem Schnurrbart, ein lächerlich auffälliges Gebilde, wenn sein erster Verdacht stimmen sollte, daß dieser Mann einen artverwandten Beruf ausübte. Der Schnurrbart sprach dagegen. Aber er hatte seine Beobachtungen pflichtgemäß seinem Vorgesetzten mitgeteilt, auch, daß es ihm gelungen war, die eine oder andere Information über «target one» zu erfahren. Die Frage einer Abhörvorrichtung war noch nicht entschieden, was ihm ganz recht war, weil er sich in aller Ruhe überlegen konnte, wie das zu bewerkstelligen war. «Target one» war schließlich nicht irgend jemand: Eine Panne hätte gewiß fatale Folgen. Im übrigen war es seiner Aufmerksamkeit nicht entgangen, daß eine Bonner Journalistin sich seit dem heutigen Tage im Schloß befand. Auch diese Information hatte er weitergegeben, denn man konnte nie wissen, welche Details wichtig waren.

Valentin Kloose wünschte sich auf seiner Parkbank, daß seine Frau jetzt dabei wäre. Sie hätte Badgastein gewiß auch schön gefunden. Vielleicht, so überlegte er, könnte man den nächsten Urlaub gemeinsam hier verbringen. Wenn «target one» abgeschlossen war.

Kapitel V

Sie brauchte eine gute Viertelstunde, um sich mit den Räumlichkeiten von Schloß Aubach vertraut zu machen. Während ihrer Besichtigungstour traf Anna keine der anderen Frauen, auch niemand vom Personal, und die einzige Begleitung war wohltemperierte Musik von Mozart in allen Räumen. Auch im Schwimmbad, ein Traum von weißen Fliesen, einem beleuchteten Pool und Rattan-Stühlen und Liegen, plätscherten Mozarts Noten. Die Wassertemperatur betrug 27 Grad.

Anna setzte sich an den Beckenrand und studierte ihr «Programm», das offenbar erst am nächsten Tag begann:

7 Uhr:	Bürstenmassage im Bett
8 Uhr:	Gemeinsames Frühstück
9 Uhr:	Gymnastik
9.30 Uhr:	Körperpeeling mit anschließendem Wannenbad und Körperpackung
10.30 Uhr:	Kosmetikbehandlung mit Vapozon, Tiefenreinigung, biologisches Peeling, Gesichts- und Halsmassage, Ampullenbehandlung und Modellage.
13 Uhr:	Gemeinsames Mittagessen
14 Uhr:	Ruhen
15 Uhr:	Jogging
16 Uhr:	Körpermassage und weitere Anwendungen
17 Uhr:	Schwimmen
19 Uhr:	Gemeinsames Abendessen

Anna zog ihre Zehen aus dem Wasser und schloß die Mappe mit angewidertem Grunzen. Und wie, zum Teufel, sollte man sich bei all diesen Aktivitäten entspannen? Wie vor allem Stephanie Münzberg ausspionieren? Das alles klang mehr nach Streß als irgend etwas anderem, und zog man die lächerlichen tausend Kalorien ins Kalkül, dann war dieses blöde Programm nichts anderes als ein gezielter Angriff auf Leib und Seele.

Anna im Jogginganzug, über den Rasen schnaufend: der Gedanke war eher erheiternd als gesund. Phillip, so ihre feste Überzeugung, würde sich halb totlachen, wenn er von dieser Geschichte erfuhr. Wenn ... Es war ja auch möglich, daß er nie wieder über sie oder mit ihr lachen würde. Mein Gott, wie sie diesen Mann vermißte, jetzt schon – und da war ja immer noch die Hoffnung, die unbedingte Illusion, daß dieser dumme Streit mit einer grandiosen Versöhnung enden würde. Und hier saß sie nun und machte sich über Phillip Gedanken, statt sich auf die Person zu konzentrieren, die schuld daran war, daß Anna Marx überhaupt hier war.

Die Person: Anna wurde ihr vorgestellt, als sie in das weißgetäfelte Eßzimmer kam. Stephanie Münzberg saß am Fenster und erhob sich mit einem freundlichen Lächeln, als Frau Wondraschek «ihren Damen» die Neue vorstellte. Die war als einzige nicht sportlich-chic gekleidet und konzentrierte sich erst einmal auf ihr Opfer. Ob die Münzberg sie aus ihrer Bonner Begegnung wiedererkannte?

Sie tat es offenbar nicht, denn ihr Lächeln war ebenso herzlich und nichtssagend wie der Willkommensgruß. Stephanie Münzberg war einen guten Kopf kleiner als Anna und viel, viel zierlicher. Sie trug einen violetten Jogginganzug, der nach Seide, jedenfalls teuer aussah. Blonde, halblange Haare, die zu einem Schwanz gebunden waren. Obwohl sie ungeschminkt war und die Gesichtshaut nach Creme glänzte, war Attraktivität erkennbar. Graue Augen mit dichten Wimpern, eine kleine Stupsnase und ein eigenwilliger, etwas trotziger Mund. Anna fand auf den ersten Blick, daß Stephanie Münzberg etwas verhärmt aussah, aber dieses Urteil hatte nicht viel zu sagen, weil sie es bei sehr schlanken Frauen immer fällte.

«Willkommen im Kreis der Schönheitssuchenden», sagte die Münzberg, und die anderen Damen lächelten. Die Stimme klang gedehnt, ein wenig arrogant. Die anderen Damen, von Frau Wondraschek vorgestellt, waren zu Annas großem Ärger allesamt dürr, bis auf eine: Ina Pelzer, die Anna auf Anhieb sympathisch war, sah in ihrem glänzenden grünen Trainingsanzug aus wie ein überdimensionaler Laubfrosch. Sie mußte etwa in Annas Alter sein und war, wie sie später erfuhr, eine erfolgreiche Münchner Geschäftsfrau.

Zum Kreis der Schönheitssuchenden zählten weiterhin Mutter und Tochter Biermann, 50 und 20 Jahre schätzungsweise und nach dem Tonfall unverwechselbar Hamburger Oberklasse, sowie eine gewisse Marlies Hölter, die Anna vage bekannt vorkam. Braunhaarig, braunäugig, sehr attraktiv. Was die hier verloren hatte, war Anna schleierhaft, bis sie beim Mittagessen erfuhr, daß Marlies Schauspielerin war.

Anna hatte ihren Platz neben der Münzberg, was sie als nette Fügung des Schicksals ansah. Und sie hatte Hunger. Im Speiseraum war Rauchverbot, wie Frau Wondraschek mit Blick auf Annas Zigarettenpackung bemerkte, bevor sie sich zurückzog, mit einem herzlichen «Recht guten Appetit, die Damen».

Dasselbe junge Mädchen mit der weißen Haube und Spitzenschürze servierte zunächst frisch gepreßten Karottensaft in hohen Gläsern, an dem, wie Anna nicht umhin kam zu bemerken, mit Andacht genippt wurde.

«Ich nehme an, er ist gesund», sagte sie zu ihrer Nachbarin aus Bonn. Stephanie Münzberg trug einen Einkaräter an der linken Hand, aber keinen Ehering. Das war komisch, denn Peter, wie Anna sich erinnerte, trug einen.

«O ja, aber Sie werden sehen, es schmeckt gar nicht so schlecht.» Die schleppende Stimme hatte einen Unterton von Belustigung. Läuft gar nicht schlecht an, dachte Anna und fühlte sich ein klein wenig mies dabei.

«Sie sind auch aus Bonn, Frau Marx? Komisch, daß wir uns dort nicht über den Weg gelaufen sind, es ist ein so kleines Kaff.»

Das Gefühl kannte Anna: Wie früher, wenn Mutter ihr auf der Spur war und sie mit allen Tricks versuchte, eine Untat zu verschleiern. Aber Stephanie Münzbergs graue Augen sahen sie uninteressiert bis gleichgültig an. Anna nahm einen vorsichtigen Schluck von dem Karottentrunk. Nein, entschied sie, keine Spur von Wiedererkennung.

«Ach, ich bin nicht so viel unterwegs, wissen Sie. Zuviel Arbeit und zuwenig gesellschaftlicher Glanz. Deshalb bin ich auch hierhergekommen: um einmal richtig abzuschalten.»

Ihre Nachbarin schien an Annas Streß wenig interessiert, aber die dicke Münchnerin hakte ein und erzählte, während das Mädchen den Hauptgang servierte, daß sie nach dem Tod ihres Mannes eine Kette von Fotoläden ganz alleine managen müsse. Die Klage über zuviel Geld und zuwenig Zeit schloß mit dem Satz, daß Schloß Aubach der ideale Ort sei, sich aus der Welt auszuklinken.

Anna nickte beifällig und stocherte im Hauptgang, der aus drei Eßlöffeln ungeschältem Reis, undefinierbaren Körnern und gekochtem Gemüse bestand.

«Es ist wieder ganz köstlich», sagte die Hamburgerin zu ihrer Tochter.

«Und so gesund», murmelte Anna, die nunmehr lernte, wie man solche Speisen am effektivsten zu sich nahm: mit kleinen, abgezirkelten Bewegungen die Gabel zum Teller führen, Körner aufspießen und sie langsam zum Mund führen, woraufselbst man diese sorgfältig kaute, um sie dann mit kleinen Schlucken in den Schlund zu befördern. Genuß: gleich Null. Die Schauspielerin sah aus, als ob sie eine Szene spielte, in der man beim fürstlichen Diner erlesen speiste. Die Münchnerin, wenigstens noch eine, der man ansah, wie scheußlich der Fraß war, grinste Anna verschwörerisch an.

«Bekommt man eigentlich den Doktor auch zu Gesicht, oder lebt er ganz zurückgezogen?» Sie legte ihre Serviette zur Seite.

«Auf den alten Bock kann ich gut und gern verzichten.» Stephanie Münzberg hatte ihren Teller leergegessen. Sie lehnte sich im Stuhl zurück. Sie fand die Neue ganz amüsant, obwohl solche Monumentalfrauen nicht ihr Geschmack waren.

«Ich finde Dr. Plessis sehr charmant», sagte die Schauspielerin. Marlies Hölter fand in der Regel alle Männer charmant, die ihrer Schönheit ein rechtes Maß an Bewunderung zollten. Auch wenn sie alte Böcke waren. Schließlich war die Welt, in der sie ihre Brötchen verdiente, voll von alten Männern, die das nötige Kleingeld hatten. Die jungen waren entweder arm oder schwul oder sonst irgendwie abartig. Oder undankbar.

«Mögen Sie ihn nicht?» fragte Anna ihre Nachbarin, und die schüttelte den Kopf: «Nein. Aber warum das so ist, kann ich Ihnen auch nicht erklären. Im übrigen bin ich schon wieder viel zu direkt. Mein Mann meint, man müsse die Worte ‹Ja› und ‹Nein› aus seinem Sprachschatz streichen und sie durch unverbindlich-höfliche Vokabeln ersetzen.»

«Das klingt stark nach einem Politiker.»

Wenn sie so komisch lächelte, verschärften sich die Falten um die Mundwinkel. In ein paar Jahren, dachte Anna, sieht sie nicht mehr hübsch, sondern hart aus.

«Sie haben den Nagel auf den Kopf getroffen, Frau Marx. Was soll einer in Bonn schon sonst sein?»

Ein Blick auf die Cartier-Uhr. «Oh, mein Gott, jetzt hätte ich beinahe meinen Massagetermin vergessen. Wenn mich die Damen entschuldigen? Und wenn Sie so nett wären, dem Mädchen auszurichten, daß es den Nachtisch auf mein Zimmer bringen möchte.» Zum Nachtisch gab es Magerquark mit Früchten und Körnern.

«Sie ist die Frau des Staatssekretärs im Finanzministerium», sagte die Hamburgerin zu Anna, die nur ein «Ah, ja» herausbrachte.

«Und ganz schön arrogant.» Marlies Hölter, Schauspielerin auf dem Weg nach oben, dachte, daß es auch Frauen gab, die keinen Mann hatten und was waren. So, wie sie es einmal sein würde. Und dann würde sie sich nicht mehr klein fühlen in Gegenwart dieser schmuckbehängten Puten, deren größte Leistung im Leben war, daß sie sich einen hochkarätigen Ehering an den Finger gesteckt hatten.

Anna löffelte verbissen die Quarkspeise. «Ich finde sie eigentlich ganz nett», sagte sie mit halbvollem Mund.

«Sie kapselt sich ziemlich von uns ab, finde ich.» Ina Pelzer hatte Visionen von Schweinshaxen und Knödel, schon seit einer Woche. Wenn da nicht dieser eiserne Entschluß wäre, um sechs Pfund leichter nach München zurückzukehren... «Außerdem hatte Frau Münzberg mal Krach mit dem Doktor. Im letzten Jahr, glaube ich, jedenfalls hat mir das meine Kosmetikerin erzählt. Komisch, nicht, daß sie trotzdem wieder hierherkommt.»

«Mmh. Vielleicht gefällt es ihr so gut hier.» Klatsch, klatsch, Anna. Die Schauspielerin kicherte und sagte beziehungsvoll «jaja», was nach mehr klang, aber Anna traute sich nicht, da noch nachzuhaken. Sie mußte ja nicht gleich am ersten Tag die personifizierte Neugierde raushängen.

Den Kaffee nahm sie im Salon ein, weil man da rauchen durfte. Die Schauspielerin war ihr gefolgt. Marlies Hölter rauchte mit silberner Zigarettenspitze.

«Normalerweise kommt Frau Staatssekretär auch zum Rauchen in den Salon. Vielleicht hatte sie deshalb Krach mit dem Dottore. Soll als erste hier durchgesetzt haben, daß man in den heiligen Hallen rauchen darf. Dr. Plessis haßt Raucher. Und er wird nicht müde, mir zu erzählen, wie schädlich das für meine Haut ist. Und dann sage ich ihm, daß seine Sonnenbänke noch viel schädlicher sind, aber mit denen macht er hier ja auch Geld. Ich finde einfach, daß goldfarbene Haut schöner aussieht. Besonders, wenn man jung ist.»

Der begleitende Blick auf Anna war bezeichnend: So viel weiße Haut und nicht mehr jung genug, sie goldfarben zu tönen. Dumme Kuh.

«Na, schließlich ist Schönheit das einzige Kapital als Schauspielerin, nicht wahr? Und Sie sind hier, um sich diese Schönheit zu erhalten.»

War die Rothaarige etwa anzüglich? Marlies Hölter suchte in deren Miene vergeblich nach einer Bestätigung. Nicht-Schauspieler hatten so ausdruckslose Gesichter. «Ja, Sie haben recht. Außerdem muß ich mich von anstrengenden Dreharbeiten erholen.»

Streß in allen Lebenslagen. Anna hätte gern noch mit dem Star geplaudert, aber ein junges Mädchen mit freundlichem Mondgesicht stand an der Tür.

«Frau Marx? Ich bin Ihre Kosmetikerin – Elfie. Frau Wondraschek hat mich hergeschickt, damit wir über Ihr Schönheitsprogramm sprechen. Möchten Sie mitkommen ins Behandlungszimmer?»

Anna mochte und folgte der mondgesichtigen Elfie, die sie auf höchstens zweiundzwanzig Jahre schätzte, über die Treppe in den ersten Stock. Sie legte sich folgsam in den Behandlungsstuhl, der dem eines Zahnarztes glich, und ließ sich von Elfie das Gesicht bestrahlen. So nah und so hell möchte ich mich nicht sehen, dachte sie dabei, aber Elfie schien Schlimmes gewohnt zu sein. Sie stellte eine im großen und ganzen keineswegs vernichtende Diagnose: Großporige Haut auf Stirn und Kinn (Rauchen), geplatzte Äderchen im Wangenbereich (Trinken) sowie trockene Haut im Augenbereich (Falten). Und natürlich gab es gegen alles entsprechende Gegenmittel, wie Elfie versicherte. Die konnten den Schaden von neununddreißig Jahren nicht beheben, aber mildern, aufhalten...

«Man darf nie aufgeben», zwitscherte Elfie, und Anna fragte sich, wie sie das wohl gemeint hatte.

Dennoch lehnte sie sich entspannt zurück und überließ sich Elfies kundigen Händen, die mit Wattebäuschen, heißen Handtüchern, Tonics und diversen Cremes Annas müdes Gesicht behandelten. Elfie plapperte dabei ununterbrochen, und in den ersten fünfzehn Minuten, bevor die Erfrischungsmaske aufgetragen wurde, hatte Anna bereits erfahren, daß das Mädchen aus Badgastein stammte, ihre Ausbildung in Salzburg absolviert hatte und ihren ersten Job – im *Grand-Hotel* – schon nach einem Jahr verloren hatte. Es war pleite gegangen, das große alte Hotel, das Anna im Vorbeifahren registriert hatte. Heute sei nur noch ein Casino im Parterre, erzählte Elfie, und es sei einfach kein Käufer für den Kasten zu finden.

Annas Haut prickelte unter der Maske, und da war plötzlich die Gier nach einer Zigarette. Es war gar nicht so einfach, dazuliegen, sich zu entspannen, nichts zu tun. Nicht ohne Zigarette und mit einem Gefühl der Leere im Magen. Elfie erzählte, daß sie aber gleich nach der Pleite in Schloß Aubach untergekommen sei. Ein Glücksfall für Badgastein, daß der Doktor aus Südafrika das verfallene Schlößchen gekauft hatte. Schließlich sei es ein Schandfleck des Ortes gewesen, während alle übrigen, stillgelegten Hotels immerhin noch passable Fassaden hatten.

Aber der Putz bröckelt schon, dachte Anna und fragte nach dem Doktor, was für ein Mensch er denn sei.

Elfie hatte die Angewohnheit, manchmal ihre Stimme zu einem Flüstern zu senken, so als ob sie ein Geheimnis mitteilte.

«Ach, wissen Sie, der ist ein ganz toller Mann; eine Berühmtheit in Südafrika, sagen die Leute. Als er herkam, haben alle gedacht, daß er in Schloß Aubach eine Klinik eröffnet – für Schönheitschirurgie oder so. Aber dann wurde es nur eine Schönheitsfarm, keiner weiß warum. Glück für mich, gnä' Frau, sonst wäre ich vielleicht arbeitslos geblieben.»

Was ein Pech gewesen wäre für dieses liebe, mitteilsame Wesen. Anna überließ sich einer sanften Massage ihrer Schultern und fragte, was denn so toll sei an dem Dr. Plessis?

«Ach, der ist so nett, vornehm möchte ich sagen, und er ist zu uns Mädchen genauso freundlich wie zu den Gästen. Das ist gar nicht normal, wissen Sie. Die Wondraschek, die spielt sich manchmal auf wie...»

Irgendwo knallte eine Tür, und Elfie verstummte plötzlich. Aber nicht für lange – und sie flüsterte wieder.

«Na, wie die Hausherrin, dabei ist sie nichts weiter als das Faktotum hier. Das sagt Joyce immer, und das bringt die Wondraschek zur Weißglut.»

Nun waren die Oberarme dran, ziemlich kräftige Oberarme, wie Elfie registrierte, aber sie freute sich immer, wenn sie eine Jüngere zugeteilt bekam und nicht so was ganz Faltiges, wo einem manchmal ein bißchen ekelte. Eine Todsünde, so was zu denken, in ihrem Beruf, aber so war es halt.

«Und wer war eher hier, Elfie, das Faktotum oder Joyce Martin?»

Elfie gab bereitwillig Auskunft. «Joyce Martin, die kommt auch aus Südafrika; der Doktor hat sie mitgebracht. Sie ist eigentlich Krankenschwester, wissen Sie, aber sie hat sich ausbilden lassen und arbeitet nun als Kollegin. Ich und Joyce, wir waren die ersten hier. Die anderen sind erst später gekommen, als der Laden besser lief, und die Wondraschek, die ist erst seit knapp zwei Jahren hier.»

«Ist diese Joyce denn mit dem Doktor verwandt oder warum hat er sie mitgebracht?» In Annas ruhiggestelltem Hirn klingelte etwas.

«Nein, gnä' Frau. Das heißt, man munkelt, daß sie seine uneheliche Tochter ist oder so was, aber was Genaues weiß man nicht. Und Joyce, die redet nicht viel über ihre Vergangenheit. Aber als Kollegin ist sie toll. Und hübsch. Sie ist zwar schon siebenundzwanzig, aber sie sieht aus wie ein Filmstar. Wir wundern uns alle, daß sie noch keiner geheiratet hat. Aber hier, unter all den Frauen, da hat man ja kaum Gelegenheit...»

Der Seufzer kam aus dem Herzen. Elfie beendete ihre Massage und tupfte Cremereste mit einem warmen Handtuch ab. Anna dachte, daß es schrecklich sein mußte, immer nur unter Frauen zu sein. Nichts gegen das eigene Geschlecht, aber die Frauen ihres Alters und in ihrem beruflichen Dunstkreis – die neue «Frauen-Mafia» – waren in ihrer Gesamtheit um keinen Deut besser als das männliche Gegenstück. Warum auch? Warum sollte ein Mädchen wie Elfie nicht neidisch sein auf Weiber, die in einer Woche mehr Geld für ihre Schönheit ausgaben als Elfie vermutlich in einem Monat verdiente?

Heimtücke. Anna fragte ihre Schönheitspflegerin, die nun wieder mit Cremetöpfen hantierte, wie denn die Damen so seien, die nach Schloß Aubach…?

Wenn man Elfie etwas fragte, dann sprudelte sie wie die Badgasteiner Quellen, die angeblich schon im 7. Jahrhundert vom Graukogel herab in die Talnische des Dorfes schossen. Soweit eine Information der offenbar ungeliebten Frau Wondraschek.

«Ach, wissen Sie, gnä' Frau, die meisten sind ganz in Ordnung, obwohl es vermögende Persönlichkeiten sind. Man möchte nicht glauben, wie normal manche Prominente sind. Richtige Menschen. Und wir haben auch viel Stammkundschaft hier. Frau Münzberg zum Beispiel, das ist die Frau von einem Staatssekretär, die ist schon im dritten Jahr auf Schloß Aubach. Und sie bleibt immer ganze drei Wochen. Sagt, daß sie die Ruhe hier liebt und unsere österreichische Gemütlichkeit. Wegen der Schönheit bräuchte die ja noch nicht zu kommen…»

Wohingegen ich aber schon. Anna öffnete die Augen und sah, daß Elfie in einem Holztopf eine zähe graue Masse anrührte.

«Was ist das?»

«Eine Modellage, gnä' Frau. Ein Wunder für die Haut. Ich werd Ihnen jetzt verschiedene Cremes für die Problemzonen auftragen und dann darüber die Maske auflegen. Die wird dann fest und umschließt Gesicht und Hals wie eine…»

«Totenmaske…?»

Elfie kicherte. «Na ja. Jedenfalls können die Wirkstoffe der Cremes optimal darunter wirken. Es wird ganz heiß werden unter der Maske. Sie dürfen nicht erschrecken, und dann, wenn sie abgekühlt und getrocknet ist, werde ich Sie wieder befreien. Sie werden sehen, wie toll die Haut dann aussieht.»

«Warum sollte ein Mädchen wie Elfie nicht neidisch sein …

… auf Frauen, die in einer Woche mehr Geld für ihre Schönheit ausgeben, als Elfie vermutlich in einem Monat verdient?» überlegt Anna.

Neid ist bekanntlich ein sehr destruktives Gefühl, und wenn Elfie nicht nur ein nettes, sondern auch ein kluges Mädchen ist, dann wird sie ihr Geld nicht für zweifelhafte Dinge ausgeben.

Bevor sich die Totenmaske über ihr Gesicht legen würde, hatte Anna aber noch etwas auf dem Herzen.

«Diese Frau Münzberg, nimmt die denn immer dieselbe Kosmetikerin? Stammgäste haben da doch sicher Präferenzen. Ich würde, wenn ich wiederkomme, auch wieder Sie nehmen, Elfie.»

Die Schmeichelei kam an. Elfie lächelte lieb, während sie die wundersamen Cremes auftrug. «Na klar, dürfen die Damen wählen, wenn sie möchten. Frau Münzberg, die nimmt immer die Joyce, von Anfang an. Die beiden verstehen sich halt gut. Aber das kann man nicht von allen Kundinnen sagen. Wenn es so ganz Arrogante sind, dann hat Joyce schon mal Schwierigkeiten. Frau Wondraschek sagt, daß unsere Joyce selbst Höhenflüge hat und daß sie sich das in unserem Beruf nicht leisten kann. Aber die Wondraschek ist nur neidisch auf die Joyce. Auf uns alle, glaub ich, weil wir jung sind und sie selbst schon so ein alter Drachen...»

Ein plausibler Grund, fürwahr. Anna hatte erfahren, was sie wissen wollte, und die Augen wieder geschlossen, während Elfie ihr das lehmige Zeug aufs Gesicht schmierte. Es fühlte sich ekelhaft an, aber wenn's der Schönheit diente...

«Sie müssen etwa 15 Minuten ruhig liegen. Soll ich Musik machen? Ich sehe ab und zu nach Ihnen in der Zwischenzeit.»

Die Frau unter der Totenmaske, die merklich härter wurde, nickte, so gut sie konnte. Plätschermusik von Cleydermann ertönte, und sie hörte, wie Elfie sich in ihren Gesundheitsschuhen entfernte.

Ein Gefühl leiser Panik war nicht zu leugnen. Die Maske ließ nur den Mundbereich und Nasenlöcher offen, und Anna spürte das Gefühl des Ausgeliefertseins, wie sie es nur von den seltenen Aufenthalten in Krankenhäusern kannte. Kein angenehmes Gefühl. Sie versuchte, sich auf das zu konzentrieren, was Elfie ihr erzählt hatte – eine vorzügliche Informationsquelle, die sie sicher noch weiter anzapfen konnte. Der nächste Schritt war vorgegeben, nämlich Joyce Martin, die Stammfrau der Münzberg, kennenzulernen. Wenn sie sich als die Partnerin auf dem Foto herausstellen sollte, war der erste Sieg schon errungen. Wenn nicht, dann war Anna Marx allerdings so klug wie zuvor. Denn nur, wenn Peters Vermutung überhaupt zutraf, hatte ihr Aufenthalt auf Schloß Aubach Sinn. Es war ja unwahrscheinlich, daß sie der guten Stephanie so nahekommen würde, daß die ihr Intimleben ausplaudern würde. Gleichwohl gab es natürlich noch eine andere Möglichkeit: die Münzberg traf sich Jahr für Jahr mit irgendwem in Badgastein – eine Einheimische oder ein beliebiger Kurgast. Das wiederum hieße, daß die Dame sich nach dem Abendessen aus dem Schloß entfernen würde – und auch das blieb abzuwarten. Anna hörte Schritte und hielt den Atem an. Absurd, diese irrationale Angst. Sie stellte sich vor, wie die Wondraschek sich an die hilflose Figur, in Decken eingehüllt und blind unter der Maske, heranschlich, mit einem Messer in der Hand, ganz langsam, und ihr präzise die Kehle durchschnitt, um der Spionin für immer den Mund zu stopfen...

Das schlechte Gewissen und eine unerträgliche Hitzeentwicklung unter der Lehmpampe. Schritte, die sich wieder entfernten. Anna Marx, die leise Flüche gegen Peter Münzberg ausstieß und die eigene Dummheit, sich in seine miese Ehegeschichte verwikkeln zu lassen. Sie könnte jetzt irgendwo in Kalifornien sitzen und ein riesiges Steak essen und kalifornischen Wein dazu trinken, obwohl der zu süß war...

Die Maske wog immer schwerer auf Gesicht und Hals, obwohl es jetzt kühler darunter war. Anna stieß einen leisen Schrei aus, als jemand mit dem Finger darauf tippte.

«Sie ist hart», sagte eine Stimme, aber es war nicht die von Elfie.

«Ich will hier raus», sagte Anna in ihrem autoritärsten Tonfall.

«Aber ja, gnä' Frau. Ich nehme sie gleich ab.»

Das war, gottlob, Elfies Zwitscherstimme.

Jemand hob die Maske mit einem Ruck von Anna, die erleichtert seufzte. Licht: Sie konnte wieder sehen.

Anna sah Elfies lächelndes Mondgesicht und daneben ein zweites, das sich über sie beugte. Sie blinzelte einmal, aber sie war sich ihrer Sache sofort sicher: Die Frau, die neben Elfie stand, hatte sie schon einmal gesehen. Und zwar auf dem Foto, das Peter Münzberg ihr gezeigt hatte. Ein außerordentlich attraktives Gesicht, das man nicht so schnell vergaß: große dunkle Augen, die ein wenig schräg standen, über einer Stupsnase und das, was man schwellende Lippen nannte. Der Teint war ein wenig dunkel und sozusagen perfekt. Die schwarzen Haare ganz kurz geschnitten. Erst auf den zweiten Blick sah Anna, daß die Frau eine Narbe hatte, die unter dem rechten Auge verlief und zumindest eine Gesichtshälfte entstellte. Nein, das war zuviel gesagt: den Gesamteindruck von Schönheit minderte.

Anna setzte sich auf und war nicht überrascht, als die Frau sich ihr vorstellte.

«Ich bin Joyce Martin, eine Kollegin von Elfie.»

Kapitel VI

«Es muß daran liegen, daß wir beide aus Bonn kommen. Ich nehme an, das schafft ein Gefühl der Verbundenheit. Obwohl ich sonst eine gewisse Distanz zu den anderen Gästen halte. Finden Sie das ewige Geschwätz über Hautfalten hier und Speckfalten da nicht auch manchmal enervierend?»

Anna, die Spionin, nickte. Sie fand manches auf Schloß Aubach enervierend. Auch, daß sie sich mit Stephanie Münzberg zum Schwimmen nach dem Abendessen verabredet hatte. Mochte es ungesund sein, mit vollem Bauch zu schwimmen – mit leerem Bauch war es unangenehm. Jegliche sportliche Betätigung zu einer Stunde, in der man vor einer Flasche Wein sitzen könnte, einem Käseteller vielleicht...

Kein Gramm Fett an Peters Frau. Nur Haut und Knochen. Haut, die sich ein wenig müde schon über die Knochen spannte. Stephanie sah immer ein wenig müde aus, gelangweilt, fand Anna. Schwer zu glauben, daß diese Frau Formen der Leidenschaft entwickelte, die sie aus einem müden Ehebett trieben. Jedenfalls nahm Anna an, daß Peter in der Liebe nicht so begabt war wie in der Politik.

Sie plätscherte mit den Füßen im Wasser, eine niedrige Form der Gymnastik, während Stephanie Münzberg wieder eine Runde schwamm. Sie hatte Peter angerufen, nachdem sie vor zwei Tagen die Dame entdeckt hatte: Joyce Martin. Und Anna hatte sich gar nicht wohl gefühlt dabei. Wie eine Verräterin war sie sich vorgekommen, als sie ihm den Namen sagte. Daß Joyce Martin die Kosmetikerin seiner Frau sei und aus Südafrika stamme. Mehr wußte sie ja selbst noch nicht.

Peter, am Telefon, war eher kurz angebunden. Hatte Annas knappe Sätze schweigend zur Kenntnis genommen, etwas von einem wichtigen Termin gemurmelt und ihr für weitere Nachforschungen «Viel Glück» gewünscht. Natürlich hatte Anna gefragt, ob es auf seiner Seite etwas Neues gab, einen Brief vielleicht? Peter hatte das verneint. «Ich höre von dir», waren seine letzten Worte, und wenn Anna sich nicht täuschte, tat es dem Guten längst leid, daß er ausgerechnet sie in die Sache verwickelt hatte. Ein spontaner Entschluß des Peter Münzberg: Wie sehr mußte sich sein Politikerherz dagegen sträuben.

«Sie haben wohl keine Lust zum Schwimmen?»

Der geschmeidige Körper glitt an Anna vorüber wie ein silberner Fisch. Mindestens die zehnte Runde.

«Ich denke gerade nach; dabei kann ich nicht schwimmen. Außerdem wird mir langsam kalt. Ich glaub, ich gehe raus.»

Anna hüllte sich in eines der überdimensionalen weißen Badetücher und beobachtete vom Liegestuhl aus, wie Stephanie Münzberg ihre Pflichtrunden, wie sie es nannte, schwamm. Soviel Selbstdisziplin und dennoch ein absonderlicher Ausrutscher in Sachen Liebe. Ob Stephanie in diese Joyce verliebt war? Und wenn, warum dachte Anna in Kategorien von «absonderlich»?» Das, was Peter nicht ausgesprochen hatte, aber ebenso empfand wie Anna, war, daß nur Joyce Martin diese Fotos geschickt haben konnte, oder Joyce und ein Komplize. Und das war in jedem Fall unendlich traurig für die Frau, die eben aus dem Wasser stieg und ihren blonden Pagenkopf schüttelte.

«Sie sollten sich auch angewöhnen, jeden Abend zu schwimmen, Frau Marx. Ich habe meinen Mann jedenfalls so lange genervt, bis er ein Schwimmbad einbauen ließ. Es ist einfach so gesund und entspannend. Und gut für die Figur.»

Anna sah es. Der silbern schimmernde Badeanzug war

höchstens Größe 36. Stephanie Münzberg zog einen Bademantel über und legte sich neben Anna, die – was verboten war – eine Zigarette rauchte.

«Ich habe keinen Mann, den ich überreden könnte, und es ist ziemlich schwierig, in eine Drei-Zimmer-Wohnung einen Pool einzubauen.» War das jetzt zu hart gewesen?

Die Münzberg schien es jedenfalls nicht so zu empfinden, denn sie lachte. «Seien Sie froh, daß Sie keinen Mann haben. Die meisten Frauen suchen sich ohnehin den Falschen aus, wenn es ernst wird.»

«Meinen Sie, daß es einen Richtigen gibt? Wenn ja, lautet meine Frage nach der Adresse dieses Herrn.»

Anna hatte in den ersten drei Tagen auf Schloß Aubach gelernt, daß es vorwiegend zwei Themen waren, die die Konversation beherrschten: Schönheit in allen Variationen und Männer. Am meisten hatte die Schauspielerin dazu zu sagen, wahrscheinlich aus Mangel anderer Interessengebiete. Marlies Hölter war auf eine beinah faszinierende Weise auf Äußerlichkeiten fixiert: gutes Aussehen, gutbetuchte Männer, gute Rollen, gute Restaurants. Die anderen Damen, die das Kapital Jugend und Schönheit schon weitgehend verspielt hatten, reagierten darauf mit einer Mischung aus Überheblichkeit und Mißgunst. Ich möchte nicht so sein, dachte Anna: so schön und so blöd. Aber noch so jung zu sein, sich diese Kombination leisten zu können, hatte seine Verlockungen. Und in einem Anflug von Wehmut: Die Wahl, etwas zu sein oder nicht zu sein, war in ihrem Alter schon erheblich eingeschränkt.

Stephanie Münzberg hatte die Frage nach dem «Richtigen» nicht beantworten wollen oder können. Sie lag mit geschlossenen Augen da und spielte mit dem Einkaräter, den sie an dem zartgliedrigen Ringfinger hin und her drehte. Diese Geste hatte Anna schon ein paarmal an ihr beobachtet.

«Warum kommen Sie hierher, Frau Münzberg? Geht es um Schönheit oder Erholung oder ...?» Pfui Teufel, Anna, eine hinterhältige Frage.

Ihre Nachbarin öffnete die Augen nicht, als sie antwortete: «Die Frage habe ich mir auch schon gestellt. Und langsam glaube ich, daß es mir weniger um die Schönheit als um die Zuwendung geht.

Es ist einfach wohltuend, wie man hier den ganzen Tag umsorgt wird. Es gibt ein Programm, man braucht also nicht darüber nachzudenken, wie man den Tag ausfüllt. Ich liebe es einfach, so verwöhnt zu werden. Eine Mangelerscheinung in meinem Leben, nehme ich an.»

«Wenn ich reich wäre, würde ich mir einen Rolls-Royce mit chinesischem Chauffeur leisten, eine japanische Masseuse, einen italienischen Koch und ein philippinisches Hausmädchen.» Annas unbedeutende Wünsche. Der Gedanke an den Koch war in Anbetracht gegenwärtiger Mangelerscheinungen ganz besonders verlockend.

Stephanie Münzberg hatte in ihrem Leben noch nicht viele Menschen getroffen, die offen über ihre Wünsche sprachen. Sie fand diese Anna Marx sympathisch; ein wenig verrückt und ein wenig vulgär, aber zumindest nicht langweilig. «Und Sie meinen, ich könnte mir das leisten, wenn ich wollte? O nein. Mein Erbteil ist in Aktien und ähnlichem Kram angelegt, und von den Zinsen kann ich mir solchen Luxus auch nicht leisten. Außerdem, ich würde meinen Mann unmöglich machen in Bonn. Schillernde Figuren sind beim Wählervolk nicht gefragt. Man muß bescheiden und unauffällig leben, verstehen Sie? Und wenn man gerne Austern und Kaviar ißt, dann muß man das heimlich tun. Peter hat mir sogar verboten, bei offiziellen Anlässen meinen Nerz zu tragen. Nur keinen Neid wecken, sagt er immer. Und daß man im Leben ein Ziel haben muß und alles diesem Ziel unterordnen muß. Dafür habe ich ihn einmal sehr bewundert.»

«Man muß» kam in den Sätzen der Stephanie Münzberg sehr häufig vor. Anna hatte das Gefühl, daß die Frau neben ihr sehr unglücklich war. Ob es daher kam, daß sie sich zu viele Wünsche zu früh erfüllt hatte? Oder daran, daß sie ihren Kaviar heimlich futtern mußte? Bloß nicht an Essen denken! Lieber daran, daß sie sich am folgenden Morgen endlich aufraffen und die beiden Fotogeschäfte in Badgastein aufsuchen mußte. Zwei Tage hatte sie nun vertrödelt und nichts erfahren außer unwichtigem Klatsch. Ob Joyce Martin nachts in das Zimmer der Münzberg schlich? Über die Treppe von der Personaletage im Dachgeschoß zu dem Erkerzimmer im zweiten Stock?

«Und nun finden Sie es nicht mehr bewundernswert?» Die Frage war unverschämt intim, doch hatten beide Frauen das Gefühl, daß dieses Gespräch im abgedunkelten Schwimmbad seltsam unwirklich war und nicht mit den Normen des Tages gemessen wurde. «Ich glaube nicht, obwohl ich nicht einmal das genau weiß. Sie schreiben Bücher, nicht wahr? Nun, mein Vater hatte das Ziel, aus viel Geld noch mehr Geld zu machen. Meine Mutter geht ganz und gar darin auf, eine Dame der Gesellschaft zu sein. Ich hingegen habe nie etwas so intensiv gewollt, daß ich durchgehalten habe. Das Studium habe ich hingeworfen und dann den Job in der Galerie. Dann wollte ich selbst malen, aber leider fehlt mir das Talent, wirklich gut zu sein. Alles war gleichzeitig zu leicht und zu schwer für mich. Und in diesem Durcheinander habe ich dann meinen Mann kennengelernt. So klar und unkompliziert schien mir alles auf einmal. Jemand zeigte mir, wo es langging, salopp formuliert. Bis ich kapierte, daß es ja sein Ziel war, dem auch ich alles unterordnete. Seine Karriere, seine Macht, sein Ehrgeiz, sein Leben. Politik ist ja so entsetzlich langweilig und kleinkariert und spießig... Aber warum erzähle ich Ihnen das alles?»

Weil ich eine gute Zuhörerin bin, dachte Anna und lächelte vertrauenerweckend. Armes reiches Mädchen, das statt banaler Alltagssorgen mit den großen Lebensfragen konfrontiert war. Und damit, alt zu werden. Nichts da, um sich festzuhalten...

«Haben Sie Angst vor dem Alter?»

Wäre ich sonst hier, dachte Stephanie Münzberg und musterte die Rothaarige, die ihr so stark vorkam, so ohne jede Angst. Was machte die überhaupt hier, wenn sie den Kult der Schönheitspflege so wenig ernst nahm?

«Ja, natürlich. Sie nicht? Was habe ich denn dem Verlust meiner Jugend entgegenzusetzen? Die Weisheit des Alters etwa? Eine Karriere? Ein erfülltes Leben? Jede Falte gräbt sich wie eine Anklage in mein Gesicht: Nichts hast du gemacht, was wirklich wichtig war oder schön. Das Leben läuft vor mir davon und ich kann es einfach nicht einholen und...»

Das Ende des Satzes sollte Anna nie erfahren, denn der Hausdrachen Valerie Wondraschek zerstörte die Intimität des Augenblicks.

«Beinahe hätte ich Sie eingeschlossen, meine Damen. Ich konnte ja nicht ahnen, daß Sie zu so später Stunde noch zum Schwimmen gehen. Vielleicht darf ich mir die Bemerkung erlauben, daß zuviel des Guten der Haut abträglich ist. Steht morgen früh bei Ihnen nicht Wassergymnastik auf dem Programm, Frau Marx?»

Anna fror plötzlich. «Wir wollten ohnehin gehen», sagte sie, während sie aufstand. «Und was die Wassergymnastik betrifft: Ich denke gar nicht daran, mich vor dem, was Sie hier als Frühstück bezeichnen, idiotischen Strampelübungen hinzugeben. Diesen Programmpunkt können Sie bei mir getrost streichen, Frau Wondraschek.»

Die Knopfaugen zeigten keinerlei Regung ob des arroganten Tonfalls. «Wie Sie wünschen. Wenn Sie jetzt ohnehin zu Bett gehen, kann ich hinter Ihnen abschließen.»

Stephanie Münzberg schwieg, bis sie auf der Treppe waren und der Hausdrachen außer Sicht. «Sie geht jetzt ins Spielkasino», sagte sie dann. «Sie geht jeden Abend da hin, das hat mir Joyce erzählt. Unsere gute Frau Wondraschek ist eine Spielerin. Ich frage mich, ob sie hier genug verdient, um sich diese Leidenschaft leisten zu können.»

Als Anna nichts erwiderte, wünschte sie ihr kühl «angenehme Nachtruhe», so als ob es das vertraute Gespräch nie gegeben habe. Wahrscheinlich tut es ihr schon leid, dachte die Spionin, die sich in ihrem weißen Zimmer noch einen Gute-Nacht-Trunk gönnte. Whisky mit kaltem Wasser war immer noch besser als der entschlackende Tee, den die Damen abends ins Zimmer bekamen. Eine Begleiterscheinung der bescheuerten Diät war Verstopfung, verbunden mit dem Gefühl, daß die auferlegten Qualen zu nichts führten. Drei Pfund weniger, sagte die Waage, ein Instrument, das Anna aus ihrer Wohnung längst verbannt hatte. Na und? Warum taten hier bloß alle so, als ob das Leben eine traurige Angelegenheit der Gewichtsminderung und der Schönheitserhaltung wäre? Weil es vergeblich war...

Mmh. Der Whisky brannte verboten angenehm die Kehle hinab, und die Zigarette schmeckte noch besser, seit man ihr predigte, daß Nikotin eine Todsünde für die Haut war. Also war die unerbittliche, unsympathische Valerie Wondraschek eine Spielerin, ein Laster, das einem die Sorgenfalten ins Gesicht treiben mußte. Und Stephanie Münzberg war unglücklich verheiratet, so unendlich unzufrieden mit sich selbst und dem Rest der Welt – und wenn das schön machte, wollte Anna einen Besen fressen. Die Schauspielerin, Marlies Hölter, würde mit Vierzig spätestens das Gesicht bekommen, das sie verdiente: eine tumbe Maske. Und die dicke Ina Pelzer sprach nur von ihren Pfunden und nicht davon, daß sie eine gestandene Geschäftsfrau war. Blieben die langweiligen Hamburgerinnen, zu denen auch Anna nichts einfiel, und der geheimnisvolle Doktor Plessis. Der litt an Depressionen, hatte sie von ihrer Kosmetikerin erfahren. Und immer, wenn Dr. Plessis an Depressionen litt, ließ er sich im Schloß nicht mehr blicken, und Valerie Wondraschek lief umher wie ein gestreßter Geist. Grund: Sie betete den Doktor an. Auch diese Information hatte Anna von der kleinen Elfie, die offenbar vieles wußte, aber beim Thema Joyce Martin erstaunlich schweigsam, ja fast ängstlich wurde.

Ein Irrenhaus, dachte Anna, nachdem sie ihren letzten Schluck Whisky getrunken hatte, der sie dem Schlaf näher brachte. Ein Irrenhaus, in dem sie sich noch erstaunlich normal vorkam. Na klar. Und weil das Karussell der Personen sie der Lösung von Peters Problem keinen Schritt näher brachte, mußte sie am nächsten Morgen unbedingt ins Dorf, um in den beiden Fotogeschäften zu recherchieren.

Ein Vorsatz, den sie am nächsten Morgen – nach der Bürstenmassage im Bett und dem lächerlichen Frühstück – tatsächlich ausführte. Anna ließ Wassergymnastik Wassergymnastik sein und marschierte um Punkt neun Uhr über den Promenadenweg in Richtung Dorf, vorbei am Kaiser-Wilhelm-Denkmal und einem Hotelkasten, der in der Morgensonne seine brüchige Verlassenheit entblößte, in stummer Trauer der guten alten Zeit nachhängend, in der gekrönte Häupter diesem Badgastein noch Glanz und Glorie verliehen hatten.

Das Haupt, das Anna Marx folgte, war von einem jener karierten Sporthüte gekrönt, die Männern dümmliche Gesichter verleihen. Anna sah diesen Mann nicht, der in gebührendem Abstand hinter ihr ging. Er war so unauffällig, wie es sein Beruf erforderte.

Und etwas ärgerlich an diesem Morgen, denn die letzte schriftliche Anweisung, die er natürlich sofort nach dem Lesen verbrannt hatte, erschien ihm praktisch schwer durchführbar. Außerdem war es denen immer noch nicht gelungen, den Mann mit dem Schnurrbart zu identifizieren. Der Mann, der sich mit der mondgesichtigen Kosmetikerin herumtrieb, hatte zwar nicht bemerkt, daß er von Valentin Kloose beobachtet wurde. Aber er selbst hatte das Gefühl, daß der Schnurrbart ihn observierte. Und das verunsicherte ihn. Um diesen delikaten Auftrag zu erfüllen, mußte man schließlich in voller Deckung arbeiten.

Er konnte sich Zeit lassen. Die Rothaarige konnte man gar nicht verlieren.

Es waren wenig Menschen unterwegs, aber Anna brauchte niemanden zu fragen, denn beide Geschäfte lagen in der Ortsmitte, in etwa gegenüber von dem scheußlichen Kongreßzentrum. *Trafik und Foto* stand über der Eingangstür des ersten Ladens, den sie anpeilte. Sie war der einzige Kunde, was in Anbetracht des delikaten Auftrags sehr erfreulich war.

Österreicher, sagte Anna sich, sind obrigkeitsergeben. Die Frau hinter der Verkaufstheke war nicht mehr jung, und der Schnurrbart stand ihr nicht. Anna kaufte eine Packung Zigaretten, während sie nach der besten Taktik suchte. Obrigkeitsergeben: Mit ihrer Brieftasche zückte sie den Presseausweis, wobei sie mit der Handfläche das Wort «Presse» abdeckte.

Die Frau mit dem Schnurrbart sah den Ausweis und Anna ausdruckslos an.

«Sind Sie die Besitzerin, gnädige Frau?»

«Jo. Warum denn?»

«Spezialeinheit der deutschen Kripo», log Anna, die noch immer ihren abgedeckten Ausweis in der Hand hielt. «Eine äußerst delikate und wichtige Untersuchung, Frau äh...»

«Altgruber. So hoaß i.» Der Schnurrbart zitterte nun doch in neugieriger Erwartung, wie Anna befriedigt bemerkte.

«Wir sind einem gefährlichen Sex-Ring auf der Spur, Frau Altgruber. Und die Spur führt nach Badgastein, genau genommen in Ihr Geschäft. Nun erschrecken Sie nicht, es geht nur um Fotos – um sexuell abartige Fotografien, die im Umlauf sind. Zwei nackte

Frauen – Sie verstehen? Und nun möchte ich von Ihnen wissen, ob bei Ihnen solche Filme zum Entwickeln gegeben wurden?»

Hatte sie ein bißchen zu dick aufgetragen? Anna sah, daß die Frau Altgruber nun doch sehr erschrocken dreinblickte, sofort in die Defensive ging. Scheißtaktik.

«Um Gottes wüllen. Na, bei mia net. Des san die Juden. Des ganze Dorf überschwemmens in der Säson und...»

Der gute bäuerliche Antisemitismus. Wieso bestätigte das Leben so viele gottverdammte Klischees? Und warum war Frau Altgruber so erschrocken?

«Ihnen passiert gar nichts, Frau Altgruber. Uns interessiert nur die Person, die die Fotos zum Entwickeln gebracht hat. Wenn Sie mir die Person beschreiben können, reicht das völlig aus. Andernfalls könnte es natürlich sein, daß wir eine offizielle Untersuchung durch die Gendarmerie...»

Pfui Teufel, Anna. Der Altgrubersche Schnurrbart zitterte jetzt vor Angst.

«Na. Bloß kane Gendarmen. Also, i man, i hobs jo net wissen können, net wohr, wia de den Fülm brocht hot. Erscht wia i di Fotos gseng hob, liaba Herrgott, do bin i erschrocken. Nix als Schweinereien, perverse. Des miassens ma glaum, i wullt sofort zur Gendarmerie, owa mei Gatte, der hot gsogt: scher di net drum und Gschäft is Gschäft und mia wulln kane Scherereien... na jo, dann howi ihr die Fotos ausghändigt. A gfährlicher Sex-Ring: jo, genauso hots ausgschaut, so verschlogn...»

Volltreffer! Anna konnte ihre Aufregung kaum verbergen. «Wie», fragte sie beruhigend, «hat die Dame ausgesehen. Das ist sehr wichtig, Frau Altgruber. Vielleicht können Sie uns den entscheidenden Tip zur Aufklärung geben.»

Frau Altgruber blickte zur Tür, als ob gleich der Leibhaftige hereinkommen könnte. «Maskiert woa sie. Mit aner großen Brülln und an Kopftiacherl. Jetzt woas i a, warum.»

«Mit einer großen Sonnenbrille und einem Kopftuch.» Anna war enttäuscht. «Und Sie konnten gar nichts sehen: die Haarfarbe, das Alter, groß oder klein, dick oder dünn?»

Kopfschütteln. «Kaum was hob i gseng. Kane Hoar, des woa olls unterm Tiacherl. Owa si woa no jung, mecht i song, und net dick und net so groß wia Sie. A teire Handtoschn hots ghobt, so a schwoaze große.»

An die Sprache mußte man sich gewöhnen. «Also die Dame war noch ziemlich jung, mittelgroß und eher schlank. Und ihre Handtasche sah teuer aus, groß und schwarz. Ist das alles, was Sie mir von ihr sagen können, Frau Altgruber? Mit welchem Akzent hat sie gesprochen? War sie Österreicherin oder Deutsche oder was?»

Eine Kundin betrat den Laden und Frau Altgruber hatte sichtlich genug davon, ihr Gedächtnis so strapazieren zu müssen. «Na, a hiesige woas net, an komischen Akzent hots g'sprochn. Oba jetzt muas i bedienen... und mehr was i eh net.»

Anna bedankte sich höflich und verließ das Fotogeschäft mit dem Gefühl, einen kleinen Sieg errungen zu haben. Wenn man davon ausging, daß in Badgastein nicht alle Tage solche Fotos über die Theke gingen – das Durchschnittsalter der Kurgäste lag nach Annas Einschätzung bei 65 –, dann war sie der Frau auf die Spur gekommen, die Peter die Fotos geschickt hatte. Ziemlich dilettantisch, den Film ausgerechnet hier zum Entwickeln zu bringen. Das roch nicht nach der großen politischen Verschwörung, vor der Peter solche Angst hatte, sondern stank nach einer kleinen miesen Erpressung.

Ein Wagen, der von einem Mann mit Gamsbart gesteuert wurde, fuhr so haarscharf an ihr vorbei, daß Anna aus ihren detektivischen Gedanken aufschreckte. Sie war automatisch wieder in Richtung Schloß gegangen. Um elf Uhr standen Maniküre und Pediküre auf ihrem Schönheitsplan. Und der Trottel hätte sie beinahe umgefahren.

Harald Gruber, der sich einen Hut mit Gamsbart gekauft hatte, um in der Provinz weniger aufzufallen, war mindestens ebenso erschrocken wie die rothaarige Fußgängerin. Die verdammt engen Straßen in dem Kaff waren lebensgefährlich. Hier Auto zu fahren war schlimmer als der brisanteste Auftrag. Außerdem war er übermüdet, kein Wunder nach der letzten Nacht, im Schloß unterm Dach. So junge Mädchen waren anstrengender als Ehefrauen. Was die allein an Vorspiel verlangten... Na, jedenfalls hatte er es der Elfie gut besorgt, und hinterher hatte er sie noch ausgequetscht wie eine Zitrone. Allein sechs Damen aus Südafrika waren in diesem Jahr auf Schloß Aubach gewesen, und vier davon hatte diese Joyce Martin behandelt. Alles Weiber von Wirtschaftsbossen, die sich hier die Falten ausbügeln ließen. Und was sonst noch? Die Namen hatte er jedenfalls. Und außerdem hatte er nach Wien gemeldet, daß die Martin mit der Frau eines Staatssekretärs zugange war, eine gewisse Frau Wondraschek vom Spielteufel besessen war (woher nahm die das Geld für die Passion?) und Dr. Plessis (eine geheimnisumwitterte Figur) mit der Martin zumindest ein väterlich-freundschaftliches Verhältnis hatte. Oder sie waren Komplizen. Die übrigen Gäste auf Schloß Aubach erschienen Harald Gruber als uninteressant, obwohl er die komplette Liste durchgegeben hatte. In seinem Job, da gewöhnte man es sich ab, an den Schein zu glauben. Schließlich hatte man schon eine Würstelverkäuferin im Prater als Spionin enttarnt; der Teufel liebte Verkleidungen.

Er hatte sich, vorsichtig natürlich, umgeschaut im Schloß, sehr zum Entsetzen von Elfie, die um ihren guten Ruf fürchtete. Hatte dem Mädel was von einem Hobby – Innenarchitektur – erzählt. Aber die war ohnehin zitternd im Zimmer geblieben, während er mit der Infrarot-Kamera durchs Schloß gestreift war. Nichts Verdächtiges gefunden, bis auf einen Hammer: Durch die Glastür hatte er einen Mann fotografiert, den er im Park bemerkt hatte. Ein unscharfes Foto wahrscheinlich, denn der Mann, der etwas bemerkt hatte, war weggelaufen. Das war ein verdammt starkes Indiz dafür, daß auf Schloß Aubach nicht alles so war, wie es sein sollte.

Den Film hatte er am Morgen weggeschickt. Die in Wien würden den Typ schon identifizieren, den Fremden im Park. So fügten sich vordergründig unbedeutende Begebenheiten zu einer Kette von Indizien. Kleinarbeit, das war seine Aufgabe. Das Denken und Kombinieren, das besorgten die in Wien.

Der Mann, der sich Harald Gruber nannte, trat aufs Gaspedal. Diesmal würde er von einer Telefonzelle in Hofgastein telefonieren. Nie aus Bequemlichkeit unvorsichtig werden, war eine Überlebensmaxime in seinem Job. Man war ja nicht James Bond. Man stand im wirklichen Leben. Und das war viel gefährlicher, als die meisten Leute glaubten.

Cherchez la femme: Anna wechselte auf die linke Straßenseite, um den österreichischen Todesfahrern besser zu entkommen, und überlegte, auf wen die Beschreibung der Bärtigen denn nun paßte. Leider nicht auf Frau Wondraschek, die zu klein und auch nicht mehr jung genug war. Auf jeden Fall auf Joyce Martin. War ja nicht abwegig, daß sie aus der Beziehung zu Stephanie Kapital schlagen wollte. Geld war doch so ein starkes Motiv für menschliche Handlungsweisen. Vielleicht hatte Joyce es satt, all diese fremden Frauen zu bedienen. Und mit Stephanie, der frustrierten Ehefrau, bot sich plötzlich die Möglichkeit finanzieller Verbesserung.

Kaiser Wilhelm schaute grimmig drein, so als ob ihm die Kur in Badgastein nicht bekommen wäre. Ob Joyce einen Komplizen hatte? Den Doktor, der nicht genügend Schönheitswillige für sein teures Schloß bekam?

Anna hätte ihn fragen können, denn als sie durch das Tor in den Park und vorbei an seinem Haus ging, sah sie ihn auf der Parkbank sitzen. Das mußte Dr. Plessis sein: Ein großgewachsener Mann mit weißen Haaren und einem sonnenverbrannten Gesicht, in das 62 Jahre hundert Falten gegraben hatten. Trotzdem sah er gut aus. Es war ungerecht, wie attraktiv ein alter Mann noch sein konnte. Der Oberlippenbart stand ihm besser als der Frau in dem Fotogeschäft.

«Grüß Gott.» Anna blieb vor ihm stehen, und der Mann auf der Bank öffnete die Augen. Fast durchsichtig blaue Augen, die Anna nicht sonderlich freundlich musterten.

«Guten Morgen.»

«Ich hoffe, ich habe Sie nicht im Schlaf gestört. Ich bin Anna Marx, einer Ihrer Gäste auf Schloß Aubach. Dr. Plessis, wenn ich nicht irre...»

«Sehe ich aus wie Livingstone? Nein, Sie haben mich nicht geweckt, Frau Marx. Sie kommen aus Bonn, nicht wahr? Ich hoffe, es gefällt Ihnen bei uns. Vergnügen und die Verpflichtung zur Schönheit: dies wollen wir unseren Damen erfüllen.»

Und wo blieb das Vergnügen? Anna hörte einen leichten, kaum noch wahrnehmbaren südafrikanischen Akzent aus seiner Stimme heraus. Redete der immer so geschwollen?

«O ja, ich finde es sehr schön hier. Ihr Personal ist wirklich äußerst liebenswürdig.»

Sein Blick war scharf zu nennen. Hatte er die Zweideutigkeit herausgehört?

«Kommen Sie, setzen Sie sich für fünf Minuten zu mir auf die Bank. Ein so schöner Tag heute, nicht wahr? Leider muß ich dann zu meinen Bädern.»

Dr. Plessis hatte unwillkürlich auf seine Hände geblickt, und Anna begriff sofort. Seine Hände waren lang und feingliedrig und ein wenig verformt. Entweder er hatte Gicht oder Rheuma. War das der Grund, warum er seine Karriere als Schönheitschirurg aufgegeben hatte?

«Ah ja, meine Hände. Rheuma ist eine tückische Krankheit, meine Liebe. Aber sie sind noch voll funktionsfähig, meine Hände, obwohl diese leichten Verformungen das Ästhetikempfinden verletzen. Ihres doch auch, nicht wahr?»

«Nein.» Anna bemühte sich, die anklagenden Finger nicht anzusehen. «Man sieht es kaum. Helfen die Bäder denn?»

«Durchaus.» Plessis schien des Themas müde zu sein, denn nun war er es, der Anna von Kopf bis Fuß musterte. Unwillkürlich zog sie den Bauch ein und setzte sich gerade hin. Der Blick aus diesen merkwürdigen Augen war reichlich unverschämt.

«Ein schlüsselförmiger Hautschnitt – da. Überschüssiges Gewebe und Haut entfernen und die Brustwarzen nach oben versetzen. Vier Stunden, und die Sache ist behoben. Schätzungsweise 1000 Gramm pro Seite und Sie haben Ihren Idealbusen.» Der verkrümmte Zeigefinger zeigte auf Annas Busen, mit dem sie sich im Laufe der Jahre nun doch angefreundet hatte. Wenn er sich dem Gesetz der Schwerkraft langsam, aber sicher ergab – na und?

«Ich bin eigentlich ganz zufrieden, Dr. Plessis. Sie praktizieren doch gar nicht mehr, oder doch?»

Schneeweiße, streichholzkurzgeschnittene Haare und eine Bräune, die gewiß nicht von der österreichischen Sonne kam. Er mochte ja gut aussehen, aber er hatte eine beachtliche Macke, der Doktor.

Jedenfalls ignorierte er ihren Einwand. Nun zeigte der Finger drohend auf ihr Gesicht. «Bei Ihren Falten um Stirn und Augen reicht ein chemisches Peeling. Karbolsäure. In zehn Jahren empfehle ich das große Facelifting, die umfassende Gesichtshebung, wie man im Deutschen sagt. Nein, meine Liebe, ich habe meine Kunst zur Zeit an den Nagel gehängt. Aber das heißt nicht, daß dieser Entschluß in alle Ewigkeit gilt.»

Bevor Anna erwidern konnte, daß sie nicht im Traum daran denke, sich mit Säure überschütten zu lassen, noch eine chirurgische Korrektur zu dulden, und überhaupt jegliche Form von Schönheitsoperationen an ihrer gottgegebenen Schönheit ablehnte, sprang Dr. Plessis abrupt auf.

«Meine Bäder warten. Sie entschuldigen mich, meine Liebe. Eine interessante Konversation, die wir da hatten. Ich wünsche Ihnen einen guten Tag.»

Weg war er, ein Mann mit sehr aufrechtem Gang und weißer Kleidung, die vorzüglich zur Einrichtung paßte. Anna war ein wenig betäubt von dem, was er eine interessante Konversation genannt hatte. Der Mann hatte ein Rad ab, soviel stand fest. Aber ein Erpresser, im Bunde mit Joyce...?

Annas Tag verging mit der Behandlung von Fuß- und Fingernägeln, einem nicht erwähnenswerten Mittagessen mit anschließendem Schönheitsschlaf, einer Ganzkörpermassage und einer Stunde unter dem Tiefenwärme-Muskeltrainer, der – so Frau Wondraschek – das Fett millimeterweise abbaute. Die Münchnerin, die ihre Millimeter dem Apparat jeden Tag anvertraute – gegen Aufpreis auf die Pauschale –, schwor darauf. Anna kam es so vor, als ob Ina Pelzer sehr gestreßt aussah, aber das konnte auch daran liegen, daß die Münchnerin unter gräßlichem Hunger litt.

Stephanie Münzberg sah sie nicht an diesem Tag, da diese ihr Mittagessen im Zimmer einnahm. Dafür schlich Frau Wondraschek wie ein unheilverkündender Rabe durch das Schloß und ermahnte die Damen mit düsterer Stimme, durchzuhalten.

«Nur das Ziel ist wichtig, meine Damen. Eiserne Disziplin ist die Voraussetzung für die Erhaltung der Schönheit.»

Anna nahm sich die Mahnung an Disziplin immerhin zu Herzen und wählte Peter in Bonn an, um ihm von ihren Fortschritten zu berichten. Dessen Sekretärin holte ihn sogar aus einem «wichtigen Gespräch mit den Abteilungsleitern».

Wieder kein Lob für ihren Fleiß, sondern die ganz selbstverständliche Erfüllung seiner Erwartungen.

«Und wer ist die Frau mit dem Kopftuch nun?»

Anna stieß wütend den Zigarettenrauch aus. «Woher soll ich das wissen bei der vagen Beschreibung? Als Politiker wirst du ja wohl verstehen, daß man sich ohne Absicherung nicht festlegen soll. Ich kann dir allenfalls sagen, auf wen die Beschreibung am ehesten paßt.»

«Auf Joyce Martin.» Seine Stimme klang triumphierend. «Es kann doch nur diese Schlampe sein. Wir sind schon einen guten Schritt weitergekommen, Anna.»

Wieso war sie immer wütend, wenn sie mit ihm telefonierte? Vermutlich das Unbehagen über diesen bescheuerten Auftrag. Anna gab zu bedenken, daß es bisher nur eine Annahme war. «Ist denn irgend etwas nachgekommen? Ein Brief oder noch ein paar Fotos?»

Er verneinte, und Anna hatte das komische Gefühl, daß er nicht die Wahrheit sagte. Oder war es nur ihr sorgsam gehegtes Vorurteil, daß Politiker prinzipiell nie die Wahrheit sagten?

«Du mußt dem Verdacht einfach nachgehen, Anna. Sie ein bißchen ausfragen, dich vielleicht in ihrem Zimmer umsehen. Du bist doch eine begabte Detektivin. Finde heraus, was sie von mir will.»

Der röhrende Hirsch über dem Bett grinste Anna böse an, und sie streckte ihm die Zunge raus. «Komplimente von dir machen mich mißtrauisch, Peter. Du stellst dir das alles ein bißchen einfach vor. Aber gut, ich setze mich weiter ein für die gute Sache. Sie wird dich übrigens einiges kosten. Das Schloß ist nicht billig.»

Die Stimme am anderen Ende klang gereizt. «Jaja, Stephanie hatte immer schon einen teuren Geschmack, wenn man von ihren Seitensprüngen mal absieht. Wie geht es meiner Frau übrigens?»

«Soviel ich weiß, gut. Sprecht ihr nicht miteinander?»

«Sie hat mich seit vier Tagen nicht angerufen. Vermutlich ist sie anderweitig beschäftigt.»

Oh, klang das böse. Anna hatte keine Lust, sich weitere Ehegeständnisse anzuhören, versprach, ihr Bestes zu tun, und legte auf. Die Sache schien ihm doch näherzugehen, als sie anfangs gedacht hatte. Armer, gehörnter Ehemann, der in seinem männlichen Stolz verletzt war und obendrein noch um seine Karriere bangte. Arme Stephanie, die möglicherweise von Joyce betrogen wurde. Arme Anna, die millimeterweise dünner und faltenloser wurde – und kein Phillip, der dies honorierte.

Beim Abendessen platzte ihr der Kragen. Auf dem Speisezettel verhieß der Küchenchef ein paar Salatblätter mit Zitronensaft und grüne Paprika, gefüllt mit diversen Körnern, dazu moussierte Tomaten und als Krönung ein grüner Apfel. Der riesige Teller vor ihr war der blanke Hohn.

Anna sagte: «Es reicht», und stand auf. «Ich habe heute Geburtstag», sagte sie – was nicht stimmte, aber ein guter Grund war –, «und ich weigere mich, an meinem Geburtstag Körner zu essen. Ich möchte heute abend ein frisch gezapftes Bier, mindestens, und dazu eine Leberknödelsuppe und anschließend Tafelspitz und geröstete Kartoffeln – und vielleicht anschließend einen Kaiserschmarrn oder Zwetschgenröster. Kurzum, meine Damen: Ich gehe jetzt in die *Prälatur*, um meinen Geburtstag angemessen zu feiern. Und ich lade jeden ein, der mitkommen möchte.»

Frau Wondraschek war nicht hier. Die beiden Hamburgerinnen sahen nach Annas Ausbruch entsetzt bis angewidert aus. Die Schauspielerin wünschte Anna «alles Gute zum Geburtstag» und lehnte ab, aber siehe da, Annas kulinarische Beschreibungen hatten auch anderer Magensäfte erregt.

Stephanie Münzberg faltete ihre Serviette und stand auf. «Ich brauche heute auch Tapetenwechsel», sagte sie zu Anna. «Ich nehme Ihre Einladung an, Frau Marx. Sonst noch jemand, der sündigen möchte?»

Ina Pelzer aus München kämpfte einen kurzen, aber heftigen Kampf mit sich selbst. Und verlor. «Na gut, ich komme auch mit, aber ich werde etwas ganz Diätisches essen, um den Kurerfolg nicht zu gefährden.»

«Ganz wie Sie wollen», meinte Anna, die ihre spontanen Entschlüsse immer für die besten hielt. Die kleine Notlüge mit dem Geburtstag verzieh sie sich leicht.

«Der Doktor und Frau Wondraschek werden böse sein, wenn sie das erfahren», meinte die Schauspielerin, als die drei Sünderinnen zur Tür gingen.

«Na und? Mein Bauch gehört mir.» Anna wünschte den verbliebenen Damen einen «recht guten Appetit» und rauschte triumphierend durch die Tür. Daß die Sünde durch drei geteilt war, minderte sie in jedem Fall.

Als Anna und ihre «Geburtstagsgäste» durch den Park am Haus des Doktors vorbeigingen, sahen sie Joyce Martin aus der Tür kommen. Selbst im Schein der Parklampen konnte Anna sehen, daß Joyce unglaublich zornig aussah. Sie stapfte an der Dreiergruppe vorbei, ohne hochzusehen oder zu grüßen. «Welche Laus ist der denn über die Leber gelaufen?» fragte Ina Pelzer in Richtung Stephanie Münzberg.

Die zuckte die Achseln. «Woher soll ich das wissen? Vielleicht hatte sie Krach mit dem Doktor. Der Alte soll von Tag zu Tag unerträglicher werden. Haben Sie einen Tisch in der *Prälatur* schon bestellt, Frau Marx?»

«Nein, es war wirklich ein plötzlicher Entschluß. Aber über die kulinarischen Möglichkeiten in Badgastein habe ich natürlich schon Erkundigungen eingezogen, so für alle Fälle. Am besten und deftigsten soll man in der *Prälatur* und im *Grünen Baum* essen, aber letzterer ist zu weit weg für einen Fußmarsch. Und dann gibt es noch die *Villa Hiss* am Ortsende, aber da gibt es mehr die kleine, feine Küche – und große Teller mit wenig drauf kann ich zur Zeit nicht sehen.»

«Na gut, dann gehen wir in die *Prälatur*.» Stephanie Münzberg wollte fröhlich klingen, aber so ganz gelang ihr diese Tonlage nicht.

Dr. Plessis stand am Fenster seines Hauses. Ihm waren die drei Frauen nicht entgangen, und er fragte sich, wohin sie zu dieser Stunde gehen wollten? Zu viele Frauen in diesem Haus und zu viele Probleme. Außerdem war der Schmerz in seiner rechten Hand an diesem Abend wieder unerträglich. Er wandte sich vom Fenster ab und ging in Richtung Badezimmer. Die starke Schmerztablette würde den ersehnten sanften Nebel bringen. Was wäre das Leben ohne die kleinen weißen Pillen, die jeden Nerv und jedes Gefühl zudeckten? Oh, er konnte Joyce verstehen, obgleich er ihr predigte, maßvoll zu sein, die Dinge unter Kontrolle zu halten. Denn – als Arzt wußte er nur zu gut – es gab einen Punkt, an dem eine Umkehr unmöglich wurde, und diesen Punkt mußte man kennen, um zu überleben.

Es war derselbe Schnurrbart, derselbe Mann. Valentin Kloose, der sich von seiner Parkbank erhoben hatte, um den drei Frauen unauffällig und im Schutz der Dunkelheit zu folgen, machte zur Vorsicht noch eine Aufnahme, als er an ihm vorbeiging. Er, der so eisern diszipliniert war, seine Befehle ohne Warum auszuführen, machte sich Sorgen, zum erstenmal, seit er in Badgastein war. Traute man ihm nicht? Hatte man noch jemanden hierhergeschickt, um ihn zu überwachen? War der Auftrag so wichtig, daß man es für nötig hielt, mit doppeltem Netz zu arbeiten?

Sie waren unangenehm, diese Fragen, weil sie an seinen Prinzipien rüttelten und winzige Pfeile der Angst auslösten. Er sah sich vorsichtig um, aber der Mann mit dem Schnurrbart folgte ihm offenbar nicht, was ihn zunächst erleichterte. Valentin Kloose hatte keine Ahnung, wohin die drei Frauen gingen, aber er hatte nicht die Absicht, sie zu verlieren. Zuverlässig und umsichtig: das waren Prädikate, auf die er stolz war. Zuverlässig und umsichtig würde er seinen Auftrag bis zum Ende bringen.

Der Anruf kam über seinen Privatanschluß, und der Minister wußte, während er den Hörer abnahm, daß nur wenige Personen in Frage kamen. In seinem Amt war es selbstverständlich, nur für Auserwählte erreichbar zu sein. Während er sich meldete, las er mit angewiderter Miene einen *Spiegel*-Artikel zu Ende. Er sollte es gewohnt sein, von der Journaille mit Dreck beworfen zu werden. Aber nein, es schmerzte wie beim erstenmal. In all den langen Politikerjahren hatte er es nicht gelernt, wegzustecken.

Die Stimme am anderen Ende der Leitung hatte jenes diensteifrige Timbre, an das er sich allerdings gewöhnt hatte.

«Die Sache ‹P Null›, Herr Minister: Ich würde Sie gerne über den neuesten Stand unterrichten... Wenn ich nicht störe...»

Daß diese Leute immer so konspirativ tun mußten. Menges war da keine Ausnahme, auch wenn er ihn seit langem kannte und im Prinzip schätzte. So wie man eben Leute in diesem Gewerbe schätzen konnte. «Nein», sagte er, während er den *Spiegel* in den Papierkorb beförderte und eine Vorlage mit dem Stempel «Dringend» öffnete.

Herr Menges, der die Akte ‹P Null› zuvor aus seinem «Giftschrank» genommen hatte, telefonierte nicht oft mit Ministern persönlich und registrierte seine schwitzenden Handflächen.

«Das Objekt in Österreich», sagte er, «ist vielversprechend. Nach den mir vorliegenden Informationen, Herr Minister, hat das Objekt Kontakte, sozusagen intime Kontakte zu einer bestimmten Person, die sich im Schloß befindet. Eine Südafrikanerin noch dazu. Es...»

«Eine Schwarze?» Der Minister hatte es sich angewöhnt, anderen Leuten brutal ins Wort zu fallen.

«Nein, das nicht. Aber die Kontaktperson ist von zweifelhaftem Ruf, so viel steht fest. Politische Schwierigkeiten in Johannesburg mit nachfolgendem dubiosen Abgang nach Österreich. Ich habe ein Dossier zusammenstellen lassen. Die Kontakte sollen übrigens seit vielen Monaten bestehen. Bisher ist es uns gelungen, ein Foto von den beiden zu machen.»

«Ein eindeutiges?» Der Minister lächelte dezent.

«Nein, das leider nicht. Aber man könnte...»

«Ich weiß, was man könnte, lieber Menges. Aber nur, wenn dies unter Wahrung äußerster Vorsicht möglich ist. Ihre Verantwortung, Sie verstehen? Aber natürlich brauche ich Beweise.»

Natürlich. Und wenn die Sache in die Hose ging, gab es einen Pontius Pilatus und einen, der seinen Kopf hinhalten mußte. Menges schwieg, wußte, daß der Minister just das gleiche dachte. Dummerweise fiel ihm ausgerechnet jetzt der «Fall Kießling» ein. Wer mit dem Feuer spielt, verbrennt sich die Finger: außer, er sitzt weit genug oben. Dann wird er befördert.

«Bringen Sie mir das Dossier und das Foto beim nächsten Treffen mit», sagte der Minister. «Aber die Sache eilt nicht, ich habe Zeit. Was steht denn drin, Menges? Aber in Stichworten, ich will mir nur ein Bild machen.»

Joyce Martin, in einem Dossier verpackt und in Stichworten beschrieben, klang nach einer unwichtigen Existenz:

«63 in Johannesburg geboren, Vater erfolgloser Autohändler deutscher Abstammung; Mutter zweifelhaft, da gab es angeblich einen Schwarzen im Stammbaum und Probleme bei der Klassifizierung als Weiße. Aufgewachsen in einem Arbeiterviertel, mittlere Reife, Lehre als Krankenschwester in einer Klinik für Schönheitschirurgie. Keine besonderen Vorkommnisse, außer einem schweren Verkehrsunfall, den sie knapp überlebte. Circa ein Jahr, bevor sie Johannesburg verließ, tauchte die Martin zum erstenmal in Polizeiakten auf. Kontakte zu oppositionellen Kreisen, heißt es. In der Tat war die Martin mit einer ANC-Sympathisantin liiert, einer Schwarzen, und das hat ihr eine ganze Menge Ärger eingebracht. Aber bevor es wirklich ernst wurde, ist sie aus Johannesburg verschwunden, mit diesem Dr. Plessis, dem heute Schloß Aubach gehört. Wie sie zu diesem Arzt steht, ist nicht ganz klar. Vielleicht ist sie bisexuell.»

Der Minister ignorierte die letzte Bemerkung, die von einem kurzen Kichern begleitet war. «Und seit wann hat sie ein Verhältnis mit Frau Münzberg?»

Menges dachte, daß der Alte absolut keinen Sinn für Humor hatte. «Schwer zu sagen, Herr Minister. Nach unseren Erkenntnissen aber bestimmt schon länger als ein Jahr. Frau Münzberg ist schon zum viertenmal auf Schloß Aubach. Und angeblich hat es einen gemeinsamen Kurzurlaub gegeben, in Salzburg, auf Schloß Mönchstein.»

Die Stimme am anderen Ende der Leitung war hart und trocken: «Mit Angeblichkeiten kann ich nichts anfangen, Menges. Bringen Sie mir Briefe, Fotos, Zeugen oder was weiß ich. Ihr Job. Und Gott steh uns bei, wenn Ihr Mann in irgendeiner Form auffällt.»

Es gab da ein Problem. Menges hatte lange überlegt, ob er es dem Alten sagen sollte, sich dann aber doch zur Absicherung entschlossen. «Ein kleines Problem scheint es zu geben, Herr Minister. Unser Mann hat über ein Subjekt Bericht erstattet, das nicht in die Szene paßt. Unser Mann meint, daß der Typ entweder ein Privatdetektiv ist oder Angehöriger einer artverwandten Institution. Er tippt auf die GESTAPO.»

«Worauf?»

«Geheime Staatspolizei, Österreich. Vielleicht sollten wir bei den Kollegen mal anfragen?»

Der Minister griff mit der freien Hand an sein Herz. Psychosomatische Störungen, wie sein Arzt ihm versichert hatte. Aber er mußte sich beherrschen, Menges nicht anzubrüllen. «Kommt überhaupt nicht in Frage. Unter keinen Umständen. ‹P Null› muß im kleinsten Kreis bleiben. Ihr Mann muß sich aus allem völlig raushalten, mit äußerster Zurückhaltung operieren. Wollen Sie im Archiv landen?»

Durchaus nicht. Menges schluckte. «Ist völlig klar», erwiderte er. «Einfach ignorieren, in äußerster Deckung bleiben.»

«Wir haben uns verstanden. Informieren Sie mich über jeden Schritt, Menges.»

Der Minister hängte ohne jede Höflichkeitsfloskel auf. Er war nicht in der Verfassung, dem Verfassungsschutz weiter zuzuhören. Unglaublich, mit welchen Dilettanten man zusammenarbeiten mußte.

Dennoch hatte Menges' Mann herausgefunden, was er hören wollte. Der Minister lächelte in sich hinein, während er im Taschenspiegel den «zuversichtlichen Ausdruck» für den nächsten Fototermin probte.

Peter Münzberg, dessen Dossier nichts, aber auch gar nichts ergeben hatte, war also doch angreifbar. Hatte die falsche Frau geheiratet, wahrscheinlich weil sie Geld im Kreuz hatte und der kleine Emporkömmling von den Lastern der Reichen zuwenig gewußt hatte. Er hatte gleich geahnt, daß mit der Frau was nicht stimmte, als sie ihm zum erstenmal vorgestellt wurde. Unsteter Blick, zu lautes Lachen.

Was er nicht geahnt hatte, war, daß Münzberg ihm einmal so in den Rücken fallen würde. Der Minister nahm die Hand vom Herzen und zündete sich eine Zigarre an, die doppelt so gut schmeckte, seit der Arzt sie ihm verboten hatte. Münzberg, der kleine Abgeordnete, den ER aus den Reihen der Hinterbänkler geholt, mit den richtigen Leuten in Verbindung und in den richtigen Ausschuß gebracht hatte: Das war einer, der in die Hand biß, die ihn fütterte.

Münzberg, der in der Fraktion und beim Kanzler gegen ihn intrigierte. Münzberg, der hinter vorgehaltener Hand flüsterte, daß der Alte geistig und körperlich nicht mehr auf dem Posten war. Münzberg, der Journalisten über vermeintliche Fehlentscheidungen informierte, die dann in der Presse breitgetreten wurden. Der sich auf seine Kosten zu profilieren suchte und – mochte der Himmel wissen, warum – sogar an seinem letzten Traum kratzte: bei einem Revirement als nächster Bundespräsident ins Gespräch zu kommen.

Aber natürlich war er weder geistig noch körperlich so down, sich ohne Gegenwehr zu ergeben. Auch Peter Münzberg hatte Feinde im Hause und in der Fraktion, wenngleich er es geschafft hatte, das Ohr des Kanzlers zu finden. Und diese Feinde hielten ihn auf dem laufenden. Aber er war zu lange im Geschäft, um nicht zu erkennen: Mit jeder Welle, die Münzberg weiter nach oben schwemmte, nahm die Zahl der Feinde ab.

Man mußte sich wehren, solange noch Zeit war. Menges, der ihm einen Gefallen schuldete, war nur eine Möglichkeit. Aber man hatte offenbar ins Schwarze getroffen. Der Minister malte sich aus, wie er Münzberg zu einem privaten Gespräch in sein Büro bitten würde: Rache, kalt genossen. Vielleicht ein Foto oder ein Brief, das entsprechende Dossier dazu, und dann könnte man sagen:

«Lieber Münzberg, Sie sind mir zu großem Dank verpflichtet. Denn ich habe es gerade noch geschafft, diesen Schmutz hier vor einer Veröffentlichung in der Presse zu bewahren. Widerwärtig, wie Leute es wagen, in unserem Privatleben zu schnüffeln. Ich verurteile das zutiefst. Aber nun müssen wir darüber sprechen, wie wir verhindern, daß diese Details niemals meinen Händen entrissen werden.»

So ungefähr. Des Ministers strapaziertes Herz erwärmte sich bei dem Gedanken an diese Szene.

Kapitel VII

Entspannen. Ganz ruhig einatmen, ausatmen und sich auf die Bewegung der Maschine konzentrieren, die Arme und Beine von unten massiert und im sanften Rhythmus bewegt.

Stephanie Münzberg hielt ihre Augen geschlossen und versuchte mit aller Kraft, sich der Monotonie dieser Bewegungen hinzugeben. Nicht mehr denken ... vor allem nicht daran, daß sie im Gymnastikraum nicht allein war. Ausgerechnet die späte Nachmittagsstunde mußte sich die dicke Pelzer aussuchen, um ihre läppischen Übungen mit dem Gymnastikball zu vollziehen. Das begleitende Schnaufen war unüberhörbar und löste in ihr eine Ekelwelle aus, die jede Konzentration zunichte machte.

Sie konnte Ina Pelzer nicht leiden und wußte, daß die Abneigung auf Gegenseitigkeit beruhte. Eifersucht war ein Thema mit vielen Variationen. Stephanie fand den Gedanken, daß Ina Pelzer den schönen Körper von Joyce berührt hatte, ekelerregend. Auch wenn es lange her war, wie Joyce sagte. Und die Pelzer war wahrscheinlich ganz schlicht eifersüchtig auf ihre Nachfolgerin. Joyce fand die Geschichte eher komisch.

Typisch Joyce, dachte Stephanie. Ihre Geliebte liebte die Macht, die sie über andere hatte. Macht über die Gefühle, die ihr entgegengebracht wurden. Und es amüsierte Joyce, wenn andere Menschen ihretwegen Gefühle zeigten, gleich welcher Art.

«Wer keine Emotionen hat, der lebt nicht. Gefühle sind alles, und der Rest ist nichts. Die meisten Menschen merken es doch gar nicht, ob sie leben oder ‹tot› sind.»

Sagte Joyce. Joyce, die Zärtliche und Kalte, die Werbende und Abweisende, die verständnisvolle Ignorantin und großzügige Egoistin. Joyce, die noch so jung war, so unschuldig und gleichzeitig abgebrüht. Ein Rätsel, das Stephanie Münzberg nicht lösen konnte und auch nicht mehr wollte.

Genaugenommen, überlegte sie, weiß ich nicht einmal, welche Gefühle sie mir gegenüber hegt. Joyce sagt, daß sie mich liebt. Aber ich sage das auch, und ich weiß, daß es nicht wahr ist. Ich habe sie gebraucht, und ich brauche sie noch. Aber ich würde niemals mein Leben einem Ziel unterordnen, das Joyce heißt. Nein, ich benutze sie für mein Wohlbefinden, und vielleicht ist das, was sie Liebe nennt, auch bei ihr nichts anderes.

«Wird es Ihnen nicht langweilig auf der Maschine?» Ina Pelzers Stimme klang gepreßt vor Anstrengung.

Jetzt versucht sie, das runterzuarbeiten, was sie gestern zuviel gefressen hat, dachte Stephanie boshaft.

«Nein», erwiderte sie mit ihrer kältesten Stimme, der Tonfall, den sie gegenüber unverschämten Dienstboten und lästigen Journalisten einsetzte. Und gegenüber ihrem Mann seit einiger Zeit.

Nein, Stephanie fühlte sich gar nicht schuldig für das, was sie getan hatte. Schließlich war es ihr gutes Recht, sich im Leben das zu holen, was es ihr freiwillig nicht gab. «Man muß kämpfen oder man geht unter», hatte ihr Vater immer gesagt, mit einem mitleidigen Blick auf ihre Mutter. Diesen Blick hatte sie wiedererkannt, als sie im Krankenhaus lag, damals, nach dem mißglückten Selbstmordversuch. Es gab wirklich nichts Lächerlicheres, als mit dem Leben abzuschließen – und mit einem Schlauch im Mund wieder aufzuwachen.

«Sie gerät ihrer armen Mutter nach.» Das hatte ihr Vater bestimmt zu Peter gesagt, damals, als sie mit dem Schlauch dalag. Und was für eine Heidenangst ihr lieber Mann gehabt hatte, daß irgendwer von der Presse von ihrem «Ausrutscher» erfuhr. Abgeordnete mit suizidgefährdeten Ehefrauen waren doch keine Empfehlung für höhere Weihen. Aber Peter hatte Glück gehabt, wie immer. Niemand erfuhr von dem Fauxpas, wie ihre arme Mutter den Hilfeschrei nannte.

Stephanie konnte sich nicht erinnern, ihren Vater jemals schwach gesehen zu haben, hilflos, auf andere angewiesen. Wie sie ihn angebetet hatte, den Starken, und in Peter Münzberg eben dieselben Eigenschaften gesucht, gefunden und geliebt hatte. Und ein Jahr lang, das erste Jahr nach der Hochzeit, war sie ja wirklich glücklich gewesen. Geliebt von einem Mann, den sie bewunderte: wie stark sie sich gefühlt hatte, so angenommen von der Welt, der kleinen und der großen. Und dann der Wahlkampf: Peter, der nie da war, selbst wenn er zu Hause war; der nur noch über Politik redete, über Wählerstimmen und Image und Taktik. Wie er sich gemein machte mit dem Pöbel, dessen Stimmen er brauchte. Und wie er sie mitschleppte zu all diesen unsäglichen Veranstaltungen in stinkigen, verrauchten Sälen, mit häßlichen Menschen, die klatschten und brüllten und ihren Peter vereinnahmten, ihn ihr wegnahmen, bis er nur noch ein Teil, eine Karikatur dieses Volkes war, das zu vertreten, er so gierig anstrebte.

Ein neuer Peter: einer, der lügen konnte und lächelte, wenn er zornig war, überall präsent und nirgends wirklich. Ein Mann, der sie benutzte wie eine Marionette, die auf Volksfesten für ihn tanzte. «Reiß dich zusammen», zischte er sie an, wenn ihr das Lächeln gefror und sie die hundertste Begrüßung des hundertsten Ortsvereinsvorsitzenden oder Schützenobmanns oder Karnevalsprinzen so entsetzlich langweilte. Arrogant sei sie, warf er ihr dann vor. Was sie fühlte und dachte, schien ihn überhaupt nicht mehr zu interessieren.

Stephanies Antwort auf den entsetzlichen Wahlkampf war eine Überdosis Schlaftabletten gewesen. Am Wahltag, an dem Tag, an dem Peter in den Bundestag einzog. Am Tag seines Triumphes. Stephanie fand jetzt noch, daß dies eine adäquate Rache gewesen war. Für eine Weile, eine Weile nur, hatte sie ihm Angst eingejagt.

«Sind Sie eingeschlafen, Frau Münzberg? Ihr Programm ist nämlich zu Ende und ich wollte auch noch auf die Maschine. Diese Ballgymnastik ist einfach zu anstrengend. Wir sind eben nicht mehr die Jüngsten...»

Stephanie öffnete die Augen und sah ein verschwitztes Gesicht über sich. Sie hatte tatsächlich nicht gemerkt, daß das Vibrieren aufgehört hatte. Aber ich bin, dachte sie, lange nicht so alt und so fett wie du. Ich habe keinen Kaufmann geheiratet, sondern einen Staatssekretär – und ich habe Joyce, die mich viel attraktiver findet als dich.

«O ja, ich habe geträumt. Tut mir leid, Frau Pelzer, aber ich mache Ihnen gleich Platz. In *Ihrem* Alter sollte man sich wirklich nicht mehr so anstrengen.»

Du blöde Kuh, dachte Ina Pelzer. Du wirst auch noch dein blaues Wunder mit der kleinen Joyce erleben, warte nur ab. Aber sie brachte ein Lächeln zustande: «Ich hoffe doch, Sie gehen nicht wieder unter die Sonnenbank. Bei Ihrer zarten Haut, da kann man die Falten ja zählen, die dieses schädliche Zeug hinterläßt.»

Sieger nach Punkten, denn Stephanie Münzberg verließ wortlos den Gymnastikraum. Sie hatte ohnehin nicht vorgehabt, sich unter die Bank zu legen. Bis zum Abendessen war noch Zeit für einen Gang ins Dampfbad. Zeit, darüber nachzudenken, wie es weitergehen sollte.

Dein schlimmster Fehler, dachte sie, ist diese Sucht, geliebt zu werden. Ausschließlich, bedingungslos, hemmungslos geliebt zu werden. So wie im ersten Jahr ihrer Ehe. Aber es war, als ob Peter sie zuerst mit Bonbons seiner Verliebtheit verwöhnt hätte, um sie dann mit übriggebliebenen Restgefühlen zu füttern, die nach einem 14-Stunden-Tag noch abfielen. Abfall.

Oh, war der heiße Dampf angenehm auf der Haut. Fast so angenehm wie die Berührungen von Joyce, dieses zärtliche Streicheln, bis Haut und Seele sich auflösten.

Abfall: Wenn er nicht zu müde war oder sich im Arbeitszimmer einschloß, um Akten aufzuarbeiten, war Sex bloß noch eine hastige und leidenschaftslose Pflichtübung. Einer lag oben und eine lag unten, und beide fragten sich, warum sie überhaupt da lagen. Peter hatte als Staatssekretär und Abgeordneter natürlich noch mehr Arbeit, noch mehr Verpflichtungen. Und noch mehr Macht. Er hatte es vor ihr nie zugegeben, aber wie stolz war er gewesen, als ihm kraft seines Amtes Dienstwagen nebst Chauffeur sowie ein pickliger Jüngling als Leibwächter zugewiesen wurde. Einer, der sich im Ernstfall vor ihn werfen würde, um das kostbare Leben des Staatssekretärs zu schützen. Als ob im Ernstfall nicht jeder zuerst an sich selbst denken würde. Peter nahm sich so verdammt wichtig. Keine Zweifel, keine Mutlosigkeit, keine Angst, außer der, einen politischen Fehler zu begehen oder vom *Spiegel* gebeutelt zu werden.

Bildete sie es sich ein, oder war das Dampfbad heute heißer als sonst? Sie war ganz klitschig von Schweiß und Wasser und geriet in leichte Atemnot. Und wenn ich jetzt sterbe, dachte sie, wird niemand um mich trauern. Joyce nicht und Peter schon gar nicht. Weil niemand, dachte sie, mich so liebt, wie ich es verdiene.

«Frau Münzberg? Ist Ihnen nicht gut, mein Gott...»

Die Stimme kam aus weiter Ferne. Sie gehörte zu Ina Pelzer, die die Tür zum Dampfbad geöffnet hatte, so daß kühle Luft hereinströmte.

Schon wieder die Pelzer. Sie richtete sich auf. «Mir ist nur einen Moment übel geworden. Es ist so heiß hier drin.»

«Sie sollten sich mehr schonen», sagte Ina Pelzer, die sie unverschämt musterte.

Stephanie stand auf und ging an ihr vorbei. Reine Hysterie, anzunehmen, daß in dieser Bemerkung der Unterton einer Drohung war. Reiner Verfolgungswahn. Schließlich hatte sie der Frau nichts getan. Manchmal, so wie jetzt in dieser Sekunde, kam ihr vor, daß alle gegen sie waren. Auch Joyce. Auch Peter, der ihr seine Liebe versicherte, im gleichen Tonfall, wie er seinen Wählern versicherte, daß er nur ihr Wohl im Auge hatte.

Stephanie ignorierte Ina Pelzers Blicke im Rücken und zog ihren Bademantel an, ohne sich zu duschen. Sie floh zurück in ihr Zimmer, vorbei an Anna Marx, die gerade von der Massage kam.

Anna fühlte sich sehr entspannt und schon wieder hungrig. Ihr sogenannter «Geburtstagsabend» hatte sich zu einer ziemlichen Orgie entwickelt, an der sich natürlich auch Ina Pelzer beteiligt hatte. Drei Flaschen «Grüner Veltliner», diverse Schnäpse und reichlich Tafelspitz und Apfelkren und Knödel und... War das ein Genuß gewesen nach dem Körnerfraß der vergangenen Tage. Selbst wenn das Dessert nicht mehr in den übervollen Magen gepaßt hatte...

Anna hatte mit Lust, Ina Pelzer mit schlechtem Gewissen und die gute Stephanie mit – typisch für die Dünnen – Gleichgültigkeit getafelt. Über allen Freuden wachte Willi, der Oberkellner, mit diesem grantigen österreichischen Charme, der irgendwo zwischen Servilität und Unverschämtheit angesiedelt war. Und trotzdem, dachte Anna, war nicht so recht Stimmung aufgekommen. Eine merkwürdige Spannung herrschte zwischen den beiden Frauen, für die sie keine Erklärung hatte. Eine nachdenkliche, streckenweise die Dame der gehobenen Gesellschaft herauskehrende Stephanie Münzberg und eine gar nicht gemütliche Dicke, die sich über ihren Berufsstreß ausließ und sich gleichzeitig über «frustrierte Ehefrauen» lustig machte. Was nicht nett war. Außerdem, meinte Anna, hatte die Pelzer eine Sorgenfalte mehr um den Mund. Diese verdammte Faltenhysterie, auf Schloß Aubach so blöde propagiert und zum Symbol der Niederlage über den eigenen Körper hochstilisiert. Bis man nicht mehr gern in den Spiegel schaute, dank der Gesichtsfalten und Speckfalten, und begann, an das Wunder der Kosmetik und Schönheitschirurgie zu glauben. Und sich vielleicht bei dem senilen Dr. Plessis unters Messer begab.

Aber nicht mit dir, Anna, die du in 39 Jahren wenigstens gelernt hast, daß man im Leben nicht alles bekam und sich für ein paar Dinge entscheiden mußte.

Anna ging in den Salon und traf dort die Schauspielerin Marlies Hölter, die gelangweilt Frauenzeitschriften durchblätterte. Sie nahm eine Tasse Kaffee vom Büfett und setzte sich auf die Couch gegenüber. Der Gedanke an Joyce Martin ließ sich sowenig verdrängen wie der Hunger. Wie, zum Teufel, sollte sie weiter verfahren? Die Dame einfach mit den Tatsachen konfrontieren und die Reaktion abwarten? Und wenn es keine Reaktion gab?

«Sie sehen so mitgenommen aus, Frau Marx.» Die Hölter legte das Magazin nieder. «Haben Sie ein schlechtes Gewissen wegen Ihres Ausflugs gestern abend? Frau Pelzer hat ein Pfund zugenommen, und jetzt läuft sie herum wie ein Haufen Elend.»

Eine Zigarette und ein mißbilligender Blick. Anna lehnte sich zurück und zupfte den verrutschten Bademantel zurecht. «Nein, mir geht es ausgezeichnet, und vor der Waage habe ich mich heute gedrückt, damit die Wondraschek nicht ohnmächtig wird. Man kommt sich hier manchmal vor wie in der Schule.»

Das faltenfreie, gnadenlos ausdruckslose Gesicht verzog sich zu einem Lächeln. «Ach was, die Wondraschek hat andere Sorgen. Sagt jedenfalls meine Kosmetikerin. Die soll solche Spielschulden haben, daß sie nachts nicht mehr schlafen kann. Angeblich ist der Doktor der einzige, der ihr noch Geld pumpt. Die zwei sollen mal was miteinander gehabt haben. Also ich würde den Plessis auch nicht von der Bettkante stoßen. Er hat irgendwie so was Traurig-Geheimnisvolles, finde ich. Außerdem finde ich alte Männer sexy.»

«Kann das was mit den alten Brieftaschen zu tun haben?» Anna grinste ihr Gegenüber entwaffnend an.

Marlies Hölter schien überhaupt nicht beleidigt.

«Ich finde alte Männer halt dankbarer. Wenn ich mal alt und berühmt und reich bin, dann nehme ich mir junge. Finden Sie das verkehrt?»

Gewissermaßen schon, dachte Anna, verneinte aber die Frage. «Diese Joyce Martin sieht ja auch wirklich gut aus. Dabei hat sie angeblich keinen Freund. Das finde ich schon merkwürdig.»

Klatschklatsch. Wie tief konnte das Gesprächsniveau eigentlich noch sinken?

Marlies Hölter verzog ihr Gesicht ein wenig. Konkurrenz förderte die Faltenbildung. «Na ja, wenn sie diese Narbe nicht hätte. Dabei war sie doch Krankenschwester beim Dr. Plessis, als der noch in Johannesburg seine Schönheitsklinik hatte. Die muß nicht bei Trost gewesen sein, daß sie sich nicht von ihm operieren ließ. Ich hätte das längst getan. Aber vielleicht stören sich Lesben nicht an so was.»

Annas erstaunter Blick war bühnenreif. «Ach ja? Das habe ich gar nicht gewußt.»

«Das pfeifen doch hier die Spatzen von den Dächern. Ich weiß es von meiner Kosmetikerin. Der österreichische Trampel weiß wahrscheinlich nicht, was eine Lesbe ist, aber sie plappert fröhlich, während ich unter meiner Modellage liege. Hundert Mark extra pro Tag zahle ich dafür, aber das Hautergebnis soll traumhaft sein. Die Martin übrigens soll es mit Kundinnen treiben. Mit der Pelzer hat sie mal was gehabt...»

«Ach, ja?» Das war eine äußerst interessante Information.

«...und seit zwei Jahren ist sie mit dieser Münzberg zugange, munkelt man. Also, nageln Sie mich nicht fest. Immerhin ist das die Frau eines Staatssekretärs, da muß man schon vorsichtig sein mit solchen Geschichten, nicht wahr?»

O ja. Anna Marx, die Detektivin, war ganz Ohr. «Würde ich nicht glauben von der Münzberg, so cool, wie die aussieht. Ob die Joyce das für Geld macht...»

Marlies Hölter dachte, daß die fette Rothaarige ganz schön neugierig war. Auf der falschen Seite der Dreißig, unverheiratet. Vielleicht war die auch von der Sorte?

«Nee, meines Wissens nicht. Die macht das aus Spaß, so was soll's ja geben. Aber die Wondraschek – die hat es gerade nötig – ist unheimlich sauer, und die hat es auch schon dem Doktor gesteckt, angeblich, weil sie um den guten Ruf des Hauses fürchtet, und seither soll es zwischen den dreien ständig Zoff geben. So jedenfalls mein österreichischer Trampel. Die Weiber wohnen alle hier und haben den ganzen Tag nichts anderes zu tun, als zu klatschen. Unglaublich, was sich so hinter den Kulissen abspielt, nicht wahr?»

«Wahrscheinlich», sagte Anna, «sind unsere beiden Hamburgerinnen auch nicht Mutter und Tochter.»

So mußte Marlies Hölter aussehen, wenn sie auf der Bühne die Eliza mimte, was nicht anzunehmen war.

«Ist nicht wahr.»

Anna schüttelte den Kopf. «Ist nicht wahr. Ich hab nur einen Scherz gemacht.»

Den Marlies Hölter nicht komisch fand, denn sie stand abrupt auf. «Ich mache vor dem Abendessen noch einen Saunagang. Das fördert den Appetit.»

«Und wozu?» fragte Anna hinter ihrem Rücken und schnappte sich einen Stapel Frauenmagazine. Bloß keine Aktivitäten mehr, die die Magensäfte anregten. Während sie blätterte, ohne zu lesen, dachte sie an Ina Pelzer, deren Verhalten vom Vorabend nun eine Erklärung hatte. Wenn der Klatsch stimmte. Und warum nicht? Die Leute taten Erstaunliches in der Einsamkeit ihrer Schlafzimmer und ihrer Phantasie.

Nur in Anna Marx' Schlafzimmer tat sich seit geraumer Weile nichts oder verdammt wenig, seit Phillip Handke vor Wochen und Ewigkeiten wütend die Wohnungstür hinter sich zugeknallt hatte. Oh, dieses Selbstmitleid. Es lenkte sie für eine Weile von der Überlegung ab, ob sie hinter der Martin herspionieren oder mit offenen Karten spielen sollte. Letzteres wäre bestimmt nicht in Peters Sinn, dachte Anna, denn Politiker legen nie ihre Karten auf den Tisch. Was ihr im Grunde egal war, sie nahm es jedenfalls als gegeben hin und wenn überhaupt, tat es ihr nur bei einem Mann namens Willy Brandt leid, dessen Geschichte, die wahre Geschichte, sie wirklich interessiert hätte. Stürzen Ehefrauen Denkmäler von den Sockeln?

Jedoch waren Annas Überlegungen in bezug auf Joyce Martin um 22.50 Uhr desselben Abends für immer hinfällig geworden. Zumindest der Teil mit den offenen Karten. Denn um 22.50 Uhr, die Damen hatten sich nicht lange nach dem Abendessen in ihre Zimmer zurückgezogen, und Anna lag auf dem Bett, trank Whisky und war in eine verkabelte Liebesschnulze versunken – um 22.50 Uhr stand Valerie Wondraschek aschfahl im Zimmer von Joyce Martin, das im Dachgeschoß des Schlosses lag.

«Sie ist tot», sagte Valerie Wondraschek zu Dr. Plessis. «Du hast sie nicht retten können. Wir müssen was tun: die Polizei rufen.»

«Warum denn die Polizei? Es war doch kein Verbrechen?» Dr. Plessis wirkte auf Valerie wie ein hilfloses Kind. «Trotzdem muß man die Polizei holen. Du kannst zwar den Totenschein ausstellen, bist ja nicht mit ihr verwandt. Aber es muß alles seine Ordnung haben. Schließlich haben wir nichts zu verbergen.»

«Nein», sagte Dr. Plessis. «Nichts zu verbergen.» Die betäubende Wirkung seiner Schmerztablette hatte nachgelassen, und er rieb sich die Hände.

«Vor allem dürfen die Damen sich nicht aufregen. Wir wollen schließlich nicht, daß sie abreisen. Ich werde es ihnen morgen früh sagen. Und bei der Münzberg, sofern sie bleibt, muß eben eine andere Kosmetikerin einspringen. Ich werde morgen neue Zeitpläne machen.»

Der Blick aus den wasserblauen Augen war haßerfüllt, aber an Valerie Wondraschek prallte dieser Blick ab wie kalte Luft. «Da liegt sie – tot in ihrem Bett und du sprichst von Zeitplänen und diesen dämlichen Weibern. Hast du kein Herz?»

Mit den ihr eigenen Trippelschritten ging sie zur Tür, drehte sich dort noch einmal um. «Einer von uns muß ja praktisch denken. Sie ist tot, das ist bedauerlich, aber das Leben geht weiter, und daran wird auch dein Schmerz nichts ändern. Warte hier. Ich sag der Polizei, daß sie die Formulare für den Totenschein mitbringen. Vielleicht besser, wenn du ihn ausfüllst. Ein letzter Dienst an Joyce Martin, die so jung von uns gegangen ist.»

Und dann passierte genau das, was Jonathan Plessis sich in dieser Situation am wenigsten gewünscht hätte. Während er noch in der halboffenen Tür zu Joyces Zimmer stand und versuchte, Klarheit in seine Gedanken zu bringen, hörte er Schritte auf der Treppe. Und kurz danach stand eine seiner Klientinnen vor ihm, diese Frau Marx aus Bonn. Im Bademantel. Mit einem Glas voller Eiswürfel in der Hand.

«Guten Abend, Dr. Plessis. Ist was passiert? Ich war gerade auf dem Flur, um mich an der Eismaschine zu bedienen, und da hörte ich Stimmen und bin – verzeihen Sie meine Neugierde – die Treppe hochgekommen. Ist das nicht das Zimmer von Frau Martin?»

Anna spähte neugierig durch den offenen Türspalt, den der Doktor größtenteils verdeckte. Er sah aus, als habe er eben den Schloßgeist gesehen. Er gab keine Antwort.

Anna berührte ihn sanft an der Schulter: «Dr. Plessis – was ist denn geschehen, um Gottes willen?»

«Miss Martin ist soeben verschieden. Ich habe die Polizei informiert.» Es war Valerie Wondraschek, die geantwortet hatte. Sie stand hinter Anna, die erschreckt zusammengezuckt war. Annas erster Gedanke galt Phillip. Der jetzt bemerken würde, daß sie ein fatales Talent habe, über Leichen zu stolpern. Zweitens fragte sie sich, auf welche Weise Joyce Martin wohl das Zeitliche gesegnet hatte.

«Polizei?» Anna drehte sich zu Frau Wondraschek um, die natürlich nicht im Morgenmantel, sondern makellos gekleidet vor ihr stand und über ihr Auftauchen überhaupt nicht erfreut schien. Ihr Gesicht war wie immer eine eiserne Maske der Beherrschung, aber an den gepuderten Wangen zeigten sich hektische rote Flekken.

«Nicht was Sie denken. Nein. Ein Unglück! Sie war schwer asthmakrank und hatte wieder einen ihrer Anfälle. Ich kam zufällig vorbei, und Frau Münzberg hat mich hereingerufen, sie war voller Panik. Ich habe den Doktor gerufen, aber es war zu spät.»

«Herz- und Kreislaufversagen», sagte der Doktor plötzlich. «Ich habe noch Cardiazon und Ildamen gespritzt, aber es war nichts mehr zu machen. Exitus.»

«Exitus», wiederholte die Wondraschek mit Grabesstimme. «Ein großer Verlust für uns alle. Aber bitte, Frau Marx, regen Sie sich nicht auf.»

«Tue ich ja gar nicht. Würde es Ihnen was ausmachen, wenn ich einen Blick ins Zimmer werfe? Ich kannte Miss Martin zwar kaum, aber ich möchte sie noch einmal sehen. Es ist so unfaßbar, man muß es mit eigenen Augen sehen, um es glauben zu können.»

Gewissermaßen stimmte das sogar. Der Tod, den man Zeit seines Lebens so erfolgreich verdrängte, bis die Konfrontation unausweichlich war, löste in Anna immer noch Ungläubigkeit aus.

Plessis, der offenbar unter Schock stand und wie eine Marionette funktionierte, trat zur Seite, und Anna betrat das Zimmer von Joyce Martin. Klein war es, nur halb so groß wie Annas Gästezimmer. Die wenigen Möbel waren schwarz, so als ob Joyce Martin gegen das Einheitsweiß des Schlosses protestiert hätte. Auch das Bett war schwarz.

Auf der grau-schwarz karierten Bettdecke lag Joyce Martin, jedenfalls ihr Körper. Anna fühlte Angst hochsteigen und ging trotzdem einen Schritt weiter, auf die Tote zu.

«Berühren Sie bloß nichts», sagte die Wondraschek, die ihr gefolgt war.

«Natürlich nicht.»

Anna betrachtete die Tote. Joyce Martin trug einen Morgenmantel aus roter Seide. Der rechte Ärmel war hochgeschoben und man sah die Einstichstellen der Spritzen, die Dr. Plessis gegeben hatte. Anna zählte drei, ganz schnell.

Der Anblick des Todes war nur deshalb so schrecklich, weil er einen an das einzige erinnerte, was im Leben sicher war: der Tod. Aber das Gesicht von Joyce brachte Annas furchtsames Herz zum Pochen. Es lag so viel Angst in diesem Gesicht, Todesangst. Es war nur ein wenig blau unterlaufen, das schöne Gesicht, aber es war von Angst entstellt. Die Lippen waren geöffnet, so als ob Joyce noch einmal, nur ein einziges Mal noch, versucht hätte zu atmen. Jemand hatte ihr die Augen zugedrückt, der Doktor wahrscheinlich, und Anna war ihm dankbar dafür.

«Sie sieht nicht so aus, als ob sie einen sanften Tod gehabt hätte», murmelte Anna.

«Nein», sagte Frau Wondraschek leise. «Diese Asthmaanfälle sind grausam. Sie haben sie jedesmal in Panik versetzt.»

«Wo bleibt nur die Polizei», murmelte Plessis, der nun auch im Zimmer stand und auf die Leiche starrte, als ob er sie kraft seines Blickes zum Leben erwecken wollte.

«Sie müssen jeden Moment da sein, Jonathan. Aber wollen Sie nicht zurück in Ihr Zimmer, Frau Marx? Sie haben ja nun wirklich nichts damit zu tun, und diese Formalitäten nach einem Tod sind ganz schrecklich.»

Anna fiel kein plausibler Grund ein zu widersprechen. «Wann wollen Sie es den anderen sagen?»

«Morgen früh, Frau Marx. Frau Münzberg habe ich mit einer

Schlaftablette ins Bett geschickt. Sie scheint mit ihren Nerven völlig am Ende zu sein. Vielleicht sehen Sie nach ihr, wenn Sie zurück in Ihr Zimmer gehen? Ich werde hier gebraucht.»

Die Ärmste, dachte Anna. Es war merkwürdig, daß ihr gerade jetzt einfiel, wie witzlos das ganze Getue um Schönheit war. Ob die Banalität des Lebens nur durch die Verdrängung vor der Unwiderruflichkeit seines Endes entstand? Joyce Martin war bloß noch ein Gegenstand in diesem schwarzen Zimmer, dessen man sich nun mit einer Reihe von Formalitäten entledigen mußte. Lieber Gott, bat Anna, laß mich wenigstens nicht mit so viel Angst sterben. Hörte jemand zu?

«Sie hat drei Einstichstellen in der Armbeuge», sagte Anna zum Doktor, der geschockt und ängstlich wirkte. «Haben Sie nicht gesagt, daß Sie nur zwei Präparate gespritzt haben?» Es war ihr gleich aufgefallen, als sie an das Bett getreten war. Eine harmlose Frage, die sie nicht aus Mißtrauen gestellt hatte.

«Sie hat sich vermutlich vorher Cortison gespritzt», antwortete Plessis. Sein südafrikanischer Akzent war viel stärker als sonst.

«Sie hat sich immer selbst gespritzt, wenn sie einen Asthmaanfall hatte.» Valerie Wondraschek sah Anna an, als ob sie diese am liebsten persönlich aus dem Zimmer tragen wollte, was technisch unmöglich war. «Schließlich war sie früher Krankenschwester, sie konnte damit umgehen.»

Dr. Plessis räusperte sich, aber der Klumpen in seinem Hals wollte nicht verschwinden. Es war alles so schrecklich, und diese rothaarige Frau stellte neugierige Fragen, als ob Joyces Tod sie etwas anging. Sie sollte gehen. Er sah Valerie hilflos an, die ihm beruhigend zunickte. Ihr Blick sagte ihm, daß er noch etwas sagen sollte.

«Vielleicht hat sie zu schnell gespritzt, es ist eine Erklärung. Bei intravenösen Injektionen muß man sehr langsam spritzen, sonst kann das einen Schock auslösen. Kreislaufversagen. Als Valerie mich anrief, bin ich sofort hierher. Aber es war wohl schon zu spät.»

«Ich habe den Doktor sofort geholt, als ich ins Zimmer kam und sie hier liegen sah.» Die Frau, die Anna an ihre verhaßte Musiklehrerin erinnerte, sah Anna fast flehend an. Geh weg, sagte ihr Blick. Es ist alles schon schlimm genug.

Die Türglocke unten schellte. «Hoffentlich wachen die anderen Damen nicht auf.» Valerie Wondraschek ging zur Tür: «Bitte, lassen Sie uns jetzt allein, Frau Marx.»

Anna gehorchte widerwillig. Bevor sie in ihr Zimmer ging, klopfte sie vorsichtig an die Tür von Stephanie Münzbergs Zimmer. Als sie keine Antwort hörte, versuchte sie, die Klinke niederzudrücken. Vergeblich, sie war verschlossen. Anna fand es zumindest merkwürdig, daß die Münzberg nicht geblieben war, sondern sich jetzt in ihrem Zimmer einschloß. Aber sie konnte ja nicht gut die Tür aufbrechen und trug ihr Eis, das schon ein wenig geschmolzen war, in ihr Zimmer, tat es in ein Glas und goß Whisky darüber.

Sie hörte Schritte draußen, es mußten mindestens drei Personen sein. Sie hätten nicht zu klingeln brauchen, überlegte sie, denn die Haustür wurde erst um Mitternacht von Frau Wondraschek abgeschlossen. Von dem Hintereingang, von dem die Wendeltreppe direkt in den Turmtrakt führte, wußte sie es nicht so genau. Dieser Eingang wurde hauptsächlich vom Personal benutzt.

Aber warum dachte sie überhaupt an den Nebeneingang? Oder daran, daß Joyce nicht so gestorben war, wie der Doktor es sagte. Es ist nur wegen der Fotos, überlegte sie, Zigarette im Mund und Glas in der Hand. Wenn die Fotos nicht wären, wäre das Herz-Kreislaufversagen keinen zweiten Gedanken wert. Oder waren es doch Gespenster, die das weiße Zimmer bevölkerten, in dem Anna Marx sich so deplaziert vorkam?

Sie massierte ihren großen rechten Zeh, der ein bißchen weh tat, seit die Kosmetikerin daran herumgeschnippelt hatte. Das Nagelbett war ein wenig entzündet, vermutlich hatte die Kleine zu tief geschnitten. Was hatte Joyce in ihrer letzten klaren Sekunde gedacht?

Anna wählte Peter Münzbergs Privatnummer, aber weder in seinem Haus noch unter seiner Geheimnummer im Ministerium meldete sich jemand.

Sie starrte böse auf das Telefon. Nichts wünschte sie sich jetzt sehnlicher, als mit Phillip zu sprechen; seine Stimme zu hören und seine immer vernünftigen Antworten auf ihre unvernünftigen Fragen. Aber Phillip war entweder auf Dienstreisen, oder er lag in seinem Ehebett und war für Anna Marx gleichermaßen unerreichbar. In einem gestreiften Pyjama, schnarchend, Annas Phillip, aber vielleicht nur noch in ihrer Erinnerung: Der Gedanke war genauso häßlich wie der an Joyce Martin, die einen Stock höher lag, unerreichbar für die Lebenden. Es war idiotisch und den Ereignissen und dem Whisky zuzuschreiben, daß Anna plötzlich daran dachte, daß auch Phillip tot sein könnte. Keiner würde es ihr sagen, warum auch? In der Zeitung würde sie es lesen, in einem schwarzumrandeten Kasten. Wohlgesetzte Worte der trauernden Familie.

Ein gewisses Quantum an Alkohol steigerte ihre Phantasie wie auch Sentimentalität. Statt an Joyce Martin zu denken, die ein Stockwerk höher mit einem Totenschein auf die letzte Reise geschickt wurde, malte sich Anna aus, wie Phillip auf die Nachricht ihres Todes reagieren würde. Zu spät, mein Lieber, würde sie dann auf ihrer Wolke sagen. Arme Wolke, die Anna bis in alle Ewigkeit tragen mußte.

Warum konnte sie Peter nicht erreichen? Und warum war es so still im Schloß? Sie fand es jetzt merkwürdig, daß keine der Damen neugierig genug gewesen war, auf den Lärm zu so später Stunde zu reagieren.

Warum konnte Anna Marx die Dinge nicht so akzeptieren, wie sie waren? Die Frage war berechtigt, denn schließlich hatte Joyces Tod Peters Problem auf elegante Art gelöst. Nun konnte er seine Frau trösten und sich wieder seiner Karriere hingeben. Anna hatte ihren Auftrag so weit, so gut gelöst, und der Mohr durfte gehen.

Alles paletti, dachte Anna, als sie nach dem Lichtschalter tastete. Auch die arme Joyce hat jetzt keine Probleme mehr, die am allerwenigsten.

Während Anna ihre eigenen Sorgen und die anderer Leute durcheinanderbrachte und über der Vielzahl lästiger Fragen einschlief, füllte Dr. Plessis in dem schwarzen Zimmer den Totenschein aus. Die beiden Vertreter der Badgasteiner Gendarmerie waren sehr höflich und müde, und Valerie Wondraschek assistierte den Männern mit ihrer üblichen Effizienz.

«Das arme Ding», sagte sie leise, als sich der Aluminiumdeckel über Joyce Martin schloß. «Sie hat keine Verwandten hier, aber wir werden ihre Eltern in Johannesburg benachrichtigen. Nicht wahr, Jonathan?»

Jonathan Plessis nickte wortlos, ohne den Blick von dem Behältnis zu wenden, das ihn paradoxerweise an jene Ski-Kisten erinnerte, mit denen die Touristen im Winter durch das Dorf fuhren. Er fühlte sich sehr alt und wünschte sich mehr Verzweiflung und mehr Trauer. Aber vielleicht starben in alten Menschen auch die Gefühle ab?

Joyce Martin verließ Schloß Aubach über die Hintertreppe. Drei Menschen standen am Fenster und sahen zu, wie sie in den Kombi verladen wurde.

Anna schlief.

Kapitel VIII

«Ich werde ihm das nie verzeihen!»

«Was verzeihen?» Anna beugte sich über die blonde Frau, deren Gesicht tränenverschmiert war. Stephanie Münzberg war nicht zu dem Frühstück erschienen, bei dem Frau Wondraschek die traurige Nachricht verkündet hatte. Sie wußte es ja schon. Ihr Gesicht war – vom Weinen oder den Schlaftabletten – verquollen.

Anna war direkt in das Münzberg-Zimmer gegangen. Aus Mitleid. Oder ganz gewöhnlicher Neugierde. Sie hatte ihre Whiskyflasche unter dem Arm, ein unvollkommenes Allheilmittel gegen Schmerz.

Stephanie Münzberg weinte nicht um eine Tote, sondern um sich selbst. Der Verlust und ein schrecklicher Verdacht beherrschten ihre Gedanken. Sie lag auf dem Bauch und hatte die Hände zu Fäusten geballt. Sie konnte nicht aufhören, zu weinen, und es war unmöglich, die aufkeimende Hysterie zu unterdrücken. Die entsetzliche Wut – auf ihn vor allem, der an allem schuld hatte. Und es war ihr so vollkommen gleichgültig, was diese fremde Frau von ihr dachte, die neben ihrem Bett stand.

Sie steigert sich in Hysterie, dachte Anna, die ziemlich hilflos die zuckende schmale Schulter tätschelte. «Trinken Sie doch», sagte sie – und: «Was verzeihen?»

Die Antwort war ein lautes Schluchzen.

«Kann ich irgendwie helfen?»

Anna machte eine abwehrende Handbewegung zu Valerie Wondraschek, die die Tür einen Spaltbreit geöffnet hatte. «Ist schon in Ordnung, ich kümmere mich um Frau Münzberg.»

Die Tür war schon wieder zu, als Stephanie Münzberg sich umdrehte und nach dem Glas griff. Mit zitternden Fingern und dem Gesicht eines Kindes, das die Welt nicht verstand. Aber es waren die alten Kinder, die besonders litten.

«Sie war doch noch so jung», murmelte sie nach dem ersten Schluck, nachdem sie angewidert das Gesicht verzogen hatte. Sie sah Anna anklagend an, so als ob die etwas dafür konnte. «Ist sie tot – wirklich tot?»

«Aber sie war krank. Das müssen Sie doch gewußt haben.» Anna half ihr, das Glas festzuhalten. Stephanie zitterte, schloß die Augen und nahm noch einen tiefen Schluck. Annas Stimme hörte sie aus weiter Ferne. Nichts in diesem Augenblick war nah genug, sie zu erreichen.

«Ja, natürlich wußte ich das. Aber die gingen vorbei, diese Anfälle. Und sie hat sich immer selbst gespritzt; eine Kleinigkeit für eine Krankenschwester. Warum? Warum soll es dieses eine Mal nicht gewirkt haben, das Mittel? Sagen Sie mir das!»

Stephanies Stimme klang so hysterisch, daß Anna einen Augenblick erwog, doch nach dem Doktor zu rufen. Aber sie sagte sich, daß dazu immer noch Zeit war, wenn die Frau wirklich durchdrehte.

«Ich weiß es nicht», sagte Anna leise. «Sie bekam vermutlich einen Kreislaufschock dazu, und als der Doktor kam, war es schon zu spät. Scheint uns der Tod nicht immer unerklärlich und sinnlos?»

Was für eine monumentale Phrase. Anna schämte sich ein bißchen und kompensierte dies mit einer streichelnden Geste. Sie holte eine Packung Zigaretten aus ihrem schon ein wenig verschlissenen schwarzen Jogging-Anzug, der diesem höheren Zwecke nie zugeführt worden war. «Möchten Sie auch eine?»

Die Münzberg nickte und nahm die schon angezündete Zigarette aus Annas Hand. Die Tränen liefen jetzt ohne begleitendes Schluchzen, und sie machte sich nicht die Mühe, sie wegzuwischen. «Ich glaube es einfach nicht», sagte sie. «Und wissen Sie, was das Komische daran ist? Ich kann meinen Mann seit 24 Stunden nicht erreichen.»

Ich auch nicht, dachte Anna und fragte sich gleichzeitig, was daran so komisch war? Fragte es Stephanie.

Das Tränengesicht war ausdruckslos. «Ach, nur so. Ich erreiche ihn nie, wenn ich ihn brauche.»

«Wußten Sie, daß man Ihrem Mann Fotos zugeschickt hat, auf denen Sie und Joyce Martin abgebildet waren? In einer sehr intimen Pose?»

Anna hatte später nicht erklären können, warum sie ausgerechnet zu diesem Zeitpunkt diese Frage gestellt hatte. Eine brutale Frage in der Situation. Die Wirkung ihrer Worte war weit weniger spektakulär, als sie erwartet hatte. Stephanie Münzberg starrte Anna an, durch sie hindurch, und flüsterte: «Ja, natürlich weiß ich das.»

Und woher, bitte schön, hätte Anna Marx jetzt fragen müssen, aber sie blieb stumm und griff nach der Flasche, um nachzuschenken. Registrierte automatisch, daß die Tränen versiegt waren. Und bedauerte kein bißchen, daß sie in dem Spiel, das ohnehin zu Ende war, die Karten auf den Tisch gelegt hatte. Aber Stephanie Münzberg schien nicht zu interessieren, woher Anna das wußte.

Der Schock, den Anna in seiner Tragweite nicht nachvollziehen konnte, war so groß, daß es ein paar Minuten dauerte, bis Stephanie begriff, was diese fremde Frau da gesagt hatte. Sie hatte von den Fotos gesprochen, diesen unseligen Fotos, mit denen alles angefangen hatte.

Sie starrte nicht mehr an die Stuckdecke, sondern in die grünen Augen der Rothaarigen. Noch ein Feind, sagte eine innere Stimme. Wohin ich auch gehe und was ich auch tue, es ist immer jemand da, den ich zu fürchten habe. Und ihre einzige Waffe war die Schauspielkunst der Arroganz, um Ängstlichkeit und Feigheit zu überdecken.

«Was wissen Sie von den Fotos? Wer hat Sie geschickt?»

Anna hielt dem Blick und der Stimme stand. Nun war es zu spät für Ausflüchte und Verdunkelungen. Selbst schuld: Sie hatte mal wieder ihren Mund nicht halten können.

«Von Ihrem Mann, Frau Münzberg. Er hat mich hierhergeschickt, wir sind alte Schulfreunde, wissen Sie, und er hat sich Sorgen gemacht, wegen der Fotos – und auch um Sie. Und da hat er mich gebeten, na ja, herauszufinden, was es damit auf sich hat. Ehrlich gesagt, er hatte ganz schöne Angst, mit diesen Fotos erpreßt zu werden.»

Daß Stephanie Münzberg sich zurücklehnte und in hysterisches Gelächter ausbrach, kam einigermaßen überraschend. Anna starrte ihr Gegenüber erschrocken an. In einer ihrer letzten Fernsehschnulzen hatte jemand solch hysterisches Gelächter mit einer kräftigen Ohrfeige beendet. Ob man das im Leben nachmachen konnte?

Aber die Blonde hörte ebenso abrupt auf, wie sie angefangen hatte. Contenance, man war schließlich gut und teuer erzogen. Man war die Frau eines Staatssekretärs und mußte in dieser Rolle mit allen Situationen fertig werden.

«Tut mir sehr leid, Frau Marx. Ich bin ein wenig aus dem Gleichgewicht. Aber es war so komisch, was Sie da über Peter gesagt haben. Der und Angst? Und gar um mich? Und so typisch, seine Reaktion: Nicht mit mir hat er darüber gesprochen, nein, er ist einen seiner geliebten Umwege gegangen und hat eine alte Schulfreundin auf den Weg geschickt. Er muß ja richtig Vertrauen in Sie haben, mehr, als er mir jemals zugestanden hat, mein Mann.»

Anna zuckte die Schultern. In welch absurde Situation war sie jetzt wieder reingeschlittert! Eheprobleme, Sexfotos, eine gefürchtete Erpressung und als Krönung des Ganzen eine Leiche. Und diese heiße Mischung überzog Stephanie Münzberg mit dem Hohn einer frustrierten Ehefrau. Wo war die Trauer? Wenn meine Geliebte gerade gestorben wäre, dachte Anna, würde ich mir eine

Flasche Whisky reinziehen und leiden wie ein Vieh. Aber wenn alle Menschen wie Anna Marx wären, wär das auch nicht komisch.

«Und, was haben Sie herausgefunden über Joyce und mich – und über die Fotos vor allem?»

Anna erzählte ihr von ihrem Besuch in dem Fotogeschäft in Badgastein. Auch, daß sie Peter Münzberg angerufen und ihm von ihren Recherchen erzählt hatte.

Die Stimme war vom Weinen heiser, aber sehr scharf und angespannt: «Wann war das? Was hat er gesagt?»

Wieso war die plötzlich so aufgeregt? Die Spur einer Ahnung nur... Vorsicht, Anna! «Na gestern, nachdem ich im Fotogeschäft war. Er hat ganz normal reagiert. Mich gebeten, herauszufinden, was Joyce von ihm will. Das war alles.»

Der Pagenkopf verhüllte nun fast ganz das schmale Gesicht. Stephanie Münzberg schien angestrengt nachzudenken. Und Annas Ahnung verfestigte sich zu einem häßlichen Gedanken.

«Und Sie haben ihn gestern abend nicht erreicht, nicht wahr?»

«Sagte ich doch schon. Vermutlich war er bei einem dieser Hintergrundgespräche mit Journalisten; die pflegen ja immer lang und feucht zu sein. Nach Mitternacht habe ich es nicht mehr versucht.»

Ich aber, dachte Stephanie Münzberg. «Und Peter glaubte also nach Ihren Informationen, daß Joyce ihm die Fotos zugeschickt hatte und ihn damit erpressen wollte. So war es doch, Frau Marx?»

Die Journalistin in ihr sperrte sich gegen die Bildzeitungs-Version ihrer Angaben. So hatte sie es nicht gesagt. «Ich habe Peter gegenüber nie behauptet, daß Joyce ihn erpressen wollte. Woher sollte ich das wissen? Ich habe ihm lediglich gesagt, daß ich vermute, daß die Frau mit dem Kopftuch, die die Fotos abgeholt hat, Joyce Martin ist. Nicht mehr und nicht weniger. Aber ist das noch wichtig, jetzt, da Joyce tot ist?»

Was wußte diese Fremde, die auf Peters Geheiß in ihrem Leben herumschnüffelte, was wichtig war und was nicht? So selbstsicher saß sie da, so ungerührt und unberührt, und maßte sich an, gute Ratschläge zu geben.

«Es wird Sie überraschen, wenn ich Ihnen sage, daß *ich* die Frau mit dem Kopftuch war. Jawohl, ich habe die Fotos mit Selbstauslöser geschossen. Ich habe sie zum Entwickeln gebracht. Und *ich* war es, die sie an Peters Adresse geschickt hat.»

Nun war es ihr doch gelungen, die Rothaarige aus der Fassung zu bringen. Sie saß da mit offenem Mund und starrte sie ungläubig an. Jetzt griff sie nach einer Zigarette und steckte sie an.

«Glauben Sie mir nicht, Frau Marx?»

«Doch», erwiderte Anna: «An das Absurde glaube ich immer zuerst. Würden Sie mir jetzt noch die Frage gestatten, warum Sie das getan haben?»

Eine unendliche Geschichte. Sie zu erzählen, hätte mehr Zeit und mehr Mut gekostet, als sie besaß. Stephanie Münzberg wischte sich mit dem Handrücken eine letzte Träne, einen Nachzügler, von der Wange. Sie lächelte auf eine für Anna unerklärliche Weise.

«Nicht, um ihn zu erpressen. So weit wäre ich nicht gegangen. Eigentlich wollte ich ihn nur ein wenig erschrecken. Ihm Angst einjagen. Ihn aufrütteln aus seiner satten Selbstzufriedenheit.»

O Gott. Anna malte sich für eine Sekunde aus, ob sie jemals so tief sinken würde, ihren Phillip so zu malträtieren...

Stephanie spürte, daß ihre Erklärung nicht ausreichte. «Wissen Sie, er hat schon lange gewußt, daß da jemand war. Nicht, daß es eine Frau war, aber daß da jemand anderes war. Und es hat ihn nicht gekümmert, das war das Schreckliche, solange ich es nur mit der nötigen Diskretion tat, weit weg von Bonn und seinen tausend Augen und Ohren. Es war seine Gleichgültigkeit, die mich wahnsinnig gemacht hat... Alles, alles war ihm wichtig – von den Launen des Ministers bis hin zum Rülpsen eines Ortsvereinsvorsitzenden... nur ich nicht. Nie. Und dafür wollte ich ihn bestrafen, verstehen Sie?»

Aus Liebe oder aus Haß? Annas Klischeekiste war vollgepackt mit neuen Details aus dem Leben. Bezeichnenderweise fiel ihr eine sehr praktische Frage ein: «Und wie sollte die Geschichte ausgehen? Mit einem Happy-End?»

Stephanie empfand diese Frage als ungehörig. So weit hatte sie nie gedacht. Sie hatte ihn doch nur provozieren, ihn aufrütteln wollen. Wie konnte diese Frau sich anmaßen, eine Ehe zu verstehen?

«Und Joyce? Haben Sie die nur benutzt oder…?»

Ein undefinierbarer Blick zurück auf Anna. «Gehört das nicht zu jeder Beziehung? Benutzen und benutzt zu werden? Ich habe der armen Joyce sicher Vergnügen bereitet, wenn Sie das meinen. Sie war so: Jemand, der alles mitnahm, was er bekommen konnte. Aber an Geld hat sie nicht gehangen, überhaupt nicht. Dazu war sie zu… verspielt. Sie hat das Leben überhaupt nicht ernst genommen, einfach so hineingelebt, verstehen Sie? Vielleicht hat er sie dafür bestraft.»

Wer? Der liebe Gott? Kam Stephanie Münzberg nun endlich zu ihrer ersten Bemerkung zurück? Es war nicht gerade einfach, aus diesem widersprüchlichen Wesen schlau zu werden. In ihrem Blick lag ein Hauch von beherrschtem Irrsinn.

«Sie wissen schon so viel von uns. Warum nicht auch das? Ich glaube nicht, daß Joyce auf natürliche Weise ums Leben gekommen ist. Ich glaube, daß Peter sie umgebracht hat.»

Eine Handgranate hätte eine ähnliche Wirkung auf Anna gehabt. Nur hätte sie dann nicht mehr sagen können: «Ich glaube, Sie sind verrückt.»

Nur ein sanftes Kopfschütteln: «Aber nein. Als ich nach meinem Selbstmordversuch aufwachte, haben alle Ärzte bestätigt, daß ich ganz normal bin. Nur ein wenig sensibler als die meisten Menschen. Das ist doch nicht verrückt, oder?»

Anna räusperte sich. Es war alles ein bißchen viel an einem Morgen und auf nüchternen Magen. Erst eine Leiche, dann ein Geständnis und jetzt gleich ein Mörder. Und der blonde Engel saß da und beschuldigte den eigenen Mann. Das hatte nicht mal Peter verdient. Anna, die Frau, erkannte, daß Stephanie sich mit dieser Behauptung gleichzeitig eine Waffe verschafft hatte. Nun mußte sie sich nicht mehr wegen der Fotos verteidigen, sondern konnte angreifen.

«Wie kommen Sie bloß auf diesen Gedanken? Welchen Grund soll er gehabt haben? Doch nicht Peter! Ein Othello-Typ ist er doch bestimmt nicht.»

«Und warum ist er um die Tatzeit telefonisch nicht erreichbar?

Er hätte doch in ein Flugzeug steigen und hierherkommen können? Vielleicht wollte er nur mit Joyce sprechen? Und dann hat sie sich aufgeregt und einen Asthmaanfall bekommen, und Peter – er kann furchtbar schnell denken – hat die Gelegenheit ergriffen und sie umgebracht.»

So ein Quatsch. Annas Mitleid mit Stephanie Münzberg war vollständig verflogen. Der Blick war jetzt geradezu fanatisch, so als ob Stephanie sich in ihre Geschichte bar jeder Vernunft hineinsteigern würde. War es nun Hysterie oder kühle Taktik?

«Und wie, bitte schön, soll er sie getötet haben? Schließlich hat der Doktor die Todesursache festgestellt: Herz- und Kreislaufversagen. Einen Messerstich oder ein Kugelloch hätte Plessis doch gewiß nicht übersehen. Oder?»

Eine abfällige Handbewegung. «Dieser alte Kurpfuscher würde gar nichts merken. Und wenn – dem geht es doch nur darum, einen Skandal zu vertuschen. Nein, meine Liebe, ich weiß es. Tief im Inneren meines Herzens weiß ich, daß Peter hier war – und daß er mit dem Tod von Joyce zu tun hat.»

Die dramatische Geste zum Herzen hin fand Anna auch nicht beeindruckend. Die ganze Szene nicht. Sie hatte das Gefühl, daß Stephanie ein mieses Stück spielte, dessen Anfang sie verpaßt hatte und dessen Sinn sie nicht kapierte. Das tränenverschmierte, jetzt verquollene Gesicht trug den Ausdruck einer unsäglich gemarterten Frau. Keine aufgesetzte Arroganz mehr und keine glatte Kühle. Aber diese Stephanie Münzberg, dachte Anna, wirkt ungefähr so echt wie ich in der Rolle einer zarten Jungfrau.

Anna spielte mit einer Haarsträhne, eine schlechte Gewohnheit, die jeden Anhänger makelloser Frisuren zum Wahnsinn treiben würde. «Und was wollen Sie jetzt unternehmen, Frau Münzberg? Wenn Sie meinen Rat hören wollen: Versuchen Sie doch, mit Ihrem Mann zu sprechen. Und zwar über alles: die Briefe, den Verdacht...»

Ein Blick irgendwohin zurück. «Mit ihm reden... Das werde ich wohl müssen. Aber es ist schwer, mit Peter zu reden. Er hört nicht zu, verstehen Sie?»

Es muß an den Bundestagsdebatten liegen, dachte Anna. Ein Mensch kann nur ein bestimmtes Quantum an Reden vertragen, dann schaltet er ab – ohne daß die anderen es merken. Plötzliches Mitgefühl mit Peter Münzberg? Nun, jetzt hatte er zwar eine Erpressung vom Hals, dafür aber eine Leiche. Und eine Ehefrau, die nicht gerade vor Loyalität strotzte.

«Ich werde hierbleiben», sagte Stephanie plötzlich. «So, wie ich es geplant hatte. Er kann ja kommen, wenn er will. Er wird kommen, darauf wette ich.»

«Und Sie werden nichts unternehmen – in Richtung Ihres Verdachtes, meine ich?»

«Nein. Nicht, bevor ich mit Peter gesprochen habe.»

Wieder eine ganz andere Stephanie: cool und selbstbeherrscht, verändert von einer Sekunde zur nächsten. Anna war jetzt wirklich irritiert. Was war sie denn nun: Trösterin, überflüssige Spionin, Feind oder Freund? Nur eines stand fest: Nichts von alledem konnte sie schreiben, und das war ein Jammer. Sie mußte an die Worte eines alten, alten Hasen in Bonn denken: Die besten Dinge, die ich erfahren habe, wurden nie zu Papier gebracht. Weil ich sie nicht recherchieren konnte oder nicht recherchieren wollte. Denn wenn ich es getan hätte, mir wären alle Bonner Türen zugemacht worden. Und lohnt sich das – für eine Geschichte?

Dies hier war ohnehin eine blöde Geschichte, in der Anna sich wie ein Hofnarr vorkam. Sie stand auf und griff sich ihre Whiskyflasche. «Ich nehme an, Sie brauchen mich nicht mehr. Und Ihr Mann auch nicht. Ich werde für morgen einen Flug zurück nach Bonn buchen. Jedenfalls hoffe ich, daß Sie sich mit ihm aussprechen – und zur Vernunft kommen. Joyce ist eines natürlichen Todes gestorben.»

Der Abgang eines Mohren, der seine Schuldigkeit getan hatte, wurde etwas beeinträchtigt durch ein leichtes Humpeln. Annas Zehnagel schmerzte jetzt heftig. Sie schloß die Zimmertür extrem leise, weil sie sich eigentlich wünschte, sie hinter sich zuzuschlagen.

Valerie Wondraschek tauchte verdächtig schnell auf dem Flur auf und versperrte Anna den Weg.

«Wie geht es Frau Münzberg? Hat die Ärmste ihren Schock überwunden?»

«Die Ärmste hat. Sie will sogar hierbleiben, wie sie es geplant hat. Allerdings möchte ich morgen abreisen. Berufliche Schwierigkeiten, Sie verstehen?»

Valerie Wondraschek nickte mit zusammengekniffenen Lippen. Gut, dachte sie, als sie weiterging: ein Störenfried weniger. Störenfriede, so nannte sie jene Gäste, die sich nicht an die Hausordnung hielten und sich ihren Anordnungen widersetzten. Auch Stephanie Münzberg war ein Störenfried, diese arrogante, perverse Frau, die auch noch so tat, als wäre sie allen anderen haushoch überlegen. Nur sie selbst wußte, wie sehr sie Frauen wie die Münzberg haßte. Frauen wie die sprangen mit einem um, als wäre man ein Stück Dreck.

Und was, dachte sie, während sie in ihrem Büro die Organisationspläne studierte, die ja nun geändert werden mußten – was haben mir diese Frauen denn voraus? Mehr Glück im Leben, nichts als das. War es etwa ihre Schuld, daß ihre Eltern im Krieg alles verloren hatten und sie in den Westen flüchten mußten? Daß die kleine Valerie nun kein eigenes Zimmer hatte, sondern mit vier Geschwistern eine Dachkammer teilte. War die Armut ihrer späteren Kindheit ein Schicksal, das sie verdiente?

Niemand, dachte sie bitter, hat mir je etwas geschenkt im Leben. Schon gar nicht der erste und einzige Mann, der vorgegeben hatte, ihr Liebe zu schenken. Der sie aus dem Altenheim geholt hatte, in dem sie als Pflegerin gearbeitet hatte, nur um sie in eine miese kleine Wohnung zu stecken, in der alles, auch seine flüchtigen Umarmungen, nach Küchendunst und Toilette rochen. Jeden Tag dieser verdammten fünf Ehejahre hatte sie sich nach Schönheit gesehnt, nach einer Perfektion des Lebens, die man nur mit Geld erreichen konnte. Und als er endlich starb – ein Arbeitsunfall –, war sie 23 Jahre alt und bereit, alles, aber auch alles zu tun, um diesem Hinterhofgeruch den Rücken zu kehren.

Die Erinnerung an die 23jährige ließ sie lächeln. Damals war sie hübsch gewesen, ein «hübsches Vögelchen», wie der Alte sie nannte. Die Pflegestelle bei ihm war ihre erste gewesen: ein schönes Haus, ein schönes Zimmer und ein Mann von 76 Jahren, der wohlhabend und einsam war. Als der Alte mit 85 starb, war sie praktisch Alleinerbin seines Vermögens. Aber, bei Gott, er hatte ihr nichts geschenkt in den neun Jahren. Viel, zu viel hatte sie getan, um sich das kleine Vermögen zu verdienen. Sklavin seiner Launen, Pflegerin seines siechen Körpers, Zuhörerin seiner Ängste vor dem Tod...

Nein, es war grausam, sich daran zu erinnern, an die alten, gierigen Hände, die Jugend festhalten wollten und mit Geldscheinen winkten, an ihren Ekel vor seinem welken Körper.

Das kleine Schönheitsinstitut, das sie sich mit seinem Geld gekauft hatte, mußte nach zwei Jahren wieder verkauft werden. Ein neuer Pflegejob und wieder ein alter Mann, der es sich leisten konnte, Jugend zu kaufen und in einem Bett mit Seidenwäsche zu sterben. Dieser hatte ihr nur einen kleinen Teil seines Vermögens hinterlassen, und so kamen noch zwei, denen sie beim Sterben zusehen mußte. Kein junger Mann in all den Jahren. Nur der Luxus, an dem ihre Alten sie teilhaben ließen, und der Geruch der Angst, der Angst vor dem Tod, den diese Männer nicht einfach kaufen und von sich abwenden können.

Es ist die einzige Gerechtigkeit im Leben, sagte sie sich: daß auch die krepieren wie alle anderen. Auch an Plessis konnte ihre feine Nase diesen Geruch feststellen: seine verdammte Angst vor Krankheit und Verfall, vor dem Fortschreiten der Gicht und davor, daß er als kranker Mann ihrer Fürsorge ausgeliefert war. Armer Jonathan, der so einen Ekel vor Krankheit hatte.

Valerie Wondraschek war mit 42 Jahren eine sehr wohlhabende Frau gewesen. Eine Frau mit Geld, ohne Leidenschaften. Sie hätte ein Geschäft eröffnen können oder sich in einen Mann verlieben, der eine kluge, genügsame Frau in den besten Jahren zu schätzen wußte. Aber statt dessen war sie nach Monte Carlo in einen ausschweifenden Urlaub gefahren und hatte die erste und einzige Leidenschaft ihres Lebens entdeckt: die Kugel. Es war Liebe auf den ersten Blick gewesen zwischen ihr und der Roulette-Kugel, die sie immer und immer wieder für Sekunden in unvergleichliche Erregung versetzte, sie unendlich glücklich machte oder in tiefe Verzweiflung stürzte. Das Leben war ein langweiliger grauer Brei im Vergleich zu diesen dichten Sekunden der Spannung, der Erlösung, des Abgrunds. Die Kugel war ihr Liebhaber und ihr Feind, immer wieder, und nie wurde sie müde, um die Gunst des Feindes zu buhlen, ihn mit viel Geld zu umgarnen, zu besiegen. Denn da war die Gewißheit, am Ende zu siegen. Die Kugel war ihr Freund: Sie stellte sie nur auf die Probe, mit wieviel Kraft sie durchhalten konnte. Und mit wieviel Geld.

Es war nicht so, daß sie immer verlor, o nein. Natürlich war sie heute keine wohlhabende Frau mehr, war darauf angewiesen, auf Schloß Aubach zu arbeiten. Aber dies, so sagte sie sich, war nur die Probezeit, so lange, bis sie an einem Abend ihren Liebhaber endgültig für sich gewinnen würde. Nichts anderes war wichtig, wenn sie dieses eine Ziel nicht aufgab.

Kurz vor Mittag, als sie das Büro abschließen und in der Küche nach dem Rechten sehen wollte, stand Jonathan Plessis vor der Tür. Er sah leidend aus, noch mehr als sonst.

«Valerie, bitte. Diese Frau Münzberg… Du mußt etwas unternehmen. Ihr Mann hat eben angerufen, und zwar bei mir im Haus. Du weißt, wie ich das hasse. Er ist sehr beunruhigt. Seine Frau, sagt er, habe ihn angerufen, und sie habe sich unerklärlich über unseren Todesfall erregt. Wir sollen sie irgendwie ruhigstellen. Er will persönlich herkommen. Ein Staatssekretär, ich bitte dich, als ob der nichts Besseres zu tun hätte.»

Der arme Jonathan, der sich über jede Kleinigkeit furchtbar aufregen konnte. Sie schloß bedächtig die Tür ab und klopfte ihm beruhigend auf die Schulter. «Ich kümmere mich darum. Hat er gesagt, wann er kommen will?»

«Mit der nächsten Maschine. Die landet gegen sechs Uhr in Salzburg.»

«Ich werde ihn in Empfang nehmen.» Und beschwörend fügte sie hinzu: «Mach dir keine Sorgen, Jonathan. Wir werden uns doch nicht wegen dieses Zwischenfalls so aufregen.»

Sie war kalt wie eine Hundeschnauze. Er sah ihr nach und konnte nicht umhin, ihr Stehvermögen zu bewundern. Nach allem, was in der letzten Nacht passiert war, schien Valerie erstaunlich gelassen. Nicht einmal ihre Spielschulden regen sie auf, dachte er. Wenn er in seinem Leben je über seine Gefühle anderen gegenüber nachgedacht hätte, würde er die in bezug auf Valerie analysieren können: es war Angst.

Kapitel IX

DRAMATISCHER WÄHLERSCHWUND BEI DER CDU – WIRD DIE KOALITION DIE NÄCHSTE WAHL ÜBERLEBEN? – ABSETZBEWEGUNGEN DER FDP...

Die Zeitungsausschnitte lagen auf seinem Schreibtisch, und die Schlagzeilen schlugen auf seinen Magen und beeinträchtigten die Verdauung. «Psychosomatische Verstopfung» hatte ein Arzt dem Parlamentarischen Staatssekretär bescheinigt. Bald, dachte Peter Münzberg trübsinnig, werde ich überhaupt nicht mehr ohne die kleinen Pillen auskommen. Ich werde auf den Ministersessel wechseln, und kaum habe ich den Stuhl angewärmt, werden mich die Wähler daraus vertreiben.

Diese undankbare gierige Masse des Wahlvolks, das immer nach MEHR schrie – mehr Geld, mehr Freizeit, mehr Lebensqualität. Was immer man in ihren unersättlichen Rachen stopfte, es war nie genug. Man rackerte sich für sie ab, zehn, fünfzehn Stunden am Tag, und sie lohnten es einem mit Undank. Man hofierte diese Schmeißfliegen von Journalisten, legte jedes Wort auf die Goldwaage – und sie drehten es einem im Mund herum und hetzten die Schafe auf, die prompt in die falsche Richtung rannten.

«Der Regierungssprecher ist an allem schuld», sagte er in das leere Staatssekretärs-Büro hinein. Noch keiner hatte es geschafft, so gute Politik so schlecht zu verkaufen. Und dann natürlich der Kanzler, der diese mediokeren Leute schätzte, weil er es nicht ertragen konnte, von Klügeren kritisiert zu werden.

Natürlich hatte er schon vorsichtige Absetzbewegungen hin zu jenem Mann gemacht, der in gewissen Kreisen als Nachfolger gehandelt wurde. Gespräche hier und dort, in denen – mit aller gebotenen Vorsicht – eine gewisse Bereitschaft bekundet wurde...

Aber es hilft alles nichts, wenn die FDP abspringt. Und sie wird, dachte er grimmig, weil die immer ihr Fähnlein nach dem Wind drehen. Und der Wind blies von links und von rechts, und diese verdammte Partei konnte sich nicht entscheiden, auf welcher Seite sie ihr Segel setzen sollte. Und er, Peter Münzberg, saß in einem

Boot, das zum Kentern praktisch verurteilt war. Wenn nicht noch ein Wunder geschah…

Es würde nicht geschehen, wenn der Führer der Nation sich weiter mit Spaghetti vollstopfte, statt Entscheidungen zu treffen. Das Wort «Stopfen» brachte ihn wieder zu seinem körperlichen Ungemach. Nicht nur die Schlagzeilen waren daran schuld, sondern natürlich auch Stephanie. Seine Frau in guten und in bösen Tagen… Er hatte einfach den Hörer aufgeknallt, nur um ihre anklagende Stimme nicht mehr zu hören. Es war einfach unglaublich, was sich da in ihrem dummen kleinen Hirn zusammengebraut hatte. Stephanie zu heiraten, war ein Fehler gewesen: der einzige in seinem bisher makellosen, klug kalkulierten Lebenslauf. Sie war ein verwöhntes, neurotisches Kind, das sich weigerte, die Spielregeln des Erwachsenen zu akzeptieren.

Daß sie ihm die Fotos geschickt hatte, «um unsere Ehe zu retten», war der Gipfel. Seine Angst, die Geschichte mit Anna, das wäre alles nicht nötig gewesen. Es erboste ihn maßlos, wieviel Kraft und Konzentration er darauf verschwenden mußte, mit den Launen dieser Frau fertig zu werden.

Und um der widerlichen Angelegenheit den Gipfel aufzusetzen, gab Stephanie ihm auch noch die Schuld am Tod dieser Lesbe. Ein Schwall von anklagenden Sätzen, denen man mit keinem logischen Argument begegnen konnte, weil dieses dumme Weib einfach nicht zuhörte.

Er drückte auf einen Knopf und sprach ins Mikrofon. «Haben Sie nun endlich die Verbindung nach Badgastein, Frau Huber? Ich will diese Frau Marx haben, verdammt noch mal.»

«Es ist immer besetzt, Herr Staatssekretär. Ich tue mein Bestes.»

Es tat gut, eine Untertanenstimme zu hören. Peter Münzberg hatte, im Gegensatz zu vielen Kollegen, die sich der Bequemlichkeit wegen bei ihren Vorzimmerdamen abreagierten, kein Verhältnis mit der durchaus passablen Sekretärin. Es befriedigte ihn mehr, wenn er sie anschnauzen konnte – ein Mensch wenigstens, bei dem man sich gehenlassen konnte.

Ihre Stimme klang gehetzt durch das Mikro. «Herr Staatssekretär, der Minister will Sie sprechen.»

«Später, Huberin. Erst kommt Frau Marx. Der Minister kann warten.»

Der Minister würde demnächst einen wohldotierten Posten in Brüssel bekommen, der Mann hatte ausgesorgt. Der Minister konnte ruhig warten. Er wußte, daß er dem Alten viel verdankte, aber nun war es an der Zeit, die Altlast abzuschütteln. Wer siegen wollte, durfte sich nicht mit Verlierern belasten. Nun, er war angeschlagen, aber ein Boxer, der noch im Ring stand – und ihn senkrecht nicht verlassen würde.

Der rote Knopf leuchtete auf. Annas Stimme, die immer ein bißchen heiser klang, war sehr nahe.

«Ich habe schon dreimal versucht, dich zu erreichen. Hier ist der Teufel los.»

Als ob er das nicht wüßte. «Ich war in einer Nachtsitzung, liebe Anna. Und über die Vorgänge auf Schloß Aubach bin ich bereits informiert. Meine Frau hat mich angerufen.»

«Hat sie dir auch die Geschichte mit den Fotos erzählt?»

Die Fotos, die er jeden Tag aus dem Schreibtisch geholt hatte, um die Wut wachzuhalten. «Sie hat. Aber die Lösung des einen Problems hat zu einer neuen Komplikation geführt. Nun ist sie völlig übergeschnappt und meint, ich habe etwas mit dem Ableben dieser Lesbe zu tun.»

Warum klang das Wort aus Peters Mund nur so häßlich? Annas Stimme blieb kühl: «Joyce Martin hatte einen Asthmaanfall und starb an Herz- und Kreislaufversagen. So hat es Dr. Plessis jedenfalls in den Totenschein geschrieben und niemand hier zweifelt an dieser Version...»

«...mit Ausnahme von Stephanie. Der plötzliche Tod ihrer kleinen Freundin muß sie ja hart getroffen haben.»

«Ist doch wohl verständlich, oder?»

Annas Stimme klang spitz, und die vordergründige Solidarität ärgerte ihn maßlos. Auf Frauen konnte man sich wirklich nie verlassen. Aber er brauchte Anna noch und deshalb klang seine Stimme versöhnlich. «Ich wollte eigentlich heute nach Salzburg fliegen, aber ich mußte den Flug wieder stornieren lassen. Eine Krisensitzung der Fraktion. Hier in Bonn ist nämlich auch die Hölle los und es geht um mehr als eine...»

...unwichtige Leiche, hatte er sagen wollen, aber in letzter Minute die «hysterische Ehefrau» eingefügt.

«Werden ein paar Köpfe ausgewechselt?» fragte Anna Marx tückisch. «Aber es wär schon wichtig, daß du kommst und ihr beistehst, mit ihr mal redest. Sie will nämlich bleiben. Ich fliege morgen zurück nach Bonn. Mein Job hier ist erledigt und ich will dir keine weiteren Kosten verursachen, die nur noch meiner Schönheit dienen, und da ist sowieso Hopfen und Malz verloren.»

Höfliches Widersprechen. Annas Aussehen war ihm gleichgültig, nicht aber ihre Abwesenheit von Schloß Aubach. Peter Münzberg versuchte, Anna mit flehenden Worten davon zu überzeugen, daß sie so lange bleiben sollte wie Stephanie auch. «Sie braucht jemand, mit dem sie reden kann, der auf sie einwirkt...»

«Einen Aufpasser, meinst du.»

«Nenne es, wie du willst, Anna. Ich bin zutiefst beunruhigt, aber ich kann einfach nicht weg aus Bonn. Ich bitte dich von ganzem Herzen. Kosten spielen keine Rolle.»

«Ich weiß nicht... Erstens geht mir die Atmosphäre hier auf den Geist, und zweitens weiß ich wirklich nicht, ob ich Stephanie helfen kann.»

«Doch, Anna, du kannst. Und was willst du in deinem Urlaub in Bonn? Es regnet seit Tagen und deine Affäre ist noch nicht zurück aus Amerika.»

Du verdammtes Arschloch, war ihr erster Gedanke. Anna versuchte, sich sein schmieriges Grinsen vorzustellen. Und eine passende Antwort zu finden. Leider fiel ihr nichts ein.

«Keine Angst, ich sage es nicht weiter. Aber Bonn, meine liebe Anna, ist viel zu klein, um so etwas geheimhalten zu können.»

«Ich habe keine Angst vor deinen Indiskretionen, Peter. Das wäre in Anbetracht der Situation doch wohl reichlich lächerlich.» Die heisere Stimme hatte einen gefährlichen Unterton. Sie war wütend. «Aber eines will ich dir sagen. Ich bleibe hier, aber nicht deinetwegen und nicht mehr auf deine Kosten. Ich tue es deiner Frau zuliebe. Und wir zwei sind quitt. Auftrag beendet. Das ist mein letztes Wort in dieser Angelegenheit.»

Bevor er darauf erwidern konnte, hatte Anna in Schloß Aubach den Hörer auf die Gabel geknallt. Peter Münzberg saß ein wenig verwirrt am Telefon, das nervtötend tutete. Du hast einen Fehler gemacht, sagte er sich, während er den Hörer behutsam auf die Gabel legte. Er hätte den Handke nicht erwähnen dürfen, offenbar hatte er da einen wunden Punkt getroffen. Frauen, vor allem solche Frauen wie Anna Marx, waren eben unberechenbar in ihren Reaktionen. Nun, die Hauptsache war, daß sie blieb und Stephanie nicht aus dem Ruder lief.

Vor allem tat er sich selbst leid. Jahre harter Arbeit und persönlicher Entbehrungen, sein bedeutendes politisches Talent wurden von Ereignissen bedroht, auf die er nur beschränkt Einfluß nehmen konnte. Diese verdammten Wahlen, die wie ein Damoklesschwert über der Partei hingen. Starke Männer waren gefragt in diesen Stunden, aber hielt der Kanzler ihn für loyal genug, ihn in seiner Politik zu unterstützen? Ein Fehler nur, ein falsches Wort zum falschen Mann, und man würde ihn zurückpfeifen, kurz vor dem Ziel.

Er sah auf seine Rolex, ein Weihnachtsgeschenk von Stephanie: Zeit, zur Krisensitzung ins Kanzleramt zu fahren. Und anschließend mußte er in den Ausschuß und um 18 Uhr hatte er sich mit einem *Spiegel*-Redakteur verabredet. Der Mann mußte gebrieft werden, und zwar so, daß dabei ein paar Bonbons heraussprangen, die dem als Hintergrundinformation dienten – und ein Artikel, in dem Peter Münzberg als fähiger Wunschkandidat für den Ministerposten gehandelt wurde. Ein nicht ungefährliches Spiel, bei dem er genau kalkulieren mußte, welche Karten er aufdecken konnte, welche andeuten, welche verbergen... Die Kritik am Kanzler mußte so fein gesponnen sein, daß jeder alles und nichts daraus herauslesen konnte.

Seine tüchtige, langjährige Sekretärin hatte die Unterlagen für ihn bereitgelegt und informierte ihn, daß der Chauffeur am Tor wartete. Peter Münzberg stellte nicht zum erstenmal fest, daß die Huber für ihn wichtiger und nützlicher war als seine Frau. Vor allem eines: Sie war absolut loyal.

«Sagen Sie mir doch, Huberin, warum wir die Wahlen nicht gewinnen werden. Ich hätte es doch wirklich verdient.»

Seine Sekretärin lächelte zurück, wußte nicht, ob die Frage scherzhaft oder ernst gemeint war.

«Sagen Sie es mir, Huberin. Sie repräsentieren doch eine Stimme des Volkes. Und Sie sind eine kluge Frau.»

Das Kompliment fiel auf dankbaren Boden. «Sie haben es wirklich verdient, Herr Staatssekretär. Ich meine, es liegt daran, wie die Leute reden – im Fernsehen und so.»

Er verstand nicht ganz. «Wie reden?»

«Nun, die Politiker reden alle so geschwollen daher, verzeihen Sie, aber ich glaube, die Leute verstehen gar nicht mehr so recht, was die in Bonn meinen, wenn sie reden.» Frau Huber errötete etwas, als sie das sagte, aber ihr Chef sah sie durchaus interessiert an.

«Sie meinen, die Sprache als Kommunikationsmittel ist verlorengegangen? Sollen wir wirklich so unbekümmert daherreden wie einige dieser Linken oder die Demagogen der Republikaner? Sehen Sie sich doch den Kollegen Blüm an: der ist mit seiner volkstümlichen Sprache auch nicht angekommen. Das spricht gegen Ihre Theorie, Huberin.»

«Ich weiß nicht, es klingt nicht aufrichtig genug, denke ich mir. Die Leute spüren das irgendwie, wenn einer nicht mit dem Herzen dahintersteht, und sie fühlen sich irgendwie betrogen.»

«Sehr interessant», unterbrach er sie. «Wir müssen noch mal über das Thema sprechen, aber jetzt muß ich los. Rufen Sie im Minister-Büro an und sagen Sie, ich hätte dringend ins Kanzleramt gemußt und würde ihn nach der Sitzung zurückrufen.»

Frau Huber nickte, und er ging an ihr vorbei zur Tür. Das wird ihn ärgern, dachte er, und weil es in diesen Tagen wenig gab, das ihn erfreute, grinste er innerlich über seine wachsende Arroganz gegenüber dem Alten. Als er im Aufzug nach unten fuhr, registrierte er noch wohlgefällig, daß man ihn schon grüßte wie den Chef des Hauses. Es galt, auch die kleinen Triumphe auszukosten, wenn man sich der Erotik der Macht verschrieben hatte.

Es tat weh. Anna schwitzte unter Silikon-Bandagen, die den Stoffwechsel anregen und die Zellulitis bekämpfen sollten, angeblich. Die Tiefenwärme-Behandlung, von Frau Wondraschek als «Wunderkur für Ihr Fettgewebe, meine Damen» angepriesen, war Teil ihres Nachmittagsprogramms. Anna lag da und transpirierte, weil das Wort Schwitzen im Sprachgebrauch des Hauses tabu war.

Und sie versuchte, den Schmerz zu ignorieren, an dem Phillip schuld war. Ein ziehender, bohrender, quälender, unerträglich leichter Schmerz, den sie nicht betäuben konnte, solange sie eingepackt wie eine Mumie auf der Folterbank lag.

Schuld war dieser Widerling aus Bonn, der Phillip aus der Versenkung, in der er vierundzwanzig Stunden gewesen war, geholt hatte. So war die Affäre, oder Ex-Affäre – nein, bloß daran nicht denken – also in Bonn bekannt. Na, wenn schon, war es doch nur eine unter vielen, über die man augenzwinkernd klatschte, ohne sie an die öffentliche Glocke zu hängen. Seine Karriere würde keinen Schaden nehmen und Annas Ruf – um den war nicht mal sie selbst besorgt. Peter Münzberg hatte viel mehr Gründe, sich Sorgen zu machen. Was sie ihm nach seiner geschmacklosen Bemerkung auch von Herzen gönnte. Nur hatte er eben die Wunde, die sie zu ignorieren versuchte wie den schmerzenden Zeh, mit dieser Bemerkung wieder aufgerissen. Peter wußte wohl nicht, daß die Affäre, wie er ihre Liebe zu nennen beliebte, vielleicht gar keine mehr war, sonst hätte er dieses blödsinnige Druckmittel bestimmt nicht eingesetzt. Phillip: Wo bist du, warum denkst du nicht an mich, und warum leidest du nicht, und warum rufst du nicht an?

Aber vielleicht hatte er ja angerufen, in Bonn, in ihrer Wohnung, und auf den Anrufbeantworter gesprochen – und vielleicht litt er ja auch, aber anders eben, weil Männer mit der Liebe besser umzugehen wußten. Weniger Herz: Aber das war ein Klischee, und Anna dachte, daß das Leben aus gottverdammt vielen Klischees bestand, zu vielen hohlen Hüllen, die auf nichts paßten.

«Ist alles in Ordnung, Frau Marx?»

«Ja», brummte Anna mit geschlossenen Augen, im eigenen Saft schmorend. Nach Peters widerlichem Anruf hatte sie der Wondraschek Bescheid gesagt, daß sie nun doch bleiben würde, und dafür nur ein gestreßtes und sehr gezwungenes Lächeln geerntet. Dann war sie zu Stephanie Münzberg gegangen, aber die schlief, was Anna auf den Whisky zurückführte, den sie ihr eingeflößt hatte. Dritte Handlung, noch von der Wut auf Peter motiviert, war ein Anruf in der Redaktion in Bonn gewesen. Anna bat die Kollegin, die sie vertrat, herauszufinden, wo sich der Parlamentarische Staatssekretär Peter Münzberg von Dienstag mittag bis Mittwoch vormittag befunden hatte. Als Gegenleistung bot sie eine Essenseinladung im *La Castagna* an, reagierte aber nicht auf neugierige Fragen in bezug auf ihre Anfrage. Die einzige Auskunft, die zu geben Anna bereit war: «Im übrigen erhole ich mich prächtig, werde immer jünger und gesünder und somit als gut restaurierte Enddreißigerin zurückkommen.»

Und wozu das alles, fragte sich Anna unter ihren Silikon-Bandagen? Wozu laufe ich krampfhaft hinter dem Glück her, überhole es für kurze Zeit, um dann hoffnungslos zurückzubleiben? Der Gedanke an ein Leben ohne Phillip, ohne Liebe – und war sie noch so unvollkommen – war grauenhaft. Niemand, der Anna Marx brauchte; die Leere aneinandergereihter Tage, die ins Alter führten, einem Zustand, der nur mit dem Tod enden konnte. Da half es wenig, sich an die Äußerlichkeiten ihres Lebens zu klammern. Auch nicht, an all die Ehen zu denken, die sie kannte, die naheliegende: Peter und Stephanie. Wenn Leute sich so nahestanden, daß es keinen Platz mehr gab für gute Gefühle…

Ich hätte damals meinen Max heiraten sollen, dachte Anna, und viele Kinder kriegen… dann würde ich hier nicht blöd rumliegen und darüber nachdenken, wie ich die nächsten dreißig Jahre mit Anstand über die Bühne bekomme. War Joyce Martin nicht zu beneiden, der niemand mehr weh tun konnte?

Noch jemand dachte an Joyce, während Silikon-Anna der vorübergehenden Trübsinnigkeit anheimfiel: Ina Pelzer. Während die Masseuse ihren fleischigen Rücken bearbeitete, stellte sie sich die Frage nach der Vergänglichkeit allen Seins, dem Wechsel von Leben und Tod. War es nicht absurd, wie alles weiterlief, als ob es Joyce niemals gegeben hätte?

Sie verdrängte den Gedanken an die letzte Nacht und rief die Erinnerung an das letzte Jahr in Badgastein zurück. Wie Joyce sie verwöhnt – und schon nach drei Tagen verführt hatte. Jawohl, verführt, und wie hatte sie sich geschämt nach dieser ersten Nacht mit einer Frau, bis dieses Mädchen ihr klarmachte, daß nichts, was an Zärtlichkeit und körperlicher Nähe zwischen zwei Menschen passierte, häßlich und gemein sein konnte.

Joyce hatte ihr, nach drei Jahren, in denen sie nichts anderes getan hatte, als die Geschäfte ihres verstorbenen Mannes zusammenzuhalten, in denen die Kinder aus dem Haus gingen und sie das Gefühl hatte, daß das Leben, das eigentliche Leben schon für sie vorbei war – Joyce hatte ihr das Gefühl gegeben, noch eine schöne und begehrenswerte Frau zu sein. Für ein paar Tage nur, aber es waren, trotz der Scham und der Heimlichkeiten, die aufregendsten Tage von vielen Jahren gewesen. Franz, der arme alte Franz in seinem schönen Grab, das zu pflegen zu den Pflichten ihres Alters gehörte, war ein gemütlicher Bayer, aber wohl nie ein bemerkenswerter Liebhaber gewesen.

So alt bin ich geworden, dachte Ina Pelzer, bis ich erfahren habe, was man mit einem Körper alles machen kann. Joyce hat es mir gezeigt, aber es hätte natürlich auch ein Mann sein können. Sie war davon überzeugt, keine Lesbierin zu sein. Bestimmt nicht. Aber die Zärtlichkeit und Leidenschaft, die zwei Frauen miteinander teilten – gab es denn Männer, die so etwas konnten oder auch wollten?

Glitschige, unbeteiligte Hände, die ihre Schenkel bearbeiteten: der Gedanke an Sexuelles war ihr peinlich. Und natürlich wäre es undenkbar gewesen, daß ihre Kinder je von dem Abenteuer erfahren hätten. Schon diese Möglichkeit ließ Ina Pelzer vor Scham gefrieren. Für ihre Kinder war sie eine gestandene Geschäftsfrau und umsichtige Mutter, respektiert und auf eine distanzierte Weise wohl auch geliebt. Aber jenseits aller Lust und aller Begierden. Ein «patentes altes Mädchen», so der Sohn. Alt. Als Frau nicht mehr ernst genommen.

Für Joyce wäre sie bereit gewesen, sich radikalen Abmagerungskuren zu unterwerfen, ja sogar sich unter Plessis' Messer zu begeben, um, wie sie es ihr gegenüber halb scherzhaft und halb im Ernst erklärt hatte, «konkurrenzfähig zu bleiben».

Die Erinnerung an dieses Gespräch in Joyces Zimmer war noch sehr gegenwärtig. «Du bist verrückt», hatte sie ihr an den Kopf geworfen. «Ich mag dich so, wie du bist. Schön bist du. Und es ist gefährlich, zu Plessis zu gehen. Diese Operationen sind sinnlos und gefährlich. Ich will nichts mehr davon hören...»

Joyce war selten zornig geworden; es lag einfach nicht in ihrer Natur, anders als fröhlich, ja ausgelassen zu sein. Ina Pelzer war sie als Phänomen an Lebensfreude erschienen. Ihr Lebenshunger hatte sie fasziniert. Joyce hatte für alles eine Erklärung und für nichts Bedauern.

Kein Bedauern, als sie abfuhr und nach einem halben Jahr, in dem Joyce sich nicht gemeldet hatte, zurück nach Schloß Aubach kam und ihr diese kühl erklärte, daß es vorbei sei. Joyce, die ihr lächelnd erklärte, daß Beziehungen nur so lange schön seien, solange man sie nicht mit zu vielen Gefühlen belaste.

Ina Pelzer stöhnte kurz auf in der Erinnerung an diese Szene. «Habe ich Ihnen weh getan, Frau Pelzer?»

«Nein, nein, machen Sie weiter.»

Und sie war dageblieben, in der irrwitzigen Hoffnung, daß Joyce es sich noch einmal überlegen würde. War wiedergekommen in diesem Jahr, weil nichts, was ihr dazwischen widerfahren war, die Erinnerung hatte auslöschen können. Keine andere Frau, kein Mensch, der in Ina Pelzer etwas anderes gesehen hätte, als die gut funktionierende, äußerlich schon etwas rostige Maschine. Arbeitsmaschine, Muttermaschine, Nahrungs-, Kleidungs- und Fernsehkonsummaschine. Bald für den Schrottplatz bestimmt.

Und nun war Joyce, die junge, schöne Joyce aus dem Leben verschwunden, bevor das Leben sie abgenutzt hatte. Ob die Münzberg trauerte?

Es würde helfen, mit jemanden zu sprechen, dachte Ina Pelzer: mit jemand über Joyce reden, damit sich all das, was sich in mich reingefressen hat, lösen kann. Ihre Kinder oder Freunde in München: undenkbar. Auch ein Priester kam nicht in Frage: dem konnte man doch so etwas nicht erzählen, um dann mit Rosenkränzen für eine Sünde zu büßen, die keine war.

«So, fertig für heute, Frau Pelzer. Auf Ihrem Programm steht heute nur noch Ballgymnastik, zusammen mit Frau Marx.»

Die Masseuse wusch sich die Hände, und Ina Pelzer, ihrer Nacktheit peinlich bewußt, zog sich den weiten Bademantel über. Natürlich! Warum hatte sie daran nicht gedacht? Frau Marx aus Bonn, die große Rothaarige mit dem warmen Lächeln und der sonderbaren Gleichgültigkeit gegenüber der Schönheitsphilosophie des Hauses. Ich werde sie einladen, dachte Ina Pelzer plötzlich: heute abend noch. Wie hätte Anna einer Einladung zum Abendessen widerstehen können?

«In Anbetracht dessen, was passiert ist, erscheint mir jede Form von Diät als reine Blasphemie», sagte sie zu Ina Pelzer in der Jagdstube des Restaurants *Zum grünen Baum*. Hotel und Gaststätte dieses Namens waren etwa eine halbe Stunde Fußmarsch von Schloß Aubach entfernt. *Zum grünen Baum* war wohl das beliebteste Ausflugsziel der Kurgäste von Badgastein, was zum einen an dem gut beleuchteten und ausgebauten Spazierpfad lag, zum anderen an einer Atmosphäre, die schon fast penetrante österreichische Gemütlichkeit ausstrahlte. Holz, Dirndlkleider, nachgemachte Bauernmöbel und ein Wirt, der aussah, als ob er jeden Moment einen Jodler anstimmen würde.

Die Speisekarte war appetitanregend. Anna bestellte sich einen Zwiebelrostbraten mit Salzkartoffeln und Salat, und eine Flasche Grünen Veltliner, weil die Rotweinkarte nichts taugte. Ina Pelzer hatte sich für einen Bauernschmaus entschieden, eine absolute Kalorienbombe aus Sauerkraut, Knödel, Würstchen, Schweinebraten, Kasseler.

Schon die zweite Todsünde, die wir uns in unserer Kur leisten, dachte Anna ohne jegliche Reue. Es kümmerte ohnehin keinen, wieviel sie auf die Waage brachte. Und Ina Pelzer sah auch so aus, als ob sie des Trostes bedurfte. Ein rundes, auf eine derbe Art immer noch hübsches Gesicht, aber sie hatte dunkle Schatten unter den Augen, trotz der Gesichtspackungen, die sie einem auf Schloß Aubach ständig verpaßten.

«Ich wollte mit Ihnen reden, Frau Marx. Auf Schloß Aubach habe ich ständig das Gefühl, daß einer hinter mir steht. Und wenn es der Geist von Joyce ist.»

Anna hätte lieber erst in Ruhe gegessen und dann geredet, aber gut.

«Sie wollen mit mir über Joyce Martin sprechen?»

«Ja.» Ina Pelzer spielte nervös mit ihrem Besteck. Es war schwer, sich einer Fremden anzuvertrauen. Aber es mußte sein. Und so begann sie, zu erzählen: leise, ohne Schnörkel oder Beschönigung die Geschichte von Ina Pelzer und Joyce Martin zu erzählen. Eine merkwürdige kleine Geschichte ohne Happy-End. Eva, die in den Apfel gebissen hatte und aus dem Paradies wieder vertrieben wurde.

Der Zwiebelrostbraten schmeckte himmlisch. Anna hörte aufmerksam zu, ohne ihr Gegenüber zu unterbrechen. Schon wieder eine Frau, die Liebe braucht und nie genug davon bekommen hat. Wie alt müssen wir nur werden, um diese Gier zu beerdigen?

Annas dumme Sprüche in Sachen Lebensberatung: «Ist es nicht besser, der Geschichte mit Joyce die Bitterkeit zu nehmen und sich an das Schöne zu erinnern?»

Ina Pelzer schob einen halbvollen Teller zurück und lächelte zum erstenmal: «Ich versuche es ja. Ich habe keine Szene gemacht, als sie mich sozusagen abserviert hat – wie ich heute weiß, war da längst die Stephanie Münzberg auf den Plan getreten. Aber sehen Sie, ich war ja nicht unglücklich, als ich hierherkam und Joyce traf und... Ich hatte meine Arbeit und meine Kinder. Dann hat Joyce mir plötzlich gezeigt, daß es noch etwas anderes im Leben gibt. Ich weiß nicht, wie ich es bezeichnen soll, ohne peinlich zu wirken.»

«Da ist nichts Peinliches.»

Ina Pelzer schüttelte den Kopf. Bestellte noch eine Flasche Wein. «Nein. Oder doch. Ich weiß es nicht. Ich weiß nur, daß diese Erfahrung mich verändert hat. Ich kann nicht mehr so leben wie früher und damit zufrieden sein.»

«Joyce Martin hat das sicher anders gesehen. Sie muß übrigens ein seltsames Mädchen gewesen sein.»

«Joyce hat die Dinge nie mit den Augen eines anderen gesehen. Das, was ihr gefiel, hat sie genommen – und wenn es ihr nicht mehr gefiel, perdu.»

«Vielleicht war das das Faszinierende an ihr. Außer, daß sie jung und schön war.» War, dachte Anna.

Ina Pelzer lächelte seltsam. «Sehen Sie mich an: Ich bin fast fünfzig, zu dick, zu derb. Und wissen Sie, was sie zu mir gesagt hat? Daß ich schön sei. Niemand, auch nicht mein Mann, der vor drei Jahren gestorben ist, hat das jemals zu mir gesagt. Ich weiß nicht, wie Sie leben, Frau Marx. Sie sind nicht verheiratet, nicht wahr? Verzeihen Sie, aber finden Sie es abartig, daß eine alte Frau wie ich noch dasselbe Verlangen hat nach Liebe und Zärtlichkeit, nach Leidenschaft und Romanze? Ich meine, unsere Gefühle sterben doch nicht ab, wenn wir älter werden. Im Gegenteil: Wenn nur noch so wenig vor einem liegt, dann möchte man es doppelt genießen, nicht einfach nur so weiterleben, bis es vorbei ist. Aber vielleicht rede ich Schmarrn; vielleicht muß man sich abfinden, daß diese Dinge in der Jugend abgehakt werden, und hinterher, da wird es kalt und einsam, und man sagt sich, daß man abgeklärt ist... o mein Gott, abgeklärt: Ich kann mich nicht erinnern, je so verzweifelt gewesen zu sein, wie in dem Moment, als Joyce mir sozusagen das Messer in die Brust stieß. Jetzt lachen Sie, nicht wahr: Die alte Pelzer erlebt ein altes Melodram. Nicht mal die Münchner Heimatbühne würde so ein Stück aufführen... Warum erzähl ich Ihnen das alles?»

Anna schwieg. Trank von ihrem Glas. Zündete sich eine Zigarette an. Es gab keinen Trost, gar keinen. Und Tragödien mußten immer bis zum Ende gespielt werden.

«Ich wollte sogar ein Facelifting machen. Bei Plessis, der irgendwie Verbindungen zu einer Schönheitsklinik bei Salzburg hat. Für Joyce. Aber sie war vehement dagegen.»

«Warum?» Der Kellner ignorierte Annas suchenden Blick nach einem Aschenbecher, bis sie, was absolut ungehörig war, mit den Fingern schnippte.

«Sie war total dagegen, wissen Sie. Obwohl sie doch bei ihm Krankenschwester war, als er seine Klinik in Johannesburg hatte.»

«War sie eigentlich mit ihm verwandt oder sonstwie verbunden?»

Ina Pelzer strich sich über ihre kurzen braunen Haare. «Nein, das würde ich wissen, obwohl Joyce nie viel über ihre Vergangenheit erzählte. Nein, sie ging mit ihm mit nach Europa, als Plessis seine Klinik verkaufen mußte.»

Ein kleines rotes Licht ging an. «Wieso mußte?»

Ina Pelzer starrte auf ein mittelaltriges Paar am Nebentisch, das so offenkundig zärtlich miteinander umging. Anna wiederholte ihre Frage.

«Ach, ich weiß nicht genau. Da ist irgend etwas vorgefallen, bei einer Operation, glaube ich. Joyce hat nur ganz kurz davon gesprochen. Jedenfalls hat der Doktor seine Klinik verkauft und hat ihr angeboten, mit ihm zu kommen. Er ist hier wegen der

Heilquellen, glaube ich. Er leidet an Gicht und hat wohl oft starke Schmerzen, der Ärmste.»

«Und bei ihm wollten Sie unters Messer. Sie müssen verrückt sein.» Das war nicht nett, aber spontan. Annas Zunge war Veltliner-gelöst.

«Ja, ich war für kurze Zeit verrückt, und jetzt bin ich wieder normal, und ich weiß nicht, was daran gut sein soll. Joyce ist tot. Das ist so entsetzlich endgültig.»

«Wußten Sie von ihren Asthmaanfällen?»

«Ja, obwohl sie nie darüber gesprochen hat. Sie fand Krankheit ekelhaft und alles, was nicht schön und leicht war, paßte auch gar nicht zu ihr. Aber eines der Mädchen hat darüber geredet, und ich habe es mitgehört. Angeblich bekam sie diese Anfälle nur, wenn sie sich aufregte.»

«Ich habe sie gesehen», sagte Anna. «Es war kein schöner Tod, sofern es so was überhaupt gibt. Wußten Sie, daß Frau Münzberg zuerst bei ihr war, noch bevor der Doktor und die Wondraschek kamen?»

Kopfschütteln. Ein rundes, trauriges, junges, altes Gesicht. «Nein. Wußten Sie, daß Joyce und Valerie Wondraschek überhaupt nicht miteinander konnten? Ich glaube, die Wondraschek mag niemanden, nicht mal sich selbst.»

Noch eine einsame alte Krähe, dachte Anna und bezog sich selbst mit ein. Ina Pelzer war verbittert und traurig, aber offenbar zweifelte sie nicht daran, daß Joyce so gestorben war, wie Plessis dies testiert hatte. Warum auch? Außer der hysterischen Stephanie Münzberg gab es niemanden, der an so etwas Ausgefallenes wie Mord glaubte. Außerdem hatte der Wein sie müde gemacht.

«Sollen wir gehen? Wir können ja auf dem Heimweg noch ein bißchen reden.»

«Ja. Ich habe Sie lange genug mit meinem Geschwätz genervt. Nein, schütteln Sie nicht den Kopf: Ich bin dankbar, daß ich überhaupt mit jemandem darüber reden kann. Apropos: Mich hat heute draußen im Park ein Mann angesprochen, der hat sehr komische Fragen gestellt. Wollte wissen, was mit Joyce passiert war und so. Ich glaube, der war von der Polizei.»

Anna blinzelte überrascht. Polizei? Stephanie konnte doch nicht so bescheuert sein... «Von der österreichischen Polizei? Hat er Ihnen seine Dienstmarke gezeigt?»

Ina Pelzer schüttelte den Kopf. «Nein, ich glaube nicht. Ich hab auch nicht gefragt, so aufgewühlt und verwirrt wie ich war. Ich glaube, er hat anschließend auch mit dem Doktor gesprochen, jedenfalls ist er in sein Haus gegangen.»

Merkwürdig war das schon. Anna fragte für alle Fälle, ob es ein Mann mit auffallendem Schnurrbart gewesen war. Von dem hatte sie schon gehört: Elfies neuer Freund. Informationen aus erster Hand. Vielleicht war der nur neugierig. Aber Ina Pelzer verneinte. Kein Schnurrbart, ein ganz unauffälliger Typ in mittleren Jahren.

Anna verdrängte den Gedanken an Polizei. Vielleicht war es nur ein Journalist aus Salzburg, der Morgenluft witterte. Eine schöne Leiche war immer eine Meldung wert.

Während Ina Pelzer bezahlte, stritt am Nebentisch ein älteres Paar ziemlich lautstark über die Frage, ob der Mann noch fahrtüchtig war oder nicht. Anna, die mit halbem Ohr zuhörte, fand die Frau unklug keifend und den Mann unklug eigensinnig. Das letzte, was sie mitbekam, als sie aufstanden, war, daß die Frau ihrem Begleiter vorwarf, zu geizig für ein Taxi zu sein.

Während Anna Marx und Ina Pelzer im Mondschein schweigend nach Schloß Aubach trabten, saß Peter Münzberg vor einem Stapel Akten in seinem Godesberger Haus und dachte an Mord. Zurückgelehnt hinter seinem großen, repräsentativen Schreibtisch, wägte er sorgfältig, wie er es gewohnt war, Möglichkeiten und Konsequenzen ab. Man lebte zuweilen im falschen Land, das war klar. In Thailand, beispielsweise, kostete eine Liquidierung fünfhundert Mark, in Peru nur hundert. Das Vaterland hingegen war teuer. Und das Opfer war es vielleicht nicht einmal wert...

Kapitel X

«Sie droht damit, sich umzubringen. Du mußt was tun. Geh zu ihr, sprich mit ihr, rede ihr diesen Unsinn aus...»

Schwang Angst in dieser Stimme mit oder war es nur Berechnung, sie für seine Zwecke einzuspannen? Anna war mißtrauisch und außer Atem, weil sie auf dem Weg zu ihrem Zimmer das Klingeln des Telefons gehört und gedacht hatte, daß vielleicht Phillip...

Aber es war nur Peter aus Bonn. Eine gehetzte, unglückliche Stimme.

«Aber ich habe Stephanie heute morgen beim Frühstück erlebt, und sie schien mir ganz normal. Sie ist auch zu ihrem Fitneßprogramm gegangen, so was macht man doch nicht, wenn man...»

Er unterbrach sie. Nein, er konnte wirklich nicht kommen. Aber sie, Anna, war doch da. Anna, die alles richten konnte. Er sprach von Alarmstufe I, wie beim Militär.

Sie kam sich langsam bescheuert vor. Wie eine unfähige Pflegerin in dem Irrenhaus dieser Ehe. Aber Anna versprach's, worauf er das Gespräch schnell beendete. Anna opferte ihre Ruhestunde vor dem sogenannten Mittagessen, um Stephanie Münzberg zu suchen.

Sie fand sie im Park, im roten Jogginganzug und rot im Gesicht von dem, was man hier Freiluftgymnastik nannte. Stephanie war allein auf der Parkbank, und Anna setzte sich ungefragt dazu. «Wie geht es Ihnen heute?» fragte sie die Frau, die sich angeblich umbringen wollte.

Ein Blick, der nichts verriet. «Besser», antwortete die Frau, die Anna retten sollte. «Viel besser. Ich habe über vieles nachgedacht seit gestern. Über mich und Joyce und...»

Anna beobachtete ein Eichhörnchen, das sich, zufällig nur, eine Eiche zum Versteckspielen ausgesucht hatte.

«Interessiert Sie das überhaupt?»

Die Stimme war unangemessen scharf, und Anna zuckte zusammen. Unter anderen Umständen hätte sie der Blonden gesagt, daß sie sich mitsamt ihren läppischen Problemen zum Teufel scheren sollte. Unter diesen blieb sie sitzen und murmelte: «Ja, natürlich.»

«Und ich bin zu einem Ergebnis gekommen, Frau Marx. Ich werde Joyces Tod aufklären, das schulde ich ihr. Und wenn es das letzte ist, was ich tue…»

Hoppla. Das klang verdammt pathetisch und obendrein nach Peters These. Anna fischte, die Krisensituation war da, nach einer Zigarette.

«Meinen Sie, daß der Mörder – oder die Mörderin – auch Sie umbringen wird? Das wär aber sehr unproduktiv, denke ich mir…»

Die Ironie hatte ins Rote getroffen, und Anna konnte Stephanie gerade noch am Arm fassen, als diese aufsprang.

«Laufen Sie doch nicht weg. Ich habe es nicht so gemeint. Sagen Sie mir, was Sie unternehmen wollen. Vielleicht kann ich Ihnen dabei helfen. Mir passiert ja dauernd so was.»

«Was?» Mißtrauen in der Stimme, aber sie saß wieder.

«Daß eine Leiche herumliegt, wenn ich nicht aufpasse. Aber ich glaube immer noch, daß Joyce auf ganz natürliche…»

Heftiges Kopfschütteln. «Nein. Ich weiß es genau, sie ist nicht einfach so gestorben. Nicht Joyce. Warum glauben Sie mir nicht?»

Weil du eine Närrin bist, dachte Anna. Aber was hieß das schon? Vielleicht war mitspielen besser. Außerdem war Peters Verbleib in jener Nacht nicht zu recherchieren. Ihre Kollegin hatte aus Bonn angerufen. Nichts zu machen, lautete die Auskunft: Der Staatssekretär war Dienstag nacht von niemandem gesehen worden.

Peter? Der Gedanke war zu absurd, um ihn zu Ende zu denken. «Vielleicht», sagte sie, «liegt der Schlüssel in Joyces Vergangenheit. Ich meine, wenn wir nach einem Motiv suchen. Ich habe von Ina Pelzer erfahren, daß Joyce irgendwas über Plessis wußte, aus dessen Johannesburger Jahren. Erpressung ist immer ein schönes Motiv.»

«Sie war keine Erpresserin.» Wieder diese harte, gepreßte Stimme.

«Oder sie hatte was mit dem südafrikanischen Geheimdienst zu tun und wurde auf Sie angesetzt und…»

«Oder Peter hat sie aus dem Weg geräumt, weil ich ihm diese Fotos geschickt habe.»

Klang da so etwas wie Stolz mit? Konnte Liebe so seltsame Blüten treiben? Anna sah Stephanie forschend an, aber die hielt den Kopf gesenkt und starrte auf ihre Turnschuhe.

«Oder Ina Pelzer hat Joyce aus Eifersucht umgebracht.» Anna sprach's triumphierend. So viele Motive, die zu einem Kreislaufversagen führen konnten. «Nein, im Ernst. Wenn an Ihrem Verdacht überhaupt was dran ist, dann liegt der Schlüssel nicht hier. Hier können wir sowieso nichts machen. Auf einen bloßen Verdacht hin wird eine Leiche nicht exhumiert. Da müßten wir schon was Konkretes in der Hand haben.»

Anna war sich völlig bewußt, daß sie irrwitziges Zeug redete.

Nur um Stephanie Münzberg einen Selbstmord auszureden, übernahm sie Peters Aufgaben. Die typische Bestimmung einer alten Jungfer, sich in anderer Leute Angelegenheiten zu mischen. Die gute Tat einer alten Pfadfinderin. Das Alters-Syndrom. Das hatten ihr diese glattwangigen und glatthirnigen Kosmetikerinnen eingebläut.

Stephanie umfaßte Annas fleischige Oberarme mit ihren weißen, langen Fingern: «Wollen Sie mir wirklich helfen?»

Valerie Wondraschek sah es vom Fenster aus und kniff die Lippen erbost zusammen. Ich muß mit Jonathan reden, sagte sie zu sich selbst. So geht es nicht weiter. Es ist ein Skandal…

«Ja, doch.» Anna löste sich aus dem Griff. «Und wie?»

«Sie fliegen mit mir nach Johannesburg. Zwei, drei Tage, ich bezahle den Flug und alles. Wir finden heraus, ob es etwas in Joyces Vergangenheit gegeben hat… irgendwas. Wir müssen etwas tun. Ich muß was tun. Sonst werde ich verrückt. Es gibt etwas in Joyces Leben… ich werde es Ihnen im Flugzeug erzählen, Anna. Darf ich Anna sagen?»

Warum nicht? Warum nicht Anna statt Marx, und warum nicht Johannesburg statt der Faltenburg? Anna hätte Stephanie jetzt gern geschüttelt und gefragt, was dieses Etwas war. Aber sie beherrschte sich. Stephanie Münzberg sah so aus, als ob jedes harsche Wort eine Explosion hervorrufen könnte. Statt dessen erklärte Anna sich bereit, die organisatorischen Details zu übernehmen: die Buchung der Flüge, die Hotelreservierung…

«Wo werden wir absteigen?»

«Im *Carlton* natürlich.»

Natürlich. Das teuerste Hotel in Johannesburg und Erster-Klasse-Flüge. Dafür müßte eine Anna Marx gut drei Monate arbeiten. Aber man war ja auch nicht als Industriellen-Tochter zur Welt gekommen. Ein Hauch von Neid? Anna musterte die Blonde neben ihr und sagte sich, daß Geld auch nicht glücklich machte. Na und? War es fair, daß der überwiegende Teil der Menschheit diese Erfahrung nie machen durfte?

In seinem Arbeitszimmer, das von Fachbüchern und medizinischen Zeitschriften beherrscht wurde, legte Dr. Jonathan Plessis mit einer angewiderten Handbewegung den Telefonhörer auf die Gabel. Seine andere Hand schmerzte, aber nicht nur das: er hatte einen Fehler begangen und er wußte, daß er zu alt war, mit solchen Fehlern leben zu können. Es nützte nichts, daß ihn niemand mehr interessierte, nichts, außer sein eigenes Leben, sein Tod. Denn es gab keinen Frieden, solange andere Leute sich einmischten, von ihm Entscheidungen erwarteten, Rücksichtnahme auf ihre Interessen. Zum erstenmal, seit er seine Heimat verlassen hatte, zweifelte er daran, ob er sein Ziel, sein letztes Ziel noch erreichen würde. Und er war müde, des Kämpfens müde.

Ganz im Gegenteil zu dem Minister in Bonn. Der Einundsechzigjährige hatte alles im Griff, oder glaubte, es zu haben. Er telefonierte mit dem getreuen Menges, der sich nicht scheute, zuzugeben, daß «P Null» in einem Maße eskaliert war, das man nicht voraussehen konnte. Er nahm den Befehl von oben – «Ihren Mann erst einmal kaltstellen» – mit Erleichterung entgegen. Der Gedanke, daß die «Kontaktperson» mit Hilfe der Geheimen Staatspolizei ins Jenseits... Nein, man war doch nicht im Wilden Westen oder im Osten... nein, solche Gedanken waren schon fast blasphemisch.

Immerhin, eine wertvolle Information hatte Menges dem Minister geben können, und er hatte dafür sogar ein «Bravo, Menges» bekommen. Das tat gut. In seinem Job bekam man so selten Streicheleinheiten.

Kapitel XI

«Noch ein Glas Champagner, gnädige Frau?»

Die Rothaarige in dem blauen Leinenkostüm nickte bereitwillig. Anna war in ihrem Leben schon oft und weit geflogen, aber eben noch nie erster Klasse. Bei Journalistenreisen Business-Class und privat immer ganz hinten. Plastik-Klasse. Geld machte eben doch glücklicher, zumindest beim Fliegen. Breite Sitze, breit lächelnde Stewardessen, Champagner, Bordeaux, Kaviar, Lachs... Man konnte die Füße ausstrecken und sich fürstlich fühlen. Das bißchen Flugangst mit kleinen, prickelnden Schlucken betäuben. Rauchen, ohne den Sitznachbarn bitten zu müssen, seinen Arm von der Lehne zu nehmen, in der sich der Aschenbecher befand.

Während Anna den Luxus genoß wie ein kleines Kind seine Lieblingsbonbons, schlief Stephanie – man duzte sich jetzt schon müheloser – zusammengerollt wie ein Baby. Sie hatte kurz nach dem Start eine Schlaftablette genommen – «ich finde Fliegen so entsetzlich langweilig, Anna.»

Sie hatte Anna das «Etwas» noch erzählt, mit Verschwörerstimme. Stephanie und Anna, die gen Südafrika flogen, um gemeinsam den «Mord» an Joyce Martin aufzuklären... Anna hatte schweigend zugehört, vorwiegend mit dem Essen beschäftigt. Was Stephanie ihr erzählte, wußte sie zum Teil schon von Ina Pelzer. Nur einige Details waren hinzugekommen:

Die Klinik, die Plessis in Johannesburg geführt hatte, hieß «New Age», und Joyce Martin hatte dort als Krankenschwester unter Plessis gearbeitet. Hatte angeblich ihren Job immer gehaßt, das Blut, die weißen Frauen, die ihre von der Sonne eingebrannten Falten in der Klinik liften ließen. Die satten weißen Frauen, die ihre Speckwülste absaugen oder ihre Brüste korrigieren ließen. Joyce Martin hatte damals – so Valerie – eine schwarze Freundin gehabt und es sei sehr, sehr schwierig gewesen. Frau, schwarze Frau, lesbische schwarze Frau – in dieser Reihenfolge in einem bigotten Apartheid-Staat.

Über das Ende, das Ende in Johannesburg, wußte Stephanie allerdings nicht viel mehr zu erzählen, als Anna schon wußte. Ein Kunstfehler bei einer prominenten Patientin. Ein überstürzter Verkauf. Persönliche Gründe, die Joyce bewogen, mit Plessis nach Österreich zu gehen. Mehr hatte Joyce Martin ihrer Affäre nicht erzählt.

«Aber was tun wir in Johannesburg, wenn du doch deinen Mann verdächtigst?» hatte Anna gefragt. Eine praktische Frage, gleichwohl überflüssig, da sie ja schon auf dem Weg waren und nicht mehr aussteigen konnten.

«Ein guter Detektiv muß alle Möglichkeiten ins Auge fassen, alle Spuren verfolgen», hatte Stephanie erwidert, ganz lässig und professionell. Ein Chamäleon. Anna war sich immer noch nicht klar darüber, ob sie diesem Tier trauen konnte.

Kurz bevor sie einschlief, hatte Stephanie ihr noch erzählt, daß sie mit Peter telefoniert hätte. «Er hält es für eine gute Idee, daß wir beide fliegen. Wir sollen nur vorsichtig sein. Kein Aufhebens und kein Kontakt mit der Presse.»

Na, das glaub ich gern, dachte Anna. Mit der Republik Südafrika war kein Staat mehr zu machen, seit sich moralische Entrüstung in geballter Ladung auf das Minderheitsregime ergoß. Gut und schön, richtig auch, aber es war nicht genug – und vor allem nicht das einzig lohnenswerte Objekt fürs Weltgewissen.

Und wie kam es, daß Peter und Stephanie wieder ohne Entrüstung miteinander telefonierten?

Bevor sie so abrupt abreisten – einen Teil des Gepäcks hatten sie auf Schloß Aubach gelassen, mit der Ankündigung, wiederzukehren, und Anna hatte sich noch geärgert, weil Stephanie so ganz selbstverständlich verlautet hatte, die «Fehltage» weiterzubezahlen, was die Wondraschek sofort akzeptiert hatte – vor dieser Abreise hatte es noch einen handfesten Krach gegeben.

Anna schloß die Augen und lächelte in der Erinnerung. Manchmal war so ein schöner Krach wie ein Ventil, bei dem man auch anderen, aufgestauten Ärger rauslassen konnte. Dem guten Doktor hatte sie es aber gegeben, der war ihr gerade recht gekommen.

Plessis hatte sie in das Arbeitszimmer der Wondraschek gebeten, ganz würdig und ernst. Und dann hatte er losgelegt, von wegen Disziplin und störende Elemente und das Aufhetzen der anderen

Damen, und man sei schließlich nicht zum Vergnügen auf Schloß Aubach, sondern der inneren und äußeren Schönheit willen und...

Er hatte sich richtig in Rage geredet und ständig mit seinen Gichtfingern auf den Schreibtisch geklopft. Sehr autoritär und gar nicht mehr verbindlich. Unangemessen laut.

Anna hatte sich das alles angehört, stehend, bis er fertig war.

«Heißt das, Sie wollen mich rauswerfen, Dr. Plessis?»

Offenbar nicht. So weit wollte er nun doch nicht gehen.

«Dann will ich Ihnen mal was sagen: Wenn wir zurückkommen, werde ich ohnehin nur meinen Koffer hier rausholen und Ihr Schloß für immer verlassen. Die Illusion, die Sie hier verkaufen, mein lieber Doktor, ist mir schlicht und ergreifend zu teuer. Meine innere Schönheit speise ich aus anderen Quellen. Meine Disziplinlosigkeit, wie Sie es nennen, geht Sie einen Dreck an. Und wenn man überhaupt von störenden Elementen sprechen kann, dann ist es doch wohl das mysteriöse Ableben dieser Joyce Martin...»

An dieser Stelle hatte er sie unterbrechen wollen, aber Anna, sich in Rage redend, ließ das nicht zu und sagte noch eine Reihe anderer Dinge, die ihr in den Sinn kamen. Gar nicht schön sah sie dabei aus, richtig keifend wie ein Marktweib, aber Plessis registrierte es gar nicht, weil er innerlich zitterte, hauptsächlich vor Zorn.

«Was genau meinen Sie mit ‹mysteriösem Ableben›?» fragte er lautstark, als Anna endlich fertig war.

Anna hatte rote Bäckchen. Natürlich hätte sie das nicht sagen sollen. «Hier schwirren die wildesten Gerüchte herum, lieber Doktor, und ich wette, daß Sie auch schon was gehört haben. Vielleicht wäre es doch besser gewesen, den Totenschein von jemand anderem ausstellen zu lassen. Schon rein optisch...»

Plessis sagte was von «infamer Unterstellung» und daß er sie wegen übler Nachrede verklagen würde. Das heißt, er brüllte die Sätze. Offenbar war böses Temperament nicht nur Rothaarigen vorbehalten, denn er kam dabei auch noch drohend auf sie zu.

«Das können Sie halten, wie Sie wollen», hatte Anna, immerhin zurückweichend, erklärt und beim Abgang die Tür kräftig hinter sich zugeschlagen. Der schwarze Rabe war natürlich nicht weit weg gewesen. Anna war schweigend an ihr vorbeigerauscht. Die Blicke der Valerie Wondraschek hinter ihrem Rücken hatte sie nicht gesehen.

Der hätte ich auch noch eins überbraten sollen, dachte sie über den Wolken und massierte ihren schmerzenden großen Zeh. Rings um den Nagel war die Haut rot, ein wenig entzündet, und sie hatte ihre bequemsten flachen Schuhe anziehen müssen, um den Druckschmerz zu vermeiden.

Die Betrachtung ihrer schlafenden Nachbarin weckte, nach dem durchaus belebenden Rückblick, eher unangenehme Gedanken. Als sie die Johannesburg-Flüge buchte, hatte Anna sich auch nach der Verbindung Frankfurt-Salzburg erkundigt. Es wäre Peter durchaus möglich gewesen, in dieser Nacht nach Gastein zu kommen und rechtzeitig zurückzufliegen. Und was bewies das? Gar nichts. Wie sollte er der armen Joyce eine tödliche Spritze verpassen, unbemerkt aus dem Schloß kommen? Und warum Stephanie das Zimmer von Joyce in jener Nacht so abrupt verlassen hatte, darauf gab es immer noch keine vernünftige Antwort.

Über diesen schweren wie unfruchtbaren Gedanken schlief Anna ein, und die beiden Frauen wurden erst kurz vor der Landung – sanft, wie sich dies in der ersten Klasse gehörte – zu einem Frühstück geweckt.

«Ich habe geschlafen wie eine Tote», sagte Stephanie und nahm als erste Handlung den Spiegel aus ihrer Handtasche.

Anna hielt es für besser, sich nicht zu begutachten. Es langte, daß das Leinenkostüm aussah wie eine Ziehharmonika. Sie frühstückten exzellent und schweigend. Anna hatte sich ein Omelett mit Lachs bestellt.

«Warum traue ich dir eigentlich? Ich kenne dich doch überhaupt nicht.» Sie sagte das beiläufig, ohne Anna anzusehen. Es gab Dinge, die Anna in Wut versetzten: schlechtes Essen, dummes Geschwätz. Gutes Essen und dummes Geschwätz dabei. Sie spießte das letzte Stück Lachs auf.

«Meinst du nicht, daß du langsam erwachsen werden solltest? Ich traue Peter nicht und dich kenne ich nicht. Und trotzdem habe ich mich in diese idiotische Sache hineinziehen lassen. Und ich bin schon verdammt oft in meinem Leben auf die Nase gefallen, weil ich neugierig war, oder zu unvorsichtig. Oder ganz einfach vertrauensselig. Oder verliebt, oder was weiß ich. Und trotzdem lauf ich nicht mit Handschuhen rum, aus Angst, mir die Finger zu verbrennen. Habe ich mich schon angemessen für die feudale Einladung bedankt?»

Stephanie Münzberg lächelte sogar. «Nichts zu danken, es war ganz egoistisch. Die Angst steckt zu tief, das ist alles. Oft denke ich mir, daß Joyce zu beneiden ist. Weil sie es hinter sich hat.»

Und was bitte schön vor sich? Aber Anna hatte keine Lust zur Vertiefung dieses Gesprächs und verschanzte sich bis zur Landung hinter dem *Zeit*-Magazin.

Die harte Lufthansa-Landung auf dem Rollfeld des Jan-Smuts-Airport in Johannesburg. Eine Schlange müder Passagiere vor den Schaltern, in denen Männer mit gelangweilten Gesichtern Pässe stempelten, aufreizend langsam, wie Anna fand. Keine Erster-Klasse-Abfertigung. Selbst die beiden Koffer mußten sie öffnen, und es schien endlos zu dauern, bis sie im Taxi saßen, das sie vom Flughafen ins Zentrum von Johannesburg brachte.

Eine Stadt wie Frankfurt, nur häßlicher. Eine Stadt, über der der Smog-Dunst lag. Und die Gesichter, die draußen an ihnen vorbeiflogen, erschienen Anna irgendwie traurig oder gehetzt. Schwarze Gesichter, weiße Gesichter. Eine Stadt ohne Seele, so dachte sie. Eine mehrfarbige, zutiefst graue Stadt. Eine aggressive Stadt, in der sie nicht leben wollte.

«Das *Carlton-Hotel* ist in Ordnung», sagte Stephanie. «Ich habe da schon mal gewohnt. Eine Abgeordneten-Reise mit Ehefrauen, auf Einladung der Regierung. Heute würde Peter so was nicht mehr mitmachen.»

Das *Carlton-Hotel* war ein Betonturm, der sich über dem gleichnamigen Einkaufszentrum erhob. Innen Glas und Glitzer, eben alle Attribute eines Luxushotels, bis hin zum uniformierten Gepäckträger mit servilem Lächeln. Schwarz.

«Was machen wir jetzt?» fragte Stephanie, als sie in den 17. Stock fuhren.

«Erst mal auspacken und ein Bad nehmen. Dann sollten wir zur Klinik fahren und mit dem neuen Leiter sprechen. Vielleicht kann der uns mehr erzählen.» Anna war hundemüde und gleichzeitig aufgedreht, wie immer nach Langstreckenflügen. Sie verabredete sich mit Stephanie für 12.00 Uhr in der *Clock-Bar* im Parterre.

«Normalerweise», sagte Stephanie, als sie aus dem Lift stieg, «werden wir bei Auslandsreisen immer von Botschaftsangehörigen in Empfang genommen. Die nehmen einem alles ab.»

«Vergiß es. Strictly private. Außerdem werden wir sowieso nichts finden, und du hast das viele Geld aus dem Fenster geschmissen.»

Aber Anna hatte, wie so oft in ihrem Leben, unrecht.

Als sie drei Stunden später im Büro von Dr. Mitchell saßen, wurden sie nicht nur mit Kaffee und Cognac, Schnittchen und Keksen bewirtet. Dr. Mitchell, schätzungsweise vierzig Jahre alt, braungebrannt, mit offenem Lächeln und strahlend weißen Zähnen, goldenem Ehering und weißer Kleidung, war überaus liebenswürdig – und mitteilsam.

Anna hatte sich und Stephanie als potentielle Kundinnen der «New-Age-Clinic» vorgestellt. Und gleich hinzugefügt, daß sie noch unschlüssig waren, ob sie ein Facelifting in Südafrika oder zu Hause in Deutschland... Anna brachte Dr. Plessis ins Spiel.

«Wir waren beide schon auf seiner Schönheitsfarm in Österreich, und er hat uns diese Flausen in den Kopf gesetzt, müssen Sie wissen. Aber natürlich möchten wir diese Entscheidung sehr sorgfältig abwägen. Dr. Plessis hatte doch mal eine Klinik in Johannesburg? Das hat er uns jedenfalls erzählt.»

Stephanie sah Anna bewundernd an. Sie konnte fast so gut lügen wie Peter.

Dr. Mitchell lehnte sich in seinem Stuhl zurück und lächelte gewinnend. Er war ohne jeden Argwohn. Frauen, die bereit waren, der Natur ins Handwerk pfuschen zu lassen, waren intellektuell nicht ernst zu nehmen.

«Sie haben vollkommen recht, meine Damen, diese Entscheidung von allen Seiten zu beleuchten. Zunächst will ich nur eines dazu sagen: In Südafrika sind solche Operationen erheblich preisgünstiger. Und nicht nur, weil der Rand gegenüber der D-Mark so gravierend gefallen ist. Aber was Dr. Plessis betrifft: das ist ein merkwürdiger Zufall. Jonathan war mein Vorgänger. Das heißt, er war Besitzer dieser Klinik, bis sie von einem Konsortium gekauft wurde, das mich als Direktor eingesetzt hat. Jonathan war so etwas wie ein Pionier der Schönheitschirurgie. Der arme alte Jonathan... er praktiziert doch nicht mehr, oder?»

«Doch», erwiderte Anna. «Deshalb interessiert uns ja, was Sie, lieber Doktor, von ihm halten.»

Der Braungebrannte überlegte einen Augenblick, ohne sein Lächeln zu verlieren. Es war, als habe ihm ein Schönheitschirurg das ewige Lächeln verpaßt.

«Möchten Sie noch Kaffee? Ja? Also, es gibt keinen Grund, Ihnen die Geschichte nicht zu erzählen. Es gibt zu viele Scharlatane in unserem Beruf, jeder praktische Arzt kann sich ‹Schönheitschirurg› nennen, das ist der Punkt. Aber Jonathan war nie ein Scharlatan, das gewiß nicht. Er war ein begnadeter Chirurg. Wußten Sie, daß er an Gicht leidet, so wie unser berühmter Kollege Barnard?»

Anna schüttelte den Kopf. Stephanie begann, sich zu langweilen. Was sollte das Geschwätz? Dabei, der Mann sah umwerfend aus...

Mitchell ließ eine Sorgenfalte auf der Stirn erscheinen. «Es war eine Tragödie. Diese Krankheit war gewiß die Ursache für den Kunstfehler, alles, was danach kam. Ja, er mußte sogar seine Heimat verlassen, der arme Jonathan, und das Konsortium hat sein Lebenswerk, diese Klinik, noch zu einem sehr anständigen Preis von ihm gekauft.»

«Ein Kunstfehler?»

Bedeutsames Nicken. «Ja. Nun kann jedem Arzt so etwas passieren, wir sind schließlich auch nur Menschen. Aber das Pech war, daß es die Freundin eines sehr einflußreichen Industriellen in Johannesburg war – und daß sie nach der Operation starb. Wirklich, es war fatales Pech, eine Verkettung unglücklicher Umstände.»

«Waren Sie schon hier an der Klinik, als das passierte?» Anna zündete sich eine Zigarette an. Der Doktor holte mit etwas gequältem Lächeln ein winziges Gefäß aus seinem Schreibtisch und stellte es vor Anna hin.»

«Hier wird normalerweise nicht geraucht. – Ja, ich war schon hier, aber bei dieser Operation war ich nicht dabei. Meine Spezialität ist Facelifting. Das hier war eine Brustvergrößerung. An sich eine einfache Angelegenheit, wenn der Chirurg Erfahrung hat – in vielleicht einem von hundert Fällen tritt eine Komplikation auf.»

«Und die trat hier auf.»

Sie war ein bißchen unverschämt, die Rothaarige, fand Dr. Mitchell. Ein gutes Stück vulgärer als die zarte Blonde neben ihr. An deren Schmuck sah man schon, daß sie erheblich mehr Geld im Kreuz hatte. Aber offenbar war es die Rothaarige, die eine Operation nötiger hatte. Brustverkleinerung, Straffung der Bauchdecke, kleines Lifting.

«Ja, bedauerlicherweise. Vielleicht sollte ich es kurz erklären, damit Sie es verstehen. Ich halte es für unabdingbar, meine Patientinnen genau darüber aufzuklären, was mit ihnen geschieht. Jede Operation stellt schließlich ein Risiko dar. Es geht also folgendermaßen, daß der Chirurg kleine Einschnitte für das Implantat macht. Jonathan hat dies immer an der Achselhöhle, am unteren Brustrand getan, was eindeutig besser ist als um die Mamilla, die Brustwarze. Der Einschnitt geschieht parallel zum Muskelzug, und nachdem der Chirurg Haut und Gewebe durchtrennt und die verletzten Blutgefäße verschweißt hat...»

Igitt, dachte Anna, und befühlte unwillkürlich ihren intakten Busen.

«...formt er eine Art Tasche für das Implantat. Das erfordert sehr viel Fingerspitzengefühl, das kann nur ein wirklich erfahrener Chirurg. In diese sogenannte Tasche wird das künstliche Brustpolster eingelegt, so, daß es rundherum von Muskelgewebe gestützt wird und nicht verrutschen kann. Das Silikon-Kissen wird in steriler Lösung eingeführt – wichtig ist dabei, daß die Brust absolut trocken ist, also keine unverschlossenen Blutgefäße, weil es sonst zur gefürchteten Kapselbildung um das Implantat kommt...»

Pfui Teufel. Anna schwor sich, nie einen Chirurgen an ihre Brüste ranzulassen – zwecks Verkleinerung. Sie sah, daß Stephanie den Ausführungen des Dr. Mitchell nun mit Interesse folgte. Die hatte doch nicht die Absicht...? Als ob größere Brüste ihre Probleme lösen könnten.

«Und bei dieser Patientin kam es zu einer Kapselbildung?»

Mitchell nickte. «Ja. Es war das erste Mal, daß Jonathan so

etwas passierte. Die Frau hat sich furchtbar aufgeregt – sie war übrigens eine gebürtige Deutsche. Drohte mit Presse und Prozeß, wirklich unangemessen, ihre Reaktion. Aber wir hatten natürlich alle Angst vor einem Skandal, besonders Jonathan. Zwanzig Jahre exzellente Arbeit und dann kommt so eine Brust... Na ja. Jedenfalls haben wir alles versucht. Jonathan ist es nicht gelungen, die Kapsel von außen zu «sprengen», also mußte noch einmal operiert werden. Und weil ein Unglück selten allein kommt, ach, es war schrecklich... bei dieser zweiten Operation kam es zu einer Wundinfektion. Jonathan hat alles Menschenmögliche versucht, aber die Patientin starb nach zwei Tagen.»

Irgendwie praktisch, dachte Stephanie, aber das war ein sehr böser Gedanke.

«Und dann fing der Zoff erst richtig an.» Anna zog vorsichtig ihren Schuh aus, da, wo der große Zeh schmerzte.

«O ja. Ihre Familie war zwar in Deutschland, aber der Freund reagierte wie ein Berserker. Er ging sogar so weit, zu behaupten, daß Jonathan die Patientin vorsätzlich umgebracht hatte, um einen Kunstfehler zu vertuschen. Es war natürlich völliger Unsinn, aber die Menschen sind böse, und Gerüchte verbreiten sich schneller als die Pest. Dem armen Jonathan blieb nichts anderes übrig, als zu gehen, um einen Riesenskandal zu vermeiden. Seither ist so etwas natürlich nie wieder vorgekommen. Wir haben, ich darf das in aller Bescheidenheit sagen, seit Jahren nur exzellente Ergebnisse und überaus zufriedene Patientinnen.»

Mit großen und kleinen Busen, straffen Oberschenkeln, faltenlosen Gesichtern und ebenso schönen Bankkonten. Anna dachte, daß sie auch gerne makellos wäre, aber gewiß nicht um diesen Preis. Der «arme Jonathan» hatte also ein ganz schönes Soll auf seinem Konto. Warum hatte er auch seine Begabung für Freundinnen reicher Männer verschwendet, statt Unfallopfer, entstellte Menschen wieder herzurichten?

«Wir sollten Dr. Mitchell auch nach Joyce fragen», sagte Stephanie.

Das war zu plump, aber nun gab es kein Zurück mehr, wenngleich Anna bei ihrem Gegenüber zum erstenmal eine Spur von Mißtrauen zu erkennen glaubte.

Sie winkte, wie sie hoffte, lässig ab. «Ach, das ist nur eine unbedeutende Sache. Wissen Sie, als wir uns auf der Schönheitsfarm von Dr. Plessis befanden, vor gar nicht langer Zeit, da gab es einen Todesfall.»

«Eine Operation?»

«Nein, nein. Der Doktor hat auf Schloß Aubach noch keine Klinik eingerichtet. Ein ganz natürlicher Tod. Joyce Martin, ich glaube, sie war doch auch mal in dieser Klinik tätig und ist dann mit Dr. Plessis mit nach Österreich, sie ist gestorben. Ein Asthmaanfall mit anschließendem Herz- und Kreislaufversagen. Wir waren ganz schön geschockt. Sie war noch so jung – und ein so hübsches Mädchen.»

Joyce Martin: Dr. Mitchell schloß für einen Moment die Augen und überlegte, ob er diesen Ausländerinnen gegenüber nicht zu offen gewesen war. Zu negativ. Waren da nicht etwas zu viele merkwürdige Zufälle, die sich in ihren Fragen offenbarten? Er sollte vorsichtiger sein, auch wenn er sich nichts vorzuwerfen hatte und mit dieser ganzen unglückseligen Geschichte nichts zu tun.

«Ich war mit Joyce befreundet», sagte Stephanie. «Sie war ein wirklich nettes Mädchen. Haben Sie sie gekannt?»

Sie war eine verdammte Lesbe, dachte Mitchell, und sie hat nichts als Ärger gemacht, und wir waren heilfroh, daß sie mit Plessis abdampfte.

«Sie war Lernschwester hier in der Klinik», sagte er zu der Blonden. «Ich habe sie kaum gekannt, aber Dr. Plessis hat sie – aus welchen Gründen auch immer – sehr protegiert. Sie bekam irgendwann politische Schwierigkeiten. Das mag der Grund gewesen sein, weshalb sie mit Dr. Plessis das Land verlassen hat.»

Dr. Mitchell sah demonstrativ auf seine Armbanduhr. «Wenn Sie noch Fragen bezüglich unserer Operationsmethoden haben…»

«Was für politische Schwierigkeiten?»

Die Blonde war hübsch, aber genauso lästig. Und die beiden hatten ihn belogen, und er hatte seine kostbare Zeit vergeudet. Die waren nicht aus Deutschland angereist, um sich einer Schönheitsoperation zu unterziehen.

In das Schweigen hinein sagte Anna: «Ich glaube, wir sollten Ihnen die Wahrheit sagen, Dr. Mitchell. Wir sind nach Johannesburg gekommen, um etwas über Joyce Martin zu erfahren, weil da Zweifel sind, wie sie gestorben ist, meine ich...» Anna kam ins Stottern. Es war ihr noch nie leichtgefallen, eine Lüge zu gestehen.

Er ließ die beiden ein wenig im eigenen Saft schmoren, bevor er ihnen wieder ein Lächeln schenkte. «Ich habe es mir gleich gedacht. Sie beide sind noch zu jung, um... na gut. Aber ich kann Ihnen wirklich nicht helfen. Diese politische Geschichte kenne ich nur vom Hörensagen. Joyce war wohl mit einer schwarzen Hilfsschwester befreundet, eine Afrikanerin, und die soll eine politische Aktivistin gewesen sein. Wir haben sie dann entlassen müssen, als es Ärger mit der Polizei gab. Und Joyce hing irgendwie mit drin, sagte man jedenfalls. Sie war immer ein impulsives Mädchen gewesen, unvorsichtig, wie junge Leute so sind. Aber DAS, meine Damen, ist wirklich alles, was ich weiß. Wenn Sie mich bitte jetzt entschuldigen wollen...»

Der Rausschmiß war unmißverständlich. Anna nickte Stephanie zu, und sie standen auf.

«Eine letzte Frage noch, Doktor», sagte Anna, als sie schon an der Tür waren, «wie hieß diese Patientin, die gestorben ist? Wissen Sie den Namen noch?»

Dr. Mitchell wußte ihn noch sehr genau, er hatte ein fabelhaftes Gedächtnis für Namen. Wenn er sich ein wenig zierte, dann aus ganz billiger Rache für die Lügengeschichte. «Gabriele», sagte er schließlich: «Gaby Wondraschek.»

Aber das war nicht der letzte Name, den der nunmehr unliebenswürdige Dr. Mitchell der neugierigen Anna Marx mitteilte. Stolz auf sein ausgezeichnetes Namensgedächtnis, wußte er noch, wie jene schwarze Lernschwester hieß, die Joyce in Schwierigkeiten gebracht hatte: Suszie Bangwa. Anna bedankte sich mit einem letzten strahlenden Lächeln. Der Doktor registrierte, daß ihre Lachfalten asymmetrisch waren. Eine Kleinigkeit, das zu korrigieren.

Stephanie weigerte sich, zu Fuß durch Hillbrow zu laufen. Die vielen Schwarzen auf den Straßen machten ihr angst. Also winkte Anna nach einem Taxi.

Anna schwelgte in Theorien: «Wenn es Mord war, haben wir schon zwei Motive. Plessis zum Beispiel: Joyce hat ihn mit diesem Kunstfehler erpreßt und dann wurde es ihm irgendwann zu blöd – und wer, wenn nicht er, hätte ihr das zum Tode passende Mittel spritzen können? Oder die Wondraschek: Ist doch ein seltsamer Zufall, diese Namensgleichheit, findest du nicht? Vielleicht war diese Gaby ihre Tochter – späte Rache... aber andererseits müßte die doch eher den Doktor treffen und nicht Joyce. Nein, Plessis ist besser...»

«Johannesburg ist kalt und grau.» Stephanie schien gar nicht zugehört zu haben. Sie starrte aus dem schmutzigen Fenster des Taxis, das sich durch den Mittagsverkehr zum *Carlton*-Center quälte. Sie fror, und Annas rauchige Stimme nervte sie. Wie sinnlos alles war: die lange Fahrt in dieses Land, das Wühlen im Dreck der Vergangenheit. Joyce war tot und nichts würde sie zurückbringen. Peter lebte und wünschte sich ihren Tod.

«Was machen wir jetzt? Wir könnten was essen gehen und anschließend versuchen, etwas über diese Gaby Wondraschek rauszukriegen. Oder ich gehe in die Redaktion des *Star* und wühle in Zeitungsartikeln, vielleicht finde ich etwas über unseren Doktor oder...»

«Es ist doch alles sinnlos, Anna. Ich weiß, daß es Peter war. Ich kann es beweisen.»

Anna klopfte dem Taxifahrer auf die Schulter, der sich erschrocken umdrehte und scharf bremste. Johannesburg war ein gefährliches Pflaster, aber zwei weiße Frauen am hellichten Tag...

«Halten Sie an, wir steigen hier aus.» Anna bezahlte und schob Stephanie aus dem Taxi. «Mir reicht es jetzt, ich brauche frische Luft, um das zu verdauen. Wir gehen das letzte Stück zu Fuß.»

Die frische Luft in der High-Street, die zum *Carlton*-Center führte, war kaum spürbar. Aber Anna hakte Stephanie unter und schob sie auf den bevölkerten Gehweg.

«Es ist gefährlich, in Johannesburg zu Fuß zu gehen.» Stephanie ließ sich durch die Menschenmenge weiterschieben.

«Quatsch, nicht tagsüber. Und jetzt will ich endlich wissen, was du weißt. Von den Andeutungen habe ich genug, außerdem gehen wir in das nächste passable Lokal, denn ich habe Hunger. Also: Was weißt du?»

Stephanie zeigte auf ein Fast-Food-Restaurant, und Anna entschloß sich mit einem Seufzer, ihren Magen zu füllen statt ihn zu erfreuen. Die beiden Frauen setzten sich an einen der lieblosen Tische und Anna bestellte Bier und Hamburger nebst Plastikbesteck bei einem mürrischen indischen Kellner, der seinen Arbeitsplatz wohl ebenso widerlich fand wie Anna Marx.

Stephanie spielte mit einem ihrer Ringe. «Ich hätte es früher sagen sollen, aber ich... ich wollte Zeit gewinnen, verstehst du. Den eigenen Mann beschuldigen. Du bist nicht verheiratet, du weißt nicht, was das heißt.»

Ich würde den Mann, den ich liebe, nie verpfeifen, dachte Anna, die ihr Gegenüber böse anstarrte. Fast Food – und dann noch so was. «Heißt das, daß Peter in der Nacht, in der Joyce starb, in Badgastein war?»

Stephanie nickte. Sie sah Anna nicht an, als sie sprach. «Ich weiß es von Joyce, sie hat es mir gesagt. Sie hat Peter angerufen und ihn gebeten, sie zu treffen. An diesem Abend, draußen am Denkmal. Und dann wollte sie ihn ins Schloß einschleusen und ihm den Film geben. Um acht Uhr an diesem Abend haben sie sich getroffen.»

«Warst du dabei?»

«Nein, Joyce wollte das nicht. Aber ich weiß, daß er da war, weil ich ihn gesehen habe, als er mit ihr durch den Park ging. Und der Film war weg, nachher. Ich habe einen Schlüssel zu ihrem Zimmer. Ich war doch gerade zu ihr gekommen, als sie diesen Anfall bekam.»

Es roch nach altem Fett und trostlosen Pommes frites. Anna beugte sich vor und kam Stephanies Augen, die ihr ständig auswichen, sehr nahe. «Und warum wollte Joyce ihn treffen? Um den Ehemann ihrer Freundin kennenzulernen oder was? Das macht doch alles keinen Sinn.»

«Doch.» Stephanie wartete, bis der Kellner die Pappteller mit Inhalt auf den Tisch gestellt hatte. Es war ihr unbegreiflich, wie

Anna in dieser Situation Appetit haben konnte. «Joyce wollte Geld von ihm. Für den Film. Einen Scheck sollte er ihr dalassen. Sie wollte weg von Schloß Aubach, irgendwo neu anfangen.»

«Und warum hat sie es nicht von dir geholt? Und warum hatte sie den Film, wenn du doch angeblich die Fotos abgeschickt hast. Und sie war doch keine Erpresserin, wie du immer behauptet hast.»

Anna quetschte Ketchup aus einer widerspenstigen Flasche auf ein frikadellenähnliches Gebilde, das von einem laschen Salatblatt und rohen Zwiebelringen gekrönt war. «Ißt du nichts? Es war deine Idee, in dieses gemütliche Lokal zu gehen.»

«Ich habe keinen Hunger. Ich hab Angst. Natürlich hat sie es zuerst bei mir versucht, aber ich habe ihr gesagt, daß ich keine größere Summe ohne Peters Gegenzeichnung abheben kann. Oder die meines Vaters... Also wollte sie an Peter ran. Und den Film hat sie aus meinem Zimmer genommen, vor einiger Zeit schon.»

«Also war nichts mehr mit der großen Liebe?» Anna kaute mit kleinen, trotzigen Bissen. «Sie hat dich erpreßt, nachdem du die wundervolle Idee hattest, die Fotos an Peter zu schicken.»

«Mmh. Sie wollte 100000 Mark. Ich hätte natürlich Schmuck verkaufen können, aber mir ist die Situation einfach über den Kopf gewachsen. Ich wußte nicht, was ich tun sollte. Und da habe ich die Fotos an Peter geschickt, einfach so, damit er... Peter weiß immer, wie man in einer Situation richtig reagiert. Ich, ich war völlig ratlos – und so maßlos enttäuscht.»

Das Bier schmeckte so schal wie das Essen. Anna setzte den Pappbecher ab. Bei einem Glas hätte es geknallt. «Und Peter kam nach Badgastein, ohne sich mit dir in Verbindung zu setzen. Er traf sich mit Joyce und schlich sich mit ihr ins Haus. Und in ihrem Zimmer hat er sie dann abgemurkst, nachdem er den Film hatte, weil jedes Kind weiß, daß Erpresser einen nicht mehr loslassen, wenn sie Blut gerochen haben. Dann schlich er sich wieder raus, und kurze Zeit später kamst du in ihr Zimmer, sie japste nach Luft und du hast die Wondraschek alarmiert. So weit, so gut. Aber wie zum Teufel soll er sie um die Ecke gebracht haben? Ist doch gut möglich, daß es einen heftigen Streit gab und Joyce, als er weg war, einen Asthmaanfall erlitt. Was macht dich so sicher, daß er sie umgebracht hat? Und wie soll er es getan haben?»

Stephanie hielt sich die Hände an den schmerzenden Kopf. Sie hatte Lust, zu schreien, über all diese fremden Köpfe hinweg zu schreien, wie es Babies können. «Das weiß ich nicht, ich war nicht dabei. Aber ich bin mir so sicher, daß er es getan hat.

Das einzige Wort, das Joyce noch sprechen konnte, als ich sie fand und hinauslief, um die Wondraschek zu holen, weißt du, was das war? DEIN MANN, sagte sie, nur das. Dann ist sie bewußtlos geworden, und ich bekam Panik und rannte aus dem Zimmer. Warum sollte sie das sagen, wenn ER es nicht war. Warum?»

«Und warum hast du das nicht gleich gesagt – die ganze Geschichte? Warum erst jetzt und warum mir? Ich kapier es einfach nicht. Und Peter ist einfach nicht der Typ, so etwas Idiotisches zu tun.»

«Doch. Du kennst ihn nur nicht gut genug. Peter kann es einfach nicht ertragen, wenn er eine Situation nicht mehr beherrscht. Und er war rasend eifersüchtig auf Joyce. Aus diesem Grund, nur aus diesem einen habe ich so lange geschwiegen. Er ist mein Mann, trotz allem. Ich habe mich daran geklammert, daß wir etwas anderes finden, daß das alles nicht wahr ist.»

«Haben wir ja auch. Wenn sie Plessis ebenfalls erpreßt hat, war da ein ebenso gutes Motiv.» Anna winkte dem Kellner, um zu bezahlen.

«Weißt du, was Peter zu mir gesagt hat, als ich ihm sagte, was ich weiß? Daß er mich umbringen würde, wenn ich diesen Unsinn weitererzählen würde. UMBRINGEN hat er gesagt. Ist das nicht auch ein Beweis für seine Schuld?»

«Nein.» Anna gab wieder einmal zuviel Trinkgeld, obwohl es keinen einzigen Grund dafür gab. «Sollen wir gehen? Ich schlage vor, daß wir zum Hotel zurückgehen und in dieser *Clock-Bar* noch einen trinken, dann ins Bett, und morgen früh mit der ersten Maschine fliegen wir zurück. Und von Wien weiter nach Salzburg. Nach Badgastein. Und dort gehst du zur Polizei und erzählst deine Geschichte. Dann werden sie Joyce wieder ausgraben und...»

«Nein.» Stephanie sprach kein weiteres Wort mehr auf dem

Weg zurück ins Hotel. Wie eine Marionette war sie neben Anna hergegangen, in Gedanken versunken, die Anna nicht nachzuvollziehen vermochte.

Jetzt saßen sie in der *Clock-Bar* in der Lobby des Hotels, ein schummriger Raum, der mit Flaschen und Uhren geschmückt war. Barkeeper und Kellnerinnen waren weiß: das Markenzeichen eines Luxusetablissements in Johannesburg. Außer den beiden Frauen saßen nur noch drei Männer an der Bar, die Englisch mit burischem Akzent sprachen und ihnen verstohlen-lüsterne Blicke zuwarfen. Anna ignorierte dieselben und trank Whisky, die Krisenflüssigkeit, die den ranzigen Geschmack des Hamburgers langsam von ihrer Zunge löste.

«Nein. Ich kann es nicht.» Stephanie schüttelte zum wiederholten Male den Kopf und machte den Eindruck eines verwirrten Kindes. Anna wünschte sich nur wohltuende Trunkenheit. Schließlich saß sie mit dieser Katastrophen-Person in einer häßlichen Bar am anderen Ende der Welt und zerbrach sich das arme Hirn nach einer Lösung in dieser vertrackten Geschichte. Selber schuld. Sie hätte ihre Hände von Peter Münzberg lassen sollen.

«Ich glaube zwar immer noch nicht an Mord, aber vielleicht wäre es wirklich besser, sie exhumieren zu lassen. Bloß, so was machen die nicht ohne triftigen Grund.»

«Und wenn sie nichts finden würden?» Stephanie wischte sich eine Träne von den Wangen. Sie weinte immer so leicht.

«Ja eben. Dann wüßtest du, daß du ihm unrecht getan hast. Und ich wüßte, daß Plessis ein ehrenwerter Doktor mit einem bedauerlichen Kunstfehler ist, und Valerie Wondraschek nur zufällig eine Namensvetterin in Johannesburg hatte. Andersrum stinkt die Geschichte.»

Sie stank in jedem Fall. Anna bestellte ihren dritten «Paddy» und kämpfte gegen Müdigkeit und eine völlig unbegründete Abneigung gegen Stephanie Münzberg. Es war ungerecht: Sie war nur ein verwirrtes, kleines Mädchen, das man nicht nach den Regeln der Erwachsenen beurteilen durfte. Ein Seelchen unter der dünnen Haut wohlerzogener Oberklassenzugehörigkeit.

Eine unglückliche Frau. Als ob das etwas Besonderes wäre.

«One for the road». Noch einen für den Weg, oder besser gesagt fürs Bett. Die Herren, Marke gehobene Vertreter, schienen ähnliche Gedanken zu hegen, denn sie ließen fragen, ob sie den Damen nicht einen ausgeben könnten. Anna schüttelte den Kopf. Frau konnte sich ihre Getränke selbst bezahlen.

«Ich buche uns den Rückflug für morgen. Und im Flugzeug überlegen wir uns gemeinsam, was du tun solltest.» Mein Gott, wie fürsorglich sie war. Anna hatte trotz ihres Getues keine einzige gescheite Antwort parat. Ganz im Gegenteil: Sie war verwirrter denn je. Etwas betrunken schon. Und so schön wie zuvor, vor Schloß Aubach, je nach Beleuchtung und individuellem Wohlwollen.

«Mir ist schlecht, ich will ins Bett.» Stephanie rutschte vom Barhocker, mit gequältem Gesicht. «Ich werde noch verrückt, so wie Peter es immer sagt.»

«Hör auf mit diesem blöden Selbstmitleid. Das bringt uns auch nicht weiter.»

Anna begleitete Stephanie zu ihrem Zimmer und griff, nachdem sie in ihrem war, sofort nach dem Telefonbuch. Ein Kollege der Nachrichtenagentur REUTERS, den sie aus dessen Bonner Zeit kannte, war, weil es im Leben auch glückliche Zufälle gab, in seinem Büro. Anna hätte keine andere Möglichkeit gewußt, an Suszie Bangwa heranzukommen. Ein Telefonbuch von Soweto, dem schwarzen Johannesburg, gab es in ihrem Zimmer nicht.

Der Mann von REUTERS freute sich nicht lange über die Stimme aus Bonn, denn er hatte weiß Gott Besseres zu tun, als Anrufern Gefallen zu erweisen. Aber er kannte Suszie Bangwa, zumindest vom Hörensagen.

«Sie hat drei Jahre im Gefängnis gesessen, seither hört man nichts mehr von ihr. Aber gut, weil du es bist, Anna. Ich hör mich um und rufe dich zurück.»

Nach einer Stunde, in der sie auf ihrem Bett döste, vergeblich versuchte, Peter in Bonn zu erreichen, wartete... nach einer Stunde kam tatsächlich der Rückruf. Suszie Bangwa sei inzwischen, sagte der Mann von REUTERS, politisch nicht mehr aktiv und somit für Korrespondenten uninteressant. Arbeitete in einem Behindertenzentrum in Soweto. Er gab Anna zwei Telefonnummern.

Ein heftiger Kampf. Anna, die müde war und nur noch schlafen wollte. Was konnte Suszie Bangwa schon groß erzählen? Anna, die neugierig war, mehr über Joyce Martin zu erfahren. Die Neugier siegte. Sie wählte Suszie Bangwas Privatnummer. Die Stimme, die sich meldete, klang sehr kühl.

Der Tod von Joyce Martin, von dem Anna der fremden Frau erzählte, schnell erzählte, weil sie Angst hatte, Suszie Bangwa würde auflegen, hinterließ Schweigen.

«Und wer sind Sie? Und was wollen Sie von mir?» Eine schwarze Stimme, die zu einer weißen Stimme sprach, in einer Sprache, die für beide nicht die Muttersprache war.

Daß sie mit Joyce Martin befreundet gewesen sei, sagte Anna. Nichts als Lügen in dieser Geschichte. Und daß sie mit Suszie über Joyce reden wolle. «Ich möchte mehr über sie wissen, verstehen Sie? Vielleicht hilft es mir, über ihren Tod hinwegzukommen.» Pfui Teufel, Anna.

«Sie können nicht einfach nach Soweto kommen», erwiderte Suszie Bangwa. «Sie sind zu blaß. Und eigentlich habe ich keine Lust, über Joyce zu reden. Sie ist es nicht wert.»

«Bitte! Können Sie nicht hierherkommen, ins *Carlton*? Ich bezahle das Taxi, alles, was Sie wollen. Ich muß einfach mit Ihnen sprechen, nur deshalb bin ich... Ich war auch bei Dr. Mitchell. Er hat mir gesagt, wo ich Sie finden kann. Bitte, heute noch. Ich muß morgen früh zurück.»

Anna konnte überzeugend sein, wenn sie sich anstrengte. Suszie Bangwa gab nach. «Aber Sie werden eine Weile warten müssen. Von Soweto ins *Carlton*, das ist eine Weltreise.»

Warten war eine Tugend, die Anna ausnahmsweise in Johannesburg pflegte: mit Espressos, um sich wach zu halten, in der Hotelhalle des *Carlton*, das international genug war, vielfarbig zu sein. Menschen mit Koffern, die sie bei Uniformierten abladen konnten. Menschen, die nirgendwo hinzugehören schienen. Es war kalt in der Hotelhalle, denn in Johannesburg war Winter, und Anna fror in ihrem Sommerkostüm.

Suszie Bangwa trug einen dicken, weißen Pullover über ausgewaschenen Jeans und Turnschuhen. Ihre Haare waren zu kleinen Zöpfen geflochten und hinten mit einer Schleife zusammengehalten. Sie hielt eine Taxiquittung in der Hand, die sie Anna gab, bevor sie sich neben sie setzte.

«Sie sind wirklich leicht zu erkennen, Frau Marx. Selbst in diesem Bienenstock von Hotelhalle. Sind Sie mit ihm verwandt?»

«Nein.» Anna musterte Suszie Bangwa aus den Augenwinkeln. Sie hatte sich das Mädchen, das Joyce Martin in Schwierigkeiten gebracht hatte, anders vorgestellt. Nicht so normal, was immer das heißen mochte. Das Schönste an ihr waren die Augen: groß, dunkel, traurig irgendwie.

«Haben Sie sich jetzt ein Bild gemacht? Na los, fragen Sie schon. Ich will anschließend noch jemanden besuchen, wenn ich schon mal hier bin. In Hillbrow leben viele Schwarze, wissen Sie das? Illegal natürlich.» Suszie Bangwa hatte eine aggressive Art, zu sprechen. Und schien sich einen Teufel darum zu kümmern, daß einige Leute zu ihnen hersahen.

«Sollen wir in mein Zimmer gehen?»

«Nein, Frau Marx. Es könnte komisch aussehen.» Suszie Bangwa grinste, holte aus ihrer überdimensionalen Handtasche eine Zigarettenpackung. «Seit die mich damals verhaftet haben, habe ich in meiner Handtasche immer das Nötigste bei mir. So 'ne Art Erste-Hilfe-Kasten, verstehen Sie?»

Wohl kaum. Anna fragte sie, ob Joyces Tod sie berührte, und erhielt darauf keine Antwort.

Suszie Bangwa starrte auf einen schwarzen Kofferträger. «Die Leute finden einfach keine Jobs mehr», sagte sie. «Die nächsten fünfzehn Jahre werden hart werden. Aber Joyce war ja nie eine von uns. Sie hat damit gespielt, wissen Sie? Sie war jung und dumm, und sie fand es einfach chic, revolutionär zu sein, solange sie mich kannte. Sie war nie ein politischer Mensch, unsere Joyce, dazu war sie einfach zu – zu egoistisch. Alles, was rings um sie passierte, reduzierte sie auf ihre eigenen Gefühle und Bedürfnisse. Oh, sie war ein Gefühlsmensch. Nur die der anderen haben sie wenig gekümmert. Damals dachte ich, daß sie nur jung und unbedarft war. Heute weiß ich, daß ich sowieso nie kapieren werde, wie Weiße ticken. Hat sie sich eigentlich verändert, im Exil?»

Suszie redete so, als ob Joyce noch lebte. Anna schüttelte den Kopf. «Ich glaube nicht. Haben Sie sie geliebt?»

Wenn die Frage unverschämt war – Suszie Bangwa reagierte gelassen. «Nein, Sie? Ich glaube, ich war in den Gedanken verliebt, eine Weiße auf unsere Seite zu ziehen. Missionarischer Eifer. Schließlich war ich auch noch jung, damals, und ich hatte noch nie ein Gefängnis von innen gesehen.»

«War Joyce denn wirklich in Gefahr – ich meine, verhaftet zu werden?» Anna fand Suszie Bangwa sehr ehrlich, beeindruckend.

«Klar. Obwohl sie immer glaubte, ihre Haut sei ein Schutzschild. Sie war bei einigen Versammlungen dabei, und sie hat Flugblätter verteilt. Sie hat ihre Fäuste gehoben. Und dann lief sie in ein Auto, als die Polizei kam und wir wegrannten. Es war wohl ein sehr schwerer Unfall, aber von da an weiß ich nichts mehr von ihr, weil ich damals untertauchen mußte. Dieser weiße Doktor hat sie dann mitgenommen, nach Österreich, habe ich gehört. Jedenfalls ist Joyce nicht im Gefängnis gelandet.»

«Werfen Sie ihr das vor?»

Suszie Bangwa schüttelte langsam den Kopf. «Nein. Es war ja nie ihre Sache. Im Grunde war sie ein großer Feigling. Sie ist als erste weggelaufen, damals, ohne sich um mich oder die anderen zu kümmern. Ich glaube, sie hat sich nie um irgendwas gekümmert, solange sie ihren Spaß hatte.»

«Glauben Sie, daß es leicht ist, mutig zu sein?» Anna bot ihr eine Zigarette an, was dankend abgelehnt wurde.

«Glauben Sie, daß SIE etwas davon verstehen? Es ist bestimmt leichter, sich in Ihrem Land einer Anti-Apartheids-Gruppe anzuschließen. Aber hören Sie: Joyce ist tot, und ich weiß nicht, warum Sie jetzt noch in ihrem Leben herumwühlen wollen. Es war ein unbedeutendes Leben, das denke ich. Zeitverschwendung, sich damit zu beschäftigen.»

«Können Sie sich vorstellen, daß Joyce eine Erpresserin war?»

Suszie Bangwa wippte ungeduldig mit den langen Beinen. «Kann sein. Ist das wichtig? Hat sie Sie erpreßt, weil Sie 'ne Lesbe sind? Bei uns war das damals noch ein Verbrechen: schwarz und weiß, schwarze Frau – weiße Frau. Mein Gott, was haben wir gegen Gott und die Gesellschaft gesündigt. Ich will nichts beschönigen: Ich fand das geil damals, mit einer Weißen zu schlafen. Außerdem, das mußte man ihr lassen: das war etwas, was sie wirklich gut konnte. Als Krankenschwester war sie nämlich auch eine Null.»

Keine nette Grabrede, das. Gab es niemanden, der um Joyce Martin trauerte? Stephanie, die oben schlief, tat es auch nicht wirklich. Anna war nach Themawechsel: «Sind Sie noch politisch aktiv, Miss Bangwa?»

Es war eine Frage, die sie besser nicht gestellt hätte. Suszie Bangwa sprang abrupt auf. «Ich muß jetzt gehen. Geben Sie mir das Geld für die Taxifahrten.»

Anna sah, daß es zwecklos war. Sie nahm ein Bündel Rand-Scheine aus ihrer Tasche und gab sie ihr, ohne zu zählen. «Reicht das?»

«Ja. Es ist mehr als genug. Viel habe ich Ihnen ja nicht erzählen können. Aber seien Sie froh, daß Sie sie los sind. Und nehmen Sie mir meine offenen Worte nicht übel: Dies ist kein Land für höfliche Sprache oder sentimentale Gefühle. Guten Flug, Miss Marx.»

Suszie Bangwa verschwand in der Menschenmenge der Hotelhalle, ohne sich noch einmal umzudrehen. Anna Marx saß da und fühlte sich müde und zerschlagen. Nicht sehr viel klüger als zuvor. Sie stand auf und drückte sich an einer japanischen Reisegruppe vorbei in Richtung der Lifte. Japaner waren in Südafrika «Ehrenweiße». Was für ein komisches Wort.

Es war zu spät, noch auszugehen, außerdem hatte sie ohnehin keine Lust auf Stephanies weinerliches Gesicht. Oder irgendeine Geschichte, die mit Peter Münzberg und Joyce Martin zusammenhing.

Anna hatte Lust, sich an Phillip Handkes breite Brust zu schmiegen, ganz banal und ohne Hintergedanken. Nur das – und das war vielleicht nie mehr möglich. So rauchte sie eine Zigarette, aß ein Stück Schokolade aus der Minibar, rauchte noch eine und stellte den Wecker für den nächsten Morgen. Eine Phillip-Regel: Traue nie dem Weckruf eines Hotels, und wenn es noch so teuer ist. Mistkerl! Blöde Sprüche und nichts dahinter. Nichts zum Anfassen und Festhalten. Nur wirre halbverschlafene Gedanken um eine verrückte Geschichte, zu der ihr bezeichnenderweise *Bild*-Schlagzeilen einfielen wie «Staatssekretär ermordet die Geliebte seiner

Frau» – «Lesben-Drama im Regierungsviertel» – «Ein Mörder wollte Minister werden»...

Natürlich ging auch die Nacht in einem Hotelbett in Johannesburg vorüber. Der Weckruf des Hotels kam pünktlich, und Annas Wecker piepste penetrant. Gottlob, wieder eine häßliche Nacht überstanden. Und sie hatte nicht einmal die Kraft gehabt, sich um Stephanie zu kümmern. Die gute Tat, die einem zum Hals heraushing. Der Morgenblick in den Spiegel, igitt. Der Geschmack von Rauch und Alkohol auf der Zunge. Und das alles fern der Heimat.

Anna ließ sich zu Stephanies Zimmer durchstellen, in einer guten Stunde mußten sie am Flughafen sein. Stephanies Morgengruß war nicht eben erheiternd: «Ich weiß jetzt, wie er sie umgebracht hat: Gift. Es kann nur Gift sein.»

Pfui Teufel, dachte Anna. Ihr rechter Zeh war rund um den Nagel angeschwollen und schmerzte bei Berührung. Sie drückte mit den Fingern dagegen, bis es richtig weh tat. Alle Menschen waren Masochisten, mehr oder weniger. Sonst würden sie das Leben nicht aushalten.

Kapitel XII

Gift. Das Gift im *Elisabeth-Park-Hotel* in Badgastein, dem ersten Haus am Platze, war der süße Duft nach Mehlspeisen, der vom Café im Parterre in die benachbarte Lobby drang. Anna und ihr Sorgenkind, das während des Fluges erstaunlich friedlich gewesen war, hatten das zurückgelassene Gepäck aus Schloß Aubach geholt und sich im Hotel, gegenüber des Kongreßzentrums, einlogiert. Annas Vorschlag. Um nichts in der Welt wäre sie wieder in das Hungerschloß zurückgekehrt, und das alte Hotel mit seinen alten Kurgästen, die der ablaufenden Zeit mit Luxus trotzten, war nach ihrem Geschmack. Ein bißchen morbide.

«Unsere Stammgäste sterben uns weg, das ist das Problem», sagte der Chefportier leise zu Anna, die sich seine Vertraulichkeiten mit drei Hundert-Schilling-Scheinen erkauft hatte. Er bestätigte, daß ein Dr. Münzberg in der Nacht zu Mittwoch im Hotel abgestiegen sei. «Aber der Herr Doktor ist ganz früh abgereist, nicht mal das Frühstück hat er genommen.»

Das war alles, was der Herr Portier zu sagen wußte, außer, daß der Doktor sehr viel telefoniert habe.

Und ich, dachte Anna, kann ihn nicht erreichen. Sie hatte Peters Sekretärin um Rückruf gebeten und ihre Nummer im Hotel angegeben. Stephanie schlief. Sie hatte Anna versprochen, nichts zu unternehmen, bis diese a) mit Peter und b) mit Dr. Plessis gesprochen hatte. Die gute, alte Anna würde es schon richten. Die böse, alte Anna dachte, daß sie sich mit einem erwachsenen Kind beladen hatte, statt beizeiten für eigenen Nachwuchs und eigene Sorgen zu sorgen.

«Ein Taxi, gnä' Frau?»

Sie nickte. Selbst der kurze Fußmarsch war nichts für ihren rechten Zeh, den sie irgendwann einem Arzt vorführen mußte. Jetzt fuhr sie zu Dr. Plessis, so, wie sie es Stephanie versprochen hatte. Noch wußte sie nicht genau, wie sie das Gespräch führen sollte. Es war wie bei einem guten Interview: man mußte den anderen kommen lassen.

Plessis empfing Anna in seinem Arbeitszimmer, das mit schweren Vorhängen gegen die Nachmittagssonne geschützt war. Er war nicht erfreut, sie zu sehen, und er machte keinen Hehl daraus.

«Was kann ich für Sie tun, Frau Marx?»

Es klang mehr nach: Was kann ich nicht für Sie tun?

Anna setzte sich unaufgefordert auf einen Stuhl, der nach Barock aussah und neben dem Fenster gegenüber des Schreibtisches stand. Sagte erst einmal nichts, sondern musterte den Mann, der an diesem Tag so alt aussah, wie er war: über sechzig. Den Gegner nervös machen, ihn aus der Reserve locken. Daß er irritiert, um nicht zu sagen verärgert war, war offenkundig. Anna schlug ihre langen Beine übereinander. «Es geht um Joyce Martin», sagte sie leise. «Wir sind nach Johannesburg geflogen, Frau Münzberg und ich, um etwas herauszufinden. Denn Frau Münzberg ist der festen

Meinung, daß Joyce eben nicht eines natürlichen Todes gestorben ist.»

Die Standuhr auf seinem Schreibtisch tickte unnatürlich laut. Plessis sah Anna nicht an, sondern starrte auf seine Hände. Seine Hände, die ihn im Stich gelassen hatten... «Ich habe es mir schon gedacht, daß so etwas kommt. Diese leidige Affäre... Sie hat auch im Schloß das Gerücht gestreut, diese ungeheuerliche Behauptung. Diese Frau ist krank.»

«Sie ist verstört, und das ist kein Wunder, da Joyce ihr nahegestanden hat. Aber mich würde interessieren, Doktor, ob Joyce noch etwas gesagt hat, ich meine, bevor sie starb. Sie waren doch bei ihr.»

«Ich und Valerie.» Plessis blickte Anna in die Augen. Seine Augen waren zu hell und wässerig, die Augen eines müden alten Mannes. «Nein, sie hat nichts mehr gesagt, Frau Marx. Sie war bewußtlos bis zu ihrem Exitus, praktisch schon tot, als ich kam. Ich habe wirklich alles versucht, das müssen Sie mir glauben. Was haben Sie in Johannesburg herausgefunden?»

Die Frage kam schnell und aggressiv. Anna zündete sich bedächtig eine Zigarette an und fragte unverschämt nach einem Aschenbecher, den er ihr wortlos reichte.

«Ziemlich viel, Doktor. Wir waren in der Klinik und haben ein interessantes Gespräch mit einem Dr. Mitchell geführt. Ihr Nachfolger, wenn ich mich nicht irre.»

Eine wegwerfende Handbewegung. «Ein Dilettant und Schwätzer. Das bißchen, das er kann, hat er von mir gelernt. Den Frauen gnade Gott, die sich von ihm Schönheit erhoffen.»

Das Messer wetzen und langsam herausziehen. Anna lächelte. «Er schwätzt tatsächlich ziemlich viel. So hat er uns zum Beispiel die Geschichte von Gaby Wondraschek erzählt. Die Frau mit der Brustvergrößerung. Auch da hat es üble Gerüchte gegeben, nicht wahr?»

Jonathan Plessis hatte sich innerlich darauf vorbereitet, trotzdem konnte er nicht verhindern, daß seine Hände zitterten. «Dummes, übles Geschwätz von Neidern und Idioten», sagte er laut. «Eine Kapselbildung – das kann jedem Chirurgen, auch dem besten passieren. Wußten Sie, daß es in vierzig Prozent aller Fälle dazu kommt? Es war das erste Mal bei meinen Implantationen. KEIN Kunstfehler, wie Mitchell vielleicht behauptet hat.»

Anna wippte mit einem Bein, ganz cool. «Kein Grund, mich anzuschreien, ich glaube Ihnen ja. Aber dann, bei der Nachoperation, kam es zu einer Sepsis, und Ihre Patientin starb in der Klinik. Und der Freund Ihrer Patientin behauptete später, Sie hätten Gaby Wondraschek umgebracht, um den Kunstfehler zu vertuschen. Und weil er nicht irgendwer war, sondern ein Mann mit Geld und Einfluß, zogen Sie es vor, Ihre Klinik zu verkaufen und Johannesburg zu verlassen. So WAR es doch, Dr. Plessis!»

Es war schrecklich, es so zu hören, wieder zu hören, als ob es keine Vergangenheit gäbe, sondern nur Gegenwart, keine Sühne, sondern nur den ewigen Schmerz des Nichtvergessens. Der alte Mann preßte seine zitternden Hände gegeneinander, um körperlichen Schmerz zu fühlen. «So war es», sagte er leise, «aber viel schlimmer, viel, viel schlimmer. Alles, was ich mir in meinem Leben aufgebaut hatte, zerbrach an diesem absurden Vorwurf. Natürlich habe ich Gaby Wondraschek nicht umgebracht. Ich bin Arzt. Ich habe einen Eid geschworen, Leben zu retten. Und bei Gott, ich habe alles versucht, ihr Leben zu retten. Sie war noch so jung...»

«...wie Joyce Martin.»

Er überhörte es. «Die Drohungen dieses Mannes, die Gerüchte – das war etwas, wogegen ich mich nicht wehren konnte, verstehen Sie. Es gab keinen Hauch von Beweis gegen mich, aber allein der Vorwurf genügte, mich als Chirurg zu ruinieren.»

Es gibt Schlimmeres als dein Schicksal, dachte Anna mitleidlos.

Sie erinnerte sich an einen jungen Südafrikaner, den sie mal interviewt und der ihr gesagt hatte, daß er und seine Frau – wie viele andere – beschlossen hatten, keine Kinder zu bekommen: Weil wir Angst haben, unsere Kinder einem Blutbad auszusetzen, dieser Zukunft in Südafrika.

«Und weshalb ist Joyce Martin mit Ihnen gegangen?»

Eine lächerliche, unwichtige Frage. Plessis starrte durch den schmalen Spalt der Vorhänge in den Park. «Sie hatte irgendwelche politischen Schwierigkeiten und wollte weg aus Südafrika.

Ich habe ihr angeboten, auf Schloß Aubach zu arbeiten. Ich mochte sie irgendwie. Sie war ein nettes Mädchen, Joyce.»

Na ja. Anna war sich nach allem, was sie gehört hatte, nicht so sicher.

«Wußten Sie, daß sie sich zu Frauen hingezogen fühlte?»

Plessis nickte. «Ja. Es war mir gleichgültig. Sie hat mich nicht erpreßt, wenn Sie das behaupten wollen. Womit sollte sie mich erpressen? Sie tat mir damals leid, das war alles. Aber wer würde je behaupten, daß man für gute Taten belohnt wird?»

Niemand, dachte Anna. «Warum tat sie Ihnen leid? Weil sie eine Lesbierin war?»

Ein Gespräch wie ein Verhör. Plessis rieb sich seine schmerzende Hand und lächelte grimmig. Diese Frau Marx würde sich noch wundern...

«Nein. Ich bin alt genug, um tolerant zu sein. Wußten Sie, daß Joyce panische Angst vor ihren Asthmaanfällen hatte? Sie hatte solchen Ekel vor Krankheit, sie war wirklich keine berufene Krankenschwester. Aber diese Angst war der Grund, warum sie Morphium spritzte. DAS wußten Sie wohl nicht.»

Nein. Und das war die erste wirklich interessante Information aus seinem Mund. Ein schmaler, harter Mund, der ihr so unsympathisch war wie der ganze Mensch. «Sie wollen sagen, Joyce Martin war Morphinistin – sie war süchtig? Und wer hat ihr das Zeug besorgt? Sie etwa?»

Die Frau hatte eine angenehme Stimme, aber sie stellte schreckliche Fragen. Plessis schüttelte den Kopf. «Nein. Ich bin Arzt, kein Dealer. Ich weiß nicht, woher sie es hatte. Aber ich weiß, daß sie Morphium nahm. Aus Angst. Sie wollte nie Cortison nehmen. Meinte, daß davon ihr Gesicht aufgeschwemmt würde.»

«Hat sie Ihnen das gesagt?»

«Ja. Als wir hierherkamen. Sie wollte, daß ich ihr das Zeug besorge, aber ich habe das abgelehnt.»

«Und trotzdem haben Sie sie hierbehalten? Sehr edel von Ihnen, finde ich.» Gift in Annas Stimme.

Plessis schluckte es. «Ich habe sie wirklich gern gehabt, wenngleich Sie diese Art von Beziehung nicht verstehen werden. Sie war so ein schwacher Mensch – nennen Sie es meinetwegen meine gute

Tat im Leben. Sie brauchte diesen Halt, die Arbeit hier, sonst wäre sie verloren gewesen. Und ihre Arbeit hat sie gut gemacht. Glauben Sie immer noch, daß Joyce mich erpreßt hat? Selbst Valerie hat es gewußt, das mit dem Morphium, meine ich. Sie mochte Joyce nicht besonders, aber ich habe mich geweigert, sie wegzuschicken. Nennen Sie mich einen sentimentalen, alten Mann: Sie war ein Stück Heimat, die letzte Verbindung zu Südafrika. Und sie war wirklich ein nettes Mädchen.»

Ein wirklich nettes Mädchen und ein sentimentaler alter Mann: waren die Dinge jemals so, wie sie schienen? Oder war die ganze Affäre nur ein Hirngespinst von Stephanie? Und wußte die von dem Morphium? Aber Anna hatte noch eine andere Frage, die wichtig war: «War diese Gaby Wondraschek mit unserer Hausdame hier verwandt?»

Plessis kicherte unmotiviert, und es klang sehr häßlich. «Nein, meine liebe Frau Marx. Auch darin haben Sie unrecht. Es ist reiner Zufall, diese Namensgleichheit. Ich habe Valerie, Frau Wondraschek, gefragt, als sie sich bei mir bewarb. Dieses unglückliche Mädchen, das mich ruiniert hat, hat nichts mit ihr zu tun.»

Es wäre ja auch zu schön gewesen. Anna starrte auf die Uhr, die lautstark verkündete, daß es halb fünf war. «Wußte sonst noch jemand, daß Joyce Morphinistin war? Warum gerade Morphium – warum nicht was anderes?»

Plessis zuckte mit den Achseln. Er war müde und wünschte sich, die Frau würde gehen. Bald. Aber nicht, bevor er ihr seine Bombe vor die Füße geworfen hatte. «Ich weiß es nicht. Frau Münzberg vielleicht? Sie haben sich doch nahegestanden, eine Zeitlang. Was Ihre zweite Frage betrifft: Joyce hatte mit neunzehn einen Unfall, daher die Narbe in ihrem Gesicht. Damals hat sie wohl damit angefangen. Es gibt viele verantwortungslose Ärzte, überall.» Und es traf immer die falschen.

Die Frage war so zwingend, daß sie sogar Anna Marx einfiel: «Kann es sein, Doktor, daß Joyce Martin an diesem Abend, als sie starb, meine ich, Morphium gespritzt hatte und nicht Cortison – oder beides? Sie waren doch bei ihr – das müßte Ihnen doch aufgefallen sein. Ich meine, kann es sein, daß sie an einer Überdosis Morphium starb?»

Die Frage, auf die er die ganze Zeit gewartet hatte. Plessis lehnte sich in seinem Stuhl zurück und schloß die Augen. Die Vergangenheit, noch einmal Vergangenheit, die ihn immer wieder einholte, wenn er glaubte, nun alles richtig gemacht zu haben.

Anna wartete.

«Es ist möglich», meinte er schließlich, jede Silbe betonend. Sie hatte etwas erweiterte Pupillen, aber auf ihrem Nachttisch lag die Packung mit Cortison. Und Frau Münzberg, die Valerie geholt hatte, sagte, daß Joyce… nein, warten Sie: Frau Münzberg sagte, daß Joyce eine Spritze bekommen habe. Ich habe nicht so auf ihre Worte geachtet damals. Und ich habe mir gedacht, daß es Cortison war, weil doch die Packung dalag. Ich mußte handeln, verstehen Sie – und ich habe aus meiner Tasche, die ich mithatte, die beiden Präparate geholt und sie ihr gespritzt, um ihr Leben zu retten. Aber es war zu spät.»

So wie damals, dachte er mit geschlossenen Augen. Und so wie damals habe ich das Richtige getan, um hinterher verleumdet zu werden, in meiner Ehre angegriffen. Genau wie damals.

«Aber Sie haben das Morphium nicht erwähnt – gegenüber der Polizei oder in dem Totenschein?»

Sie sollte schweigen, diese Frau. Für immer. «Nein», sagte er laut. «Ich brauche mich deshalb nicht zu rechtfertigen. Sie ist an einem Kreislaufkollaps gestorben.»

Schweigen. Das Ticken der Uhr. Anna, die überlegte. Plessis, der sie anstarrte wie einen Feind.

«Meinen Sie nicht, daß es besser wäre, die Leiche exhumieren zu lassen. Nur, um sicherzugehen? Um die Gerüchte zum Schweigen zu bringen? Wenn Sie das veranlassen, wäre das doch am einfachsten.»

Anna hatte auf ihren Appell verschiedene Reaktionen erwartet, nur nicht die: Plessis warf den Kopf zurück und lachte lauthals. Jetzt ist er übergeschnappt, dachte sie.

Plessis zeigte mit den Fingern auf Annas großes Herz: «SIE und Frau Münzberg, die widerlichen Gerüchte auf Schloß Aubach, die SIE ausgestreut haben, waren unerträglich. Sie werden lachen: Ich habe bereits eine Exhumierung der Leiche beantragt, nachdem Sie abgereist waren. Erst wollten die Behörden nicht, aber meine

Zweifel, meine nachträglich erwachsenen Zweifel an der Richtigkeit meiner Untersuchung, haben sie schließlich überzeugt. Es ist alles schon in die Wege geleitet, meine liebe Frau Marx. Und ICH habe es veranlaßt.»

Anna lachte nicht. «Warum? Um mir damit Ihre Unschuld zu beweisen, Doktor?»

Plessis starrte Anna wutentbrannt an. «Nein. Es interessiert mich absolut nicht, was SIE glauben. Auch die Wahrheit, falls es eine gibt, kümmert mich nicht. Aber ich will kein zweites Mal vor Gerüchten und bösen Unterstellungen weglaufen. Damals, ich hätte schon damals darauf bestehen sollen, daß die Leiche von Gaby Wondraschek untersucht wird. Nun, diesmal habe ich nicht passiv darauf gewartet, bis sie mich mit ihren Gerüchten schlachten. Ich habe gehandelt. So, und nun gehen Sie bitte. Ich kann Sie nicht mehr ertragen – Ihre widerwärtige Neugierde und Ihre Einmischung in das Leben anderer Menschen.»

Ich tue es nicht gern, dachte Anna. Es ist mein Job, und außerdem bringt mich meine blödsinnige Hilfsbereitschaft immer wieder in so vertrackte Situationen. Aber es war sinnlos, ihm das erklären zu wollen. Anna stand auf und nahm ihre Handtasche. «Es tut mir leid», sagte sie zu Plessis, der sich nicht höflich erhoben hatte. «Aber ich habe noch eine allerletzte Frage: Was ist, wenn man eine andere als eine natürliche Todesursache feststellt? Dann wäre das Ganze doch ein Eigentor gewesen.»

Plessis sah zu Anna hoch, die vor ihm stand. Groß war sie und so furchtbar verbohrt in eine Mordgeschichte. «Ich habe mir nichts vorzuwerfen», sagte er leise. «Ich habe alles versucht, ihr Leben zu retten. Das müssen Sie mir glauben.»

Auf dem Weg zum Tor traf Anna auf Elfie, deren hübsches Mondgesicht verweint aussah. Sie grüßte, blieb stehen, fragte, was denn los sei?

«Mein neuer Freund, Frau Marx. Er ist einfach verschwunden, so mir nichts, dir nichts. Ich hasse die Männer!»

Willkommen im Club. Anna lächelte Elfie beruhigend und gleichgültig zu und ging weiter. Es würde nur bis zum nächstenmal dauern, dachte sie. Bis es kein nächstes Mal mehr gab...

Kapitel XIII

Den Abend und den darauffolgenden Tag in Badgastein füllte die Rothaarige aus Zimmer 220 im *Elisabeth-Park* mit hektischer Betriebsamkeit. Für Annas Verhältnisse. Sie führte noch ein kurzes, aber aufschlußreiches Gespräch mit Valerie Wondraschek, die jegliche Verwandtschaft mit einer Toten in Johannesburg strikt von sich wies. Angst, Anna sah, daß die Wondraschek Angst hatte: vor dem Skandal, vor der Presse, vor der Wiederauferstehung eines Mädchens, das sie «ein billiges Flittchen» nannte.

«Dr. Plessis hat gesagt, ich soll mit Ihnen reden. Nun, dann kann ich auch sagen, was ich von ihr gehalten habe: nichts. Joyce hatte nur ihr Vergnügen im Kopf – Sex und Drogen, und sie hat den alten Narren eingewickelt, obwohl ich ihm wiederholt gesagt habe, daß sie für uns nicht mehr tragbar ist. Nun ruiniert sie ihn doch noch – so, wie ich es immer prophezeit habe.»

Frau Wondraschek wußte nicht genau, wie Joyce ihre Morphium-Tabletten und -Ampullen finanziert hatte, aber sie unterstellte, daß ihre «Verhältnisse» ihr finanziell unter die Arme gegriffen hatten: «Es haben doch alle hier gewußt, daß sie süchtig war – obwohl sie immer behauptet hat, daß sie das Zeug gegen die Schmerzen brauchte, die sie seit ihrem Unfall hatte.»

Alle, das waren auch die «Verhältnisse» Ina Pelzer und Stephanie Münzberg. Die Wondraschek erzählte Anna mit hartem Mund und harter Stimme, wie sie Joyce gefunden hatte, nachdem Stephanie sie in das Zimmer geholt hatte. Ja, auch sie habe bemerkt, daß die Pupillen erweitert waren, und deshalb habe sie die Münzberg schnell aus dem Zimmer geschickt. Alles, nur keinen Skandal. «Und jetzt läßt er sie ausgraben, der alte Narr, als ob es dem Mädchen noch etwas helfen würde.»

Kein Mitleid, Anna hatte keines mit der Frau, die keines mit anderen hatte. Aber in ihrem Hirn fügten sich Einzelheiten, Bruchstücke von Informationen zu einem verschwommenen Bild, das Anna gar nicht gefiel. Beim Abschied gab sie der Wondraschek das falsche Versprechen, um Gottes willen die Presse herauszuhalten.

Am fünften Tag nach Joyce Martins Tod verzichtete Anna auf ein Mittagessen in der *Prälatur* und ließ eine apathische, furchtsame Stephanie Münzberg dort mit dem Versprechen sitzen, sie abends über alles zu informieren. Sie wehrte ab, als Stephanie mitkommen wollte, und empfahl ihr, ins Thermalbad zu gehen, zur Entspannung und Nervenberuhigung.

Anna war überhaupt nicht entspannt, was man unter anderem daran erkennen konnte, daß sie pausenlos rauchte und ganz häßlich humpelte. Anna besuchte, mit zwei Fotos in der Handtasche, noch einmal den Fotoladen der Frau mit dem Schnurrbart. Und sie schlich sich, mit Presseausweis und der Entfaltung all ihres Charmes, in die Polizeistation von Badgastein ein und gelangte bis ins Zimmer von Abteilungsinspektor Franz Weigl, der soeben mit einem Professor aus Salzburg telefoniert und sich das, was er aus dem Gespräch verstanden hatte, auf einem Blatt Papier notiert hatte. Der Obduktionsbericht, schon einmal telefonisch vorab, war in den Einzelheiten verwirrend, aber im ganzen völlig klar.

Und natürlich geheim. Franz Weigl erklärte der rothaarigen Journalistin aus Deutschland, daß er wenig sagen konnte, bis alles «amtlich» war. Sehr nett sagte er das, der Herr Weigl, aber auch bestimmt, und Anna war klar, daß ihr etwas Spektakuläres einfallen mußte, um ihn umzustimmen.

Sie wurde ohnmächtig. Sie sagte: «Mir ist plötzlich so schlecht», und rutschte langsam vom Stuhl und glitt im Zeitlupentempo auf den Boden und aus der Sicht des Herrn Weigl. Ein leichtes Stöhnen unterstrich die Dramatik der Situation, und der Abteilungsinspektor reagierte so, wie Anna sich das erhofft hatte.

Sagte «Um Gottes willen» und sprang von seinem Stuhl auf, sah sich mit einer großen, leblosen Frau konfrontiert und rannte aus dem Zimmer, um Hilfe zu holen.

Es war nur wenig Zeit. Anna rappelte sich hoch und drehte das Blatt Papier um. Nur Stichworte standen darauf, aber in leserlicher, klarer Schrift: Ildamen und Akrinor habe man in kleinen Mengen nachweisen können, hatte Weigl notiert. Aber zum Tode geführt habe eine Überdosis Morphium, 90,5 mg, nachgewiesen an der Injektionsstelle und im Blut. TÖDLICHE MORPHIN-INTOXIKATION. Das hatte Weigl dick unterstrichen.

Anna ließ sich fallen, als sie Schritte hörte, nachdem sie das Blatt noch schnell wieder umgedreht hatte. Sie öffnete ihre Augen wieder, ein letztes Stöhnen.

«Ich glaub, ich bin ohnmächtig geworden», sagte sie.

«Ich habe den Sanitäter geholt, gnä' Frau», sagte Herr Weigl. «Bin ich erschrocken, als Sie da wegkippten.»

«Wir mögen keine Leichen in den Amtsstuben», meinte der Herr Sanitäter ernsthaft. «Kann ich Ihnen noch irgendwie helfen?»

Anna, nunmehr stehend, versicherte, daß es nur eine vorübergehende Kreislaufschwäche gewesen sei, und bedankte sich überschwenglich bei Herrn Weigl, der noch einmal bedauerte, ihr nichts hatte sagen zu können. Sie humpelte hinaus, ein Abgang, der gewissermaßen zum Auftritt paßte, und grinste erst, als sie wieder draußen auf der Straße war. Das hatte sie nun wirklich gut gemacht. Und Stephanie hatte doch recht gehabt: Joyce Martin war keines natürlichen Todes gestorben. Entweder hatte sie sich das Morphium selbst gespritzt – oder jemand hatte nachgeholfen.

Stephanie war nicht da, als Anna ins Hotel zurückkehrte. Sie hatte auch keine Nachricht hinterlassen. Anna, den Mehlspeisdüften trotzend, fuhr in ihr Zimmer hoch und verdrängte eine gewisse Sorge: Wie stabil war Stephanie, um die sie sich in den letzten vierundzwanzig Stunden kaum gekümmert hatte? Waren Leute, die von Selbstmord sprachen, mitleidheischende Schwätzer oder Propheten ihres Todes?

Anna drängte diese Gedanken ganz schnell weg. Sie mußte unbedingt mit Peter Münzberg telefonieren, das war ungemein wichtig.

Drei Stunden später saß sie in der Bar des Hotels und wartete auf Stephanie, die sich zum Essen noch umziehen wollte. Sie hatte sich von keinem Berg gestürzt, sondern war – an ihre Stimmungswechsel hatte Anna sich schon fast gewöhnt – nahezu fröhlich von einem Ausflug nach Sportgastein zurückgekommen und hatte Anna in der Hotelhalle begrüßt, so als ob sie Freundinnen wären, die gemeinsam Urlaub machten. Zur Kur in Badgastein...

Ich bin noch nicht gebrechlich genug für einen Kurlaub, dachte Anna, ihren Gin-Tonic schlürfend und Atmosphäre saugend.

Die Bar war so gedämpft illuminiert, wie es zu gehobenen Gästen gehobenen Alters paßte. Zwei ältere Damen tranken Sherry vor dem Abendessen. Sie trugen Falten und viel Schmuck und sahen so aus, als ob sie auf jemand, auf etwas warteten. Eine der beiden war noch immer schön in diesem Licht, aber es war eine Art von Schönheit, die auf ein finanziell sorgenloses Leben schließen ließ. Ich werde mal anders aussehen, dachte Anna. Bestimmt nicht so edel. Und ich werde es mir vielleicht nicht leisten können, hier zu sitzen und einsam zu sein, auf so eine vornehme Art einsam.

«Nach dem Abendessen ist hier viel los», sagte der Barkeeper zu Anna. «Viele Herrschaften schwingen noch das Tanzbein.»

Anna dachte an einen ganz anderen Tanz, einen auf Eiern. Sie hatte verdammt viel Angst davor, aber nun konnte sie ja nicht mehr anders, als die Sache bis zum Ende zu gehen. Zweifel auch: ob sie richtig dachte und richtig handelte. Die Fehler ihres Lebens aufzuzählen, hätte eine längere Liste gegeben. Blöd, aber verzeihlich waren jene, die nur sie selbst hatte ausbaden müssen. Aber da waren auch andere...

«Sollen wir gleich los? Ich habe Riesenhunger, zum erstenmal, seit wir aus Südafrika zurück sind.»

Stephanie Münzberg trug ein dunkelblaues Leinenkleid, das bestimmt nicht aus einem Kaufhaus stammte, und drehte sich beifallheischend vor Anna, die sich plötzlich schäbig vorkam. Stephanie war wirklich hübsch, wenn sie zurechtgemacht war und lächelte, so wie jetzt.

«Von mir aus gern. Aber ein Thema möchte ich beim Essen aussparen, dafür ist nachher noch Zeit. Hast du mit deinem Mann telefoniert?»

Stephanie nickte. «Aber er hat gleich wieder aufgehängt. Dringende Geschäfte angeblich. Er hat Angst vor mir.»

Verständlich, dachte Anna, während sie die Rechnung unterschrieb und vorsichtig aufstand. Dieser verfluchte Zeh, der langsam mehr als unangenehm wurde. Dieses verfluchte Schloß Aubach...

Sie sprachen tatsächlich nicht über Joyce Martin oder Peter Münzberg während des Abendessens in der *Villa Hiss*, dem einzigen Zwei-Sterne-Restaurant in Badgstein. Small talk in Jugendstil-Atmosphäre, mit wohlerzogenen Kellnern und begabten Köchen, die auf dem Bocuse-Trip waren. Stephanie beherrschte ihn vorzüglich, den small talk, während Anna eher schweigsam ihre Teller und Gläser leerte. Relativ viele Gläser. Anna bezahlte die Rechnung, denn es war ihre Einladung.

«Am besten gehen wir anschließend in mein Zimmer. Dort können wir ungestört reden. Ich habe auch noch eine Flasche Whisky aus dem Duty-Free-Shop, fast voll.»

Sie spazierten die kurze Strecke zurück zum Hotel, vorbei am ehemaligen *Grand-Hotel*, in dem heute nur das Spielcasino untergebracht war. Anna meinte, Frau Wondraschek durch ein hell erleuchtetes Fenster zu erkennen, aber es konnte auch eine Täuschung sein.

Der Portier verbeugte sich, als sie den Schlüssel holte und um Eiswürfel und eine Karaffe Wein auf das Zimmer bat. Dreihundert Schilling mit Langzeitwirkung.

Als ein Kellner alles nach oben gebracht hatte, setzte sich Stephanie mit ihrem Weinglas auf die Hotelcouch und grinste Anna übermütig an. «Nachher gehen wir noch tanzen», sagte sie: «Vielleicht finden wir noch etwas Passendes unter sechzig.»

Anna murmelte «mal sehen» in ihr Whiskyglas. Wie würde die Bombe hochgehen? Würde sie überhaupt...?

«Nun mach es nicht so spannend: Was hast du herausgefunden im Schloß und bei der Polizei?» Stephanie spielte mit dem Verschluß ihrer Handtasche aus Krokoleder und sah Anna erwartungsvoll an.

Monolog? Dialog? Epilog? Nekrolog? Anna räusperte sich.

«Einiges. Um mit dem Wichtigsten anzufangen: Es gibt einen vorläufigen Obduktionsbericht – und du hattest recht. Joyce ist nicht an einem Herz-Kreislaufversagen gestorben, sondern an einer Überdosis Morphium. Wußtest du, daß sie sich Morphium spritzte?»

Ungläubige, weitaufgerissene Augen. «Nein, um Gottes willen. Ich hatte keine Ahnung.»

Man sah ihr nie an, wenn sie log. Anna schüttelte den Kopf. «Das glaube ich nicht. Die Wondraschek hat gesagt, daß fast alle es wußten auf Schloß Aubach. Warum also nicht du, mit der sie schließlich ein intimes Verhältnis hatte?»

Stephanie setzte ihr Glas ab, wollte etwas sagen, aber Anna unterbrach sie mit einer Handbewegung.

«Nein. Hör mir erst einmal zu. Ich glaube, daß du mich noch in einigen anderen Dingen belogen hast. Die Fotos zum Beispiel: Nicht DU hast sie zum Entwickeln gebracht, sondern Joyce. Die Frau mit dem Schnurrbart hat sie eindeutig erkannt, als ich ihr die beiden Fotografien zeigte. Joyce war es – und sie hat dich, zuerst dich mit den Fotos erpressen wollen.»

«Nein.»

Anna hatte den Gesichtsausdruck einer alles Verstehenden, alles Verzeihenden. «Du hast sie nie geliebt, nicht wahr? Du hast dich mal von ihr verführen lassen, als du dich nach Zuneigung sehntest. Und dann hat sie dich weiter so halb gezogen und halb bist du hingesunken, weil du nicht wußtest, wie du da wieder rauskommen solltest. Erst hat dich Joyce erpreßt, weiterzumachen. Man kann Leute mit Gefühlen so wunderbar erpressen. Und dann, als dieses Druckmittel nicht mehr genügte, hat sie dir die Fotos gezeigt – eine Erinnerung an Stunden, an die du schon gar nicht mehr gedacht hast.»

Ihr Gesicht war ernst geworden, keine Spur mehr eines überlegenen Lächelns. «Aber ICH war es, die die Fotos an Peter geschickt hat.»

Anna zündete sich eine Zigarette an und merkte, daß ihre Hände zitterten. «Das ist wahr, Stephanie. Aber nicht, weil du deinen Mann ‹aufrütteln› wolltest, wie du mir erzählt hast. Das war eine fast geniale Lüge. Aber ich denke mir, daß dein Motiv dafür ein ganz anderes war: Joyce wollte Geld von dir, zu viel Geld. Sie hat dir gedroht. Du wolltest deinen Schmuck nicht verkaufen. Du hängst an ihm, nicht wahr, so wie an all den anderen Statussymbolen, von denen du immer so gleichgültig sprichst. Ich werde nie daran glauben, daß Reiche sich nichts aus Geld machen. Im Gegenteil: Zu Geld kann man geradezu eine sexuelle Beziehung entwickeln...»

«Was soll das Gerede von Geld. Das ist doch nur der Neid der Besitzlosen.»

Annas Stimme war nun ebenso schneidend. Die Atmosphäre in Zimmer 220 war eisig geworden. «Nein, ich bin nicht neidisch. Du tust mir leid. Denn Joyce und in gewissem Sinn auch Peter haben dich in eine Situation gebracht, mit der du einfach nicht mehr fertig wurdest. Sie ist dir über den Kopf gewachsen. Und deshalb hast du die Fotos an Peter geschickt.»

Keine Reaktion. Anna fuhr fort mit ihrer Version der Geschichte, von der sie schon fast überzeugt war. «Vielleicht hast du zunächst nur daran gedacht, die Verantwortung auf ihn zu schieben. Du wolltest, daß er Entscheidungen trifft, weil du nicht dazu in der Lage warst.»

Sie weinte jetzt. Saß mit zusammengepreßten Knien da und schluchzte wie ein verstörtes Kind. «Ja, ich gebe es ja zu. Es war ein furchtbarer Fehler, weil Peter die einzige Lösung in ihrer Ermordung sah. Es ist alles meine Schuld. Er ist verrückt, das ist die einzige Erklärung.»

Anna starrte auf ihren Zeh, weil sie es nicht ertrug, Stephanie jetzt anzusehen. «Nein, nicht Peter ist verrückt, sondern du bist es. Ich bin kein Arzt, aber ich glaube nicht, daß man dich für voll zurechnungsfähig erklären würde. Für den Mord an Joyce, meine ich. Hast du dir von Anfang an überlegt, sie umzubringen und es ihm in die Schuhe zu schieben, oder kam dir der Gedanke erst hinterher?»

Es gab keine Standuhr, wie im Zimmer des Doktors, die das Schweigen unterbrach. Anna schaute hoch, aber Stephanies Gesicht war ausdruckslos. Sie weinte nicht mehr. «Jetzt bist du verrückt geworden, Anna.»

Big talk über einen Mord. Anna schüttelte den Kopf. «Ich bin schlicht normal verrückt, aber eine Idiotin bin ich nicht. Deine Geschichte war nie ganz schlüssig. Erst hast du dich schnell aus dem Zimmer bugsieren lassen, in dem deine Geliebte lag, gerade tot. Dann deine wirren Anklagen gegen Peter. Die Selbstmord-Andeutungen. Die Heldin, die den Mord aufklären will, an den keiner glaubt. Die Gerüchte, die du ausgestreut hast. Das Ausweichmanöver nach Johannesburg...

Du hast versucht, mich zu manipulieren, Stephanie. Du wolltest, daß ich schließlich an Peters Schuld glaube und entsprechende Initiativen ergreife. Und ich glaube, daß es dir fast noch wichtiger war, ihn zu vernichten, als Joyce aus dem Weg zu räumen. Denn du hast ihn in Bonn angerufen und für Dienstag abend nach Schloß Aubach bestellt. Es war nicht so, daß du ihn dort zufällig gesehen hast, sondern DU hast das Treffen zwischen ihm und Joyce arrangiert.»

«Wer behauptet das?»

Annas Stimme war jetzt anklagend: «Dein Mann sagt das – und ich glaube ihm das auch. Ich habe mit ihm telefoniert, heute. Du hast ihm gesagt, daß Joyce die Fotos bzw. den Film nur rausrücken würde, wenn er 100000 Mark in bar persönlich überbringen würde. Ihr hast du eine ähnliche Geschichte erzählt. Nun, Peter ist hergeflogen, traf sich auch wie geplant mit Joyce, ging sogar hoch in ihr Zimmer, wobei ihn leider niemand gesehen hatte außer dir – angeblich. Joyce hat ihm den Film ausgehändigt und das Geld kassiert. Dann ist Peter weg, und du bist in ihr Zimmer. Ich glaube, du hast es ihr gegenüber so verkauft, als ob ihr beide – ihr Frauen den Ehemann um sein Geld erleichtert habt. Und dann passierte etwas, das deinen – vielleicht noch vagen – Mordplänen wunderbar in die Hände spielte: Joyce bekam einen Asthmaanfall, vielleicht aus der Aufregung heraus. Sie geriet sofort in Panik und du konntest völlig unbemerkt das Cortison gegen eine Überdosis Morphium eintauschen. Du wußtest ja, wo alles war, hast oft gesehen, wie sie's gemacht hat. Du hast ihr die Spritze fertiggemacht, und Joyce hat sich die Spritze gesetzt. Das war Mord, Stephanie.»

«Nein.» Das Flüstern klang furchtbar laut und haßerfüllt. «Peter war es. Er hat ihr das Morphium gegeben, weil Joyce den Film nicht herausrücken wollte. Ein perfekter Mord. Das paßt zu ihm. Er würde nie etwas anderes als einen perfekten Mord begehen. Ich hasse ihn.»

Das war etwas, was Anna verstand.

Sie versuchte ein beruhigendes Lächeln, das zwangsläufig mißlang. «Das stimmt nicht. Zum einen, weil es äußerst unwahrscheinlich wäre, daß Joyce sich von dem Mann, den sie zu erpressen versuchte, eine Spritze fertigmachen ließe. Sie war nicht besonders klug, aber so blöd auch wieder nicht. Nein. Aber dir vertraute sie, weil du ihr doch eingeredet hast, daß man Peter ja gemeinsam anzapfen könne. Sie war völlig ahnungslos – bis sie starb vielleicht. Und du warst der Meinung, zwei Fliegen mit einer Klappe zu schlagen: die gute Joyce loszuwerden und, wenn alles gutging, auch noch Peter, den du fürchtest und haßt. So wie deinen Vater, würde ich sagen, wenn ich dich richtig einschätze.»

Eine Maske aus Ekel und Abwehr: «Das ist ein häßlicher, gemeiner Verdacht, den du überhaupt nie beweisen kannst. Wenn Peter es nicht war, dann der Doktor oder die Wondraschek. Die hatten schließlich jede Menge Gründe.»

Anna schaute aus dem Fenster, das offenstand. Es war schwer genug, zu reden, und absolut grauenhaft, Stephanie dabei auch noch anzusehen. «Da hast du mir zwei Ersatzverdächtige liefern wollen, nicht wahr? Deshalb der Trip nach Südafrika. Und Geld spielte wirklich keine Rolle, denn die 100 000 Mark hast du eingesackt, bevor du aus ihrem Zimmer liefst, um angeblich Hilfe zu holen. Denn Geld ist keines gefunden worden, das weiß ich von der Polizei.

Sag mal, hast du dich nicht gewundert, daß die Wondraschek so schnell da war, als du das Zimmer von Joyce verlassen hast? Sie hat wieder mal spioniert, die alte Hexe. Und rate mal, wen und was sie durch das Schlüsselloch gesehen hat? Stephanie Münzberg, die eine Spritze aufzog. Du hast unrecht: Man kann es beweisen. Und du mußt zugeben, daß in meiner Version der Geschehnisse alles zusammenpaßt, bis hin zu der Rolle, die du mir zugedacht hast.»

«Was willst du jetzt tun?»

«Zur Polizei gehen, was sonst.» Anna sagte das unüberlegt, immer noch die Augen dem Fenster zugewandt. Tatsächlich hatte sie noch nicht weiter gedacht, als Stephanie mit ihrem Wissen zu konfrontieren. Nur ein, zwei Züge vorausdenken, wie beim Schachspielen. Sie war eine miserable Schachspielerin. Und natürlich mutig aus Dummheit.

Denn schon während Anna ihre letzten Sätze gesprochen hatte, hatte Stephanie Münzberg ihre Handtasche geöffnet und eine zierliche Waffe hervorgeholt, die jetzt auf Anna gerichtet war.

Sie sieht sehr elegant aus, dachte Anna, und meinte die Waffe in der schmalen Hand mit dem Einkaräter am Ringfinger. Ein unnützer Gedanke, aber immer noch besser als die Angst, die vom schmerzenden Zeh her in Anna hochkroch.

«Und was willst DU jetzt tun?»

Stephanie Münzberg lächelte ein wenig seltsam. «Ich bin nicht verrückt, wie ihr alle glaubt – Peter, meine Eltern und du auch. Ich bin absolut normal. Ich bin auch nicht schwach, sondern stark. Ich mußte versuchen, Peter zu vernichten, weil er sonst mich vernichtet hätte. Er hat mich schon einmal in den Selbstmord getrieben, und er versuchte es immer wieder, verstehst du? Es war die ganz einfache Frage: Er oder ich! Aber ich will nicht mehr Opfer sein. Er meint ja, viel klüger zu sein als alle anderen Menschen, mein Mann. Übrigens hat er mich sofort verdächtigt, als Joyce gestorben ist. Aber ich habe gedacht, daß ich – mit deiner Hilfe – den Spieß umdrehen kann. Ich war clever. Es ist mir doch fast gelungen, oder nicht?»

Psychologie für Fortgeschrittene wäre jetzt sehr hilfreich, dachte Anna, die sich nicht bewegt hatte, seit die Waffe auf sie gerichtet war. Ihr Hirn war so seltsam leer, ohne daß sie sich wirklicher Angst bewußt gewesen wäre. «O ja», sagte sie beruhigend, «du warst sehr clever. Aber Peter würde dich nie anzeigen.»

Immer noch dieses Lächeln. «O nein, das würde er nicht tun. Aber in eine Klapsmühle würde er mich stecken lassen, auf seine ganz diskrete, kluge Weise. Er brächte es sogar fertig, meine Eltern dazu zu überreden. Aber natürlich würde ich es nie so weit kommen lassen.»

«Natürlich nicht», echote Anna dümmlich. Sie hatte noch nie in die Mündung einer Waffe geschaut und fragte sich, ob aus dem kleinen Ding... Warf man sich da zur Seite wie im Film, oder nach vorne oder...

«Willst du die Pistole nicht lieber weglegen? Sie macht mich nervös.»

«Ich bin ganz ruhig.» Lächelnd entsicherte Stephanie die Pistole. «Ich kann sogar damit umgehen, mein Vater hat es mir mal beigebracht. In der Zeit, als die Terroristen reiche Männer entführten und umbrachten, fing er an, seine Familie zu bewaffnen. Meine Mutter fand das obszön, aber er hat nie auf sie gehört. So wie Peter... aber lassen wir das. Er ist ein Schwein und er verdient es, zu sterben. Ich hätte ihn gern mal im Gefängnis besucht, weißt du? Ich hätte ihn so gern EINMAL leiden sehen. Das wäre viel schöner gewesen, als einmal PÄNG zu machen. PÄNG, PÄNG…

Sterben wollte ich eigentlich noch nicht, dachte Anna, aber PÄNG war bisher nur aus Stephanies Mund und nicht aus der Mündung gekommen. Noch lebte sie, und sie war verdammt scharf darauf, es dabei zu belassen. Nur änderte das nichts an der Tatsache, daß sie Stephanie in die Enge getrieben hatte, in eine gefährliche Enge, wie sie es nicht vorausbedacht hatte, was wieder typisch war. Peter, er wußte von Annas Verdacht und ihrer Absicht, mit Stephanie darüber zu sprechen. Aber Peter war noch weit weg. Eigentlich war er an allem schuld.

Anna saß da wie eine träge rote Katze, die sich trotzdem zum Sprung bereitmachte.

Stephanie wedelte mit ihrer Pistole. «Steh auf, Anna. Und geh langsam zum Fenster.»

«Und was soll ich da?» Anna stand folgsam auf.

«Dich hinunterstürzen, was sonst?» Stephanie, die ebenfalls stand und mit ihrem häßlich verlängerten Finger auf Anna wies, fing an zu kichern.

Sie folgte Anna an das offene Fenster. Es zeigte zum Hof und Anna starrte hinunter. Eis im Bauch und Watte im Hirn. Schon seit ihrer Kindheit litt sie unter Höhenangst. Da unten standen nur ein paar Mülltonnen.

Sie drehte sich um zu Stephanie, die hinter ihr stand. «Ich denke nicht daran. Außerdem sind wir nur im zweiten Stock – das kann in die Hose gehen. Sei doch vernünftig, Stephanie. Wir können in aller Ruhe darüber sprechen und…»

Bedrohliches Fuchteln mit der Pistole. «Sei still. Ich will nicht mehr sprechen, und ich will nichts mehr hören. Du hast dich mit Peter verbündet, gegen mich, und deshalb will ich, daß du stirbst. Du bist so fett, es wird bestimmt einen häßlichen Klatsch geben…»

Annas Wut und ihre Überlebensinstinkte waren viel größer als die Angst vor der Pistole. Anna warf sich einfach mit aller Kraft auf Stephanie, die erschrocken einen Schritt zurücktrat und über einen Stuhl stolperte. Der Schuß verfehlte Anna und ging an die

Decke. Er war erstaunlich laut für eine so zierliche Pistole. Stephanie fiel nach hinten über den Stuhl und schlug mit dem Hinterkopf gegen die Kante des Tisches, während Anna auf ihr lag, als ob sie sie umarmen wollte.

Sie merkte erst nach ein paar Sekunden, daß Stephanie bewußtlos geworden war, als jemand an der Zimmertür klopfte und etwas Unverständliches fragte. Anna ließ den Körper los, rappelte sich hoch und humpelte zur Tür.

Der fremde Mann im blau-grün gestreiften Schlafrock sah erschrocken und neugierig aus.

«Ich habe sie angelogen», sagte Anna zu ihm. «Die Wondraschek hat sie gar nicht beobachtet. Aber ich fürchte, sie ist wirklich verrückt.»

Das genau dachte der Mann im Schlafrock von Anna. «Ich verstehe Sie nicht», sagte er mit einem Seitenblick auf die blonde, ohnmächtige Frau.

«Ich versteh mich manchmal auch nicht», erwiderte Anna. «Aber das macht nichts. Hauptsache, ich lebe.»

Kapitel XIV

Der große rechte Zeh war dick bandagiert und steckte in Sommerschlappen, die seine Monstrosität nicht behinderten. Anna Marx hielt ihr Bein weit gestreckt, damit die Wunde nicht so schmerzte. Außerdem konnte so jeder sehen, daß sie leidend war und mit gebührender Vorsicht behandelt werden mußte.

«Typisch Anna. Kommt von einer Schönheitsfarm mit einem deformierten Zeh zurück.»

Anna funkelte ihren Phillip über dem Weinglas böse an. Aber nicht richtig böse. Daß sie sich versöhnt hatten – auf ihre Initiative, auf ihren Anruf natürlich –, machte sie zu glücklich. Ein Versöhnungsessen in seiner Bonner Neuentdeckung, der *Tomate*. Sie merkte gar nicht, was sie aß und was sie trank, saß nur da und strahlte ihn an wie ein rotes Honigkuchenpferd.

«Der Berglitt-Fisch ist ausgezeichnet», sagte Phillip, dem Annas sanftes Lächeln allmählich unheimlich wurde. «Tut es sehr weh?»

Sie schüttelte die rote Mähne. «Fast gar nicht. Außerdem ist der Zeh nicht deformiert, weil der Nagel ja nachwächst. Aber der Doktor sagte, er müsse den Nagel ziehen, weil diese bescheuerte Kosmetikerin so daran rumgeschnippelt hat, daß die Nagelbettentzündung nicht mehr weggegangen wäre. Fünf Spritzen hat er mir gegeben, bis er...»

«O nein. Nicht beim Essen, bitte.» Phillip trennte sich von seinem Fisch und streichelte Annas Hand. «Es tut deiner Schönheit keinen Abbruch, im Gegenteil: Sieht sehr apart aus, dein Zeh. Außerdem, es hätte ja schlimmer kommen können.»

Eine Phrase, die Anna an ihrer Mutter immer gehaßt hatte. Aber alles, was aus Phillips Mund kam, war klug und schön.

«Es ist ja nichts passiert: So 'ne kleine Pistole gegen Anna Marx. Außerdem: Wenn ich nicht in meiner Todesangst gedacht hätte, was für eine Idiotin ich bin, mich von dir zu trennen, hätte ich es hinterher nicht fertiggebracht, dich anzurufen und zu Kreuze zu kriechen.»

Es war eine Lüge, das mit dem letzten Gedanken an Phillip. Aber manche Lügen verzieh sich Anna mit Leichtigkeit.

«Eine Idiotin bist du sowieso. Dich mit ihr ins Zimmer zu setzen und ihr im Plauderton zu sagen, daß sie eine Mörderin sei... also wirklich, Anna, mir laufen noch nachträglich Angstschauer über den Rücken.»

Anna nahm es als Kompliment. «Ich denke eben seltener über die Folgen meiner Handlungen nach. Stephanie Münzberg hat es ja auch nicht getan. Jetzt wird sie dahin kommen, wovor sie am meisten Angst hatte: in eine exklusive Klapsmühle. Dafür werden Peter und ihre Eltern schon sorgen.»

«Und du hattest die Story des Jahres. Aus erster Hand sozusagen.»

«Mmh.» Anna schaute betreten auf ihr weißes Monstrum. «Es ist eben mein Beruf. Ich hab ihn mir ausgesucht. Aber daß sie mich aus dem Fenster bugsieren wollte, das habe ich nicht geschrieben und auch der Polizei nicht gesagt. Die meinen, der Schuß habe sich zufällig gelöst, in einem Handgemenge. Außerdem, mit geschickten Ärzten und Verteidigern wird sie ohnehin nicht vor Gericht kommen. Ich weiß wirklich nicht, ob sie verrückt war oder nur normal verrückt. Wenn ich so einen Mann wie Peter geheiratet hätte, wer weiß...»

Phillip Handke hatte unangenehme Visionen von Anna, mit einer Waffe in der Hand. War Anna nur ganz normal verrückt? Würde er sie lieben, wenn sie anders und nicht so wäre? Die Trennung hatte nichts genutzt. Anna Marx steckte irgendwo in seinem System, das war das Teuflische.

«Stephanie Münzberg hat es zumindest geschafft, die Karriere ihres Mannes zu ruinieren, falls dich das tröstet, Anna.»

«Aber er ist doch noch im Amt?»

«Ja, aber allenfalls aus kosmetischen Gründen. Aus den Ministerwürden wird sowieso nichts. So einen Skandal überlebt man nicht in Bonn. Nirgendwo, nehme ich an. Bei der nächsten Wahl wird er auch sein Bundestagsmandat los – wenn er es nicht schon vorher zurückgibt, auf Druck der Partei. Wußtest du übrigens, daß sich in eurem hübschen Schloß die Geheimdienste getummelt haben?»

«WAS?» Anna ließ vor Überraschung ihre Gabel fallen, nach der sich sofort der Wirt bückte.

Phillip senkte seine Stimme: «Aber das bleibt strikt unter uns, meine Liebe. Außerdem sind es nur Gerüchte, wie immer in dieser Grauzone. Angeblich hat der Minister einen Mann auf unseren Peter ansetzen lassen, weil er es sehr unfein fand, wie der Gute an seinem Stuhl säbelte. Auf Peter und seine nette Familie. Kompliziert wurde die Angelegenheit nur dadurch, daß angeblich auch der österreichische Geheimdienst mitmischte. Frage mich nicht, warum. Jedenfalls muß es sehr komisch gewesen sein, weil die beiden Top-Agenten nichts voneinander wissen durften und sich zu guter Letzt damit beschäftigten, sich gegenseitig auszuspionieren. Als das Mädchen dann so plötzlich starb, wurden sie in Panik abgezogen. Jeder glaubte vom anderen, daß er... Aber niemand wußte, was los war, weil es ja so furchtbar geheim war. Ist das nicht eine köstliche Satire, wie sie nur das platte Leben schreiben kann? Und DU hast natürlich von alledem nichts bemerkt, weil du mit deiner Schönheit beschäftigt warst.»

«Und mit Joyce Martin und Stephanie und einem hier anwesenden Herrn.»

Anna beugte sich vor und streifte mit ihrer Oberweite beinahe den Berglitt-Fisch, der ihre kulinarische Gleichgültigkeit gewiß nicht verdiente: «Weißt du was: Er tut mir nicht mal leid, der Peter Münzberg. Ich gönne ihm, das zu verlieren, was er am meisten liebt: Macht. Außerdem hat er mich am Telefon unflätig beschimpft, nachdem er meine Geschichte gelesen hatte. Als ob ich die einzige gewesen wäre...»

«Aber die am besten Informierte. Sie war gut, deine Geschichte, wirklich, Anna. Ein zutiefst menschliches Rührstück von der armen, reichen Frau. Was mir an deinem Schreiben gefällt, ist, daß sie ohne Häme ist und ohne Selbstgerechtigkeit. Du kannst deine schlechten Eigenschaften gut verbergen.»

Anna nahm es wieder als Kompliment.

«Aber versprich mir eines, Anna.»

«Alles.»

«Keine Mordgeschichten mehr. Wenn ich dich schon verlieren muß, dann auf meine Art.»

Anna fragte nicht, was das heißen sollte. «Ich liebe dich sehr», sagte sie. Es war eine Krankheit, die gepflegt, aber nicht geheilt werden wollte.

Christine Grän

«Anna Marx, 35, tizianrot und rubensdick ist das ausgekochte Phantasiegeschöpf der Bonner Journalistin **Christine Grän**, die ihre Krimiheldin als sinnenfrohe Gerechtigkeitsfanatikerin gegen die sattsam bekannte lakonische Melancholie alter Krimihaudegen antreten läßt.» Neue Presse Hannover

Ein Brand ist schnell gelegt...
(thriller 2901)
Anna, Klatschspaltenjournalistin aus Bonn, begleitet ein Fernsehteam auf die Philippinen. Als in der Nacht die Guerilla das Dorf überfällt und Hannibal Matzke ums Leben kommt, ist das Bild von der paradiesischen Idylle endgültig zerstört. Und Anna weiß noch gar nicht, daß sie einem tödlichen Komplott auf der Spur ist...

Weiße sterben selten in Samyana
(thriller 2777)
Die Frau eines deutschen Entwicklungshelfers wird in Samyana ermordert. Anna Marx soll einen farbigen Bericht schreiben, am Tatort recherchiert. Aber je mehr sie erfährt, desto geheimnisvoller wird der Fall...
«Vergnüglich plaudernd begleitet Christine Grän ihre Heldin auf Mördersuche, läßt die Liebe nicht zu kurz kommen und sorgt an den richtigen Stellen für einen Schuß Spannung.» Hamburger Abendblatt

Dead is beautiful
(thriller 2944)
Peter Münzenberg ist nicht der Mann, der sich seine Politikerkarriere von einer

rororo thriller

Frau zerstören läßt. Als er mit unzweideutigen Fotos erpreßt wird, soll Anna Marx ihm helfen. Sie hätte lieber nicht zusagen sollen. Erst ein Frontalangriff auf ihre Linie, dann auf ihr Leben...

Nur eine läßliche Sünde
(thriller 2865)
Ein rotzfrecher Teenager zwingt ihre Mutter, den rechtmäßigen Vater um Geld anzugehen. Dem paßt die Sache überhaupt nicht in den Kram - er ist nämlich Bonner Politiker auf der höchsten Ebene. Ein gefundenes Fressen für Anna Marx...

Ein mörderischer Urlaub *Stories*
(thriller 2950)

3008/1

Paula Gosling

«Es sieht so aus, als seien zur Zeit die besten Krimi-Autoren weiblichen Geschlechts. **Paula Gosling** zu versäumen, wäre ein Fehler für Krimi-Fans.»
Frankfurter Rundschau

Ein echtes Gaunerstück
(thriller 2939)
Wahrscheinlich hätte die schöne Ariadne noch ein paar fröhliche Jahre vor sich gehabt, mit einem Mann, der sie anbetete und einer liebevollen Stieftochter - wenn sie nicht im unpassendem Moment gelacht hätte...
«Ein spannender und amüsanter Krimi für Strandkorb-Tage.»
Frankfurter Rundschau

Tod auf dem Campus
(thriller 2858)
Professor Aiken Adamson war ein gehässiges, hinterhältiges Ekel. So hat Lieutenant Stryker beim Motiv ein Dutzend Verdächtiger, beim Alibi aber keine - zunächst jedenfalls...
«Bildung schützt vor Dummheit nicht - zum Vorteil des Lesers, der in genußvoller Spanung gehalten wird, wenn Selbstüberschätzung die Wissenschaftler zu verhängnisvollen Begegnungen mit dem Täter führt, wenn überraschend akademische Fassaden bröckeln und aus der wütenden Gegenerschaft zwischen dem Polizisten und einer Verdächtigen eine Liebesgeschichte entsteht.»
FAZ

Der Polizistenkiller
(thriller 2971)
In Grantham versetzt eine

3007/2

rororo thriller

Mordserie Polizisten in Panik. Drei Kollegen sind schon tot, aus dem Hinterhalt erschossen. Den ersten Tip gibt kein Informant, sondern der Polizeicomputer...

Blut auf den Steinen
(thriller 2826)
Wychford ist ein kleines verträumtes Städtchen am Ufer des Flusses Purle - bis grausame Frauenmorde die Idylle zerstören.

Schwarze Beute

Schwarze Beute 1
(thriller 2735)
Mit Geschichten von Friedrich Glauser, Ruth Rendell, Michael Molsner, Janwillem van de Wetering. Georges Simenon, Fritz Mierau, Frank Göhre u.v.m. und ein Interview mit Maj Sjöwall über ihre gemeinsame Arbeit mit Per Wahlöö.
«... dieser Band ist seit Jahren das bestgemachte, witzigste und spannendste Buch zum Thema Kriminalität und Kriminalliteratur.»
Süddeutsche Zeitung

Schwarze Beute 2
(thriller 2802)
Mit einem Drehbuch von Raymond Chandler, einem Insekten-Thriller von Per Wahlöö und einem Comic mit Texten von Dashiell Hammett. Außerdem Beiträge von Richard Hey, Alfred Döblin, Felix Huby, Fred Breinersdorfer, -ky, Irene Rodrian u.v.m.

Schwarze Beute 3
(thriller 2888)
Texte von Michael Molsner, Colin Dexter, Gertrude Stein, Jean Vautrin, Sjöwall/Wahlöö u.v.m.

Schwarze Beute 4
(thriller 2933)
Neues von und über Dashiell Hammett, Ed McBain, -ky, Hansjörg Martin, Frank Arbau, Pinkerton, Malefizschenk und andere Fälle, Täter und Autoren.

Schwarze Beute 5
(thriller 2969)
Frischer Wind im Sowjet-Krimi, heiße Stories aus Afrika, Arizona und

Amsterdam. Geschichten von Jean Genet, Doris Gercke, Christine Grän, Detlef Blettenberg, Tony Hillermann u.v.m.

Schwarze Beute 6
(thriller 3000)
Die neue Ausgabe des thriller-Magazins präsentiert neue Stories, berichtet über Fälle, Täter und Autoren mit Beiträgen von Detlef Blettenberg, Uta-Maria Heim, Yasutaka Tsutsui, Shotaro Yasuoka, Charles Willeford, Peter Zeindler u.v.m.

Band 1 - 5 herausgegeben von Norbert Klugmann und Peter Mathews.
Band 6 herausgegeben von Janwillem van de Wetering.

rororo thriller

3023/2

Crime Ladies

«Frauen morden einfach besser.»
Bild am Sonntag

Patricia Highsmith
Venedig kann sehr kalt sein
(thriller 2202)
Peggy, jung, hübsch, verträumt, liegt eines Morgens tot in der Badewanne. Niemand zweifelt, daß sie sich selbst die Schlagader aufgeschnitten hat. Nur für den Vater ist klar: der Ehemann muß schuldig sein...
«Unter den Großen der Kriminalliteratur ist Patricia Highsmith die edelste.»
Die Zeit

Linda Barnes
Carlotta steigt ein
(thriller 2917)
Eine neue Privatdeketivin gibt es zu bewundern: Carlotta Carlyle, rothaarig, Ex-Cop, Ex-Ehefrau und erster weiblicher Privat Eye in Boston.
Carlotta fängt Schlangen
(thriller 2959)

Nancy Livingston
Ihr Auftritt, Mr.Pringle!
(thriller 2904)
«Wer treffenden, sarkastischen, teils tief eingeschwärzten Humor und exzentrische Milieus schätzt, kommt mit Privatdetektiv G.D.H.Pringle, einem pensionierten Steuerbeamten, der die Kunst liebt, ganz auf seine Kosten.»
Westdeutscher Rundfunk

Anne D.LeClaire
Die Ehre der Väter
(thriller 2902)
Herr, leite mich in Deiner Gerechtigkeit
(thriller 2783)

rororo thriller

Jen Green (Hg.)
Morgen Bring ich Ihn um! *Ladies in Crime I - Stories*
(thriller 2962)
Diese Anthologie von sechzehn Kriminalgeschichten von Amanda Cross über Sarah Paretsky bis Barbara Wilson zeigt in Stil und Humor die breite schriftstellerische Palette der Autorinnen.

Jutta Schwarz (Hg.)
Je eher, desto tot *Ladies in Crime II - Stories*
(thriller 3027)

Irene Rodrian
Schlaf Bübchen, schlaf
(thriller 2935)
«Böse, bedrückend, typisch deutsch.»
Schädelspalter, Nürnberg

«Es liegt in der Tradition des Kriminalromans, daß Frauen bessere Morde erfinden. Das ist schon seit Agatha Christie so. Aber warum? Diese Frage kann einen wirklich um den Schlaf bringen!»
Milena Moser in «Annabelle»